모래그릇 1

SUNA NO UTSUWA
by MATSUMOTO Seicho

Copyright © 1961 by Nao MATSUMOTO
Originally published in Japan in 1961 by Kobunsha Co., Ltd.
Korean translation copyright © 2013 by Munhakdongne Publishing Co.,Ltd.
All rights reserved.

Korean translation rights arranged with Kobunsha Co., Ltd.
through Shinwon Agency Co.

이 책의 한국어판 저작권은 신원 에이전시를 통해
Kobunsha Co., Ltd.와 독점 계약한 (주)문학동네에 있습니다.
저작권법에 의해 한국 내에서 보호를 받는 저작물이므로 무단 전재 및 무단 복제를 금합니다.

이 도서의 국립중앙도서관 출판예정도서목록(CIP)은 서지정보유통지원시스템 홈페이지(http://seoji.nl.go.kr)와
국가자료공동목록시스템(http://www.nl.go.kr/kolisnet)에서 이용하실 수 있습니다.
(CIP제어번호: CIP2013004119)

세계문학전집
108

松本清張 : 砂の器

모래그릇 1

마쓰모토 세이초 장편소설

이병진 옮김

문학동네

차례

해설 | 일본 근대사회의 집합적 무의식, 그 터부를 비평하다

마쓰모토 세이초 연보

1장
토리스 바의 손님

1

 국철 가마타 역 근처 뒷골목이었다. 폭이 좁은 토리스 바*의 창문에서 불빛이 새어나오고 있었다. 열한시가 지난 가마타 역 근처는 일반 상점 대부분이 문을 닫고 가로등 불빛만 남아 있다. 여기서 조금 더 가면 먹자골목이라 작은 술집이 즐비하게 늘어서 있지만, 그 술집만은 홀로 외로이 떨어져 있었다.

 변두리 술집답게 내부도 허술했다. 가게에 들어서면 바로 카운터가 길게 늘어서 있고 겨우 구색만 갖춘 칸막이 좌석 두 개가 한구석에 놓여 있었다. 그러나 지금 좌석은 손님 없이 텅 비었고, 카운터 앞

---

* 1950년 전후 생겨나 직장인과 대학생에게 폭발적인 인기를 끈 서민적인 칵테일 바. 산토리 사에서 출시한 토리스 위스키를 베이스로 한 칵테일이 주력상품이라 토리스 바라고 불렸다.

에 직장인 같은 남자 세 명과 같은 회사 직원으로 보이는 여자 한 명이 나란히 앉아 팔꿈치를 괴고 있었다. 이 가게 단골손님인 듯, 젊은 바텐더와 여종업원 앞에서 함께 이야기꽃을 피웠다. 레코드에서 음악이 끊임없이 흘러나왔지만 재즈와 유행가뿐이었고, 여자들은 때때로 거기에 장단을 맞추거나 노래를 흥얼거렸다. 손님들은 모두 취해 있었다. 이야기로 봐서는 다른 곳에서 일차를 하고 가마타 역에 내려 이 가게에 들른 듯 보였다.

"너희 과장 말이야……"

남자가 상반신을 내밀며 일행에게 말했다.

"그놈, 부장의 딸랑이잖아. 주야장천 비위 맞추는 꼴을 보고 있으면 구역질이 난다고. 한마디 해주지그래."

"추종자들이 나쁜 거지. 차장들이 과장더러 그런 짓을 하게끔 만들었으니까. 이제 와서 말해봤자 무슨 소용이 있겠어."

일행으로 보이는 회사원은 단숨에 술을 들이켰다.

"그놈이 글러먹었구먼. 모두 비웃고 있다고."

"비웃음 사는 건 본인도 이미 알아. 그래도 그런 데까지 신경쓰면 출세를 못하니까. 자기 생각대로 부끄럼도 체면도 버리고 알랑방귀 뀌는 게 출세의 비결이지. 속으로 무슨 생각을 하는지 알 게 뭐야. 그렇지, 밋짱? 내 말이 맞지?"

옆에 앉은 여자에게 고개를 돌린다. 스물대여섯 살 정도로 보이는 여직원은 이미 어깨를 들썩거리고 있었다.

"맞아요. 우리 부장님은 국장님 정년이 3년 남은 것까지 제대로 계산하고 계실걸요. 또 그 밑에 있는 차장 패거리들이 부장님 뒤를 노리고 있을 거고요."

"바람 불면 통桶장수가 좋아한다더니.* 출세하는 타입은 거기까지 주판알을 튀기지 않으면 안 되나보네. 뭐, 우리랑은 상관없는 이야기지. 밤마다 이렇게 마시기만 해도 기분이 좋으니 말이야. 슬픈 이야기지. 그 대신 자네 가게가 매일 밤 덕을 보는 거 아니겠어?"

손님은 카운터 안쪽으로 시선을 던졌다. 젊은 바텐더가 웃으며 "매번 감사합니다"라고 정중하게 인사했다.

"그나저나 밋짱, 이달 가불할 수 있는 여분은 남아 있나?"

"어머, 진작부터 안 돼요."

"이런, 이번 달에도 두둑한 건 전표뿐인가. 월급날이면 바로 다음 달 돈을 가불하러 경리에게 달려가니 말이야. 지난달에는 달랑 천 엔짜리 한 장이 전표 사이에 숨어 있더라고. 밋짱, 이번 달도 부탁해."

"짓궂으시기는. 여기까지 와서 그런 처량한 이야기 좀 하지 마세요."

그 순간 가게 문이 열리고 손님의 그림자가 비쳤다.

술집은 법에 걸리지 않는 한에서 조명을 어둡게 하고 있었다. 게다가 손님들이 피운 담배 연기가 짙은 안개처럼 깔려 있었기 때문에 문을 밀고 들어온 두 남자의 얼굴을 곧바로는 알아볼 수 없었다.

"어서 오십시오."

카운터 안쪽에서 바텐더가 손님이 온 것을 재빨리 알아채고 힘차게 소리를 높였다. 자주 오는 손님이 아닌 건 알 수 있었다.

---

* 사소한 일이 전혀 뜻밖의 결과를 가져오기도 한다는 의미의 일본 속담. 출세하기 위해서는 여러 수 앞을 계산하고 내다봐야 한다는 의미로 쓰였다.

"어서 오세요."

여자가 바텐더의 목소리에 뒤를 돌아보며 새로 온 손님에게 인사했다.

마침 거기에 있던 손님 가운데 두 사람이 그 소리에 무심코 뒤를 돌아보았다. 그러나 모르는 얼굴이라 다시 동료들의 이야기로 돌아왔다.

가게로 들어온 손님 중 한 명은 꽤 낡은 감색 양복을 입었고, 다른 사람은 연회색 폴로셔츠를 입고 있었다. 카운터에 시끄러운 손님들이 먼저 자리잡고 있어서 거리를 두고 싶었는지 구석 칸막이 자리를 보더니 그쪽으로 향했다.

스미코라는 여종업원이 바로 일어나 안내했다. 손님들의 첫인상은 흰 머리가 섞이고 양복 입은 남자는 50대 정도, 폴로셔츠를 입은 남자는 서른 살 정도였다. 당연한 일이겠지만 손님들을 자세히 보지는 않아서 대충 그 정도 나이이겠거니 하는 정도였다.

스미코는 바텐더가 준 물수건 두 개를 손님들에게 건넸다.

"뭘로 드릴까요?" 스미코가 물었다.

"아, 그러게요." 젊은 남자가 50대로 보이는 남자에게 물어보듯 눈짓했다.

"하이볼*로 할까." 반백의 남자가 말했다.

이 '하이볼로 할까'라는 말의 억양에는 도쿄 말과 다른 악센트가 있었다. 스미코는 순간적으로 손님이 지방, 그것도 도호쿠 지방 사람이

---

* 위스키에 탄산수를 섞은 칵테일.

라 생각했다고 나중에 경찰에게 이야기했다.

스미코는 하이볼 두 잔 주문을 바텐더에게 전했다.

먼저 와 있던 손님들의 이야기는 어느덧 영화로 화제가 바뀌어 있었다. 좋아하는 배우가 나오는 영화 이야기였기 때문에 스미코는 거기에 푹 빠져버렸다. 스미코가 단골손님들의 이야기를 들으며 옆에서 한두 마디씩 끼어들다 재미가 붙을 무렵, 하이볼이 나왔다.

"여기."

바텐더가 작은 거품이 올라오고 있는 술잔 두 개를 카운터에 내놓았다. 스미코는 멋쩍어하며 술잔을 쟁반에 올려놓았다.

"오래 기다리셨습니다."

스미코는 칸막이 자리로 가서 손님 앞에 술잔을 하나씩 나란히 내려놓았다. 두 사람은 나직한 목소리로 이야기를 나누고 있었으나, 그녀가 다가가자 입을 다물었다.

"이봐."

30대 남자는 옆에 앉으려고 하는 스미코를 향해 손을 저었다. 남자는 먼지라도 뒤집어쓴 것처럼 머리가 너저분했고 입고 있는 폴로셔츠 소매에도 구김이 가 있었다.

"할 이야기가 있어서. 미안하지만 비켜주지 않겠나?" 그는 신경질적으로 말했다.

"예, 천천히 말씀 나누세요." 스미코는 인사를 하고 카운터로 돌아왔다.

"저 사람들, 할 이야기가 있나봐요."

"그래?"

선배 종업원도 힐끗 칸막이 자리를 쳐다보았다. 뜨내기 손님이기도 하고 그다지 재미있어 보이는 남자들도 아닌 것 같아, 단골손님들과 영화 이야기를 이어갔다.

"거기서 말이야, 그놈의 연기는, 이삼 년 전부터 말이야……"

어느덧 카운터에서는 영화에서 프로야구 이야기로 화제가 바뀌어 있었다. 이 이야기에는 바텐더도 흥미가 있는지, 손님들 이야기에 자주 끼어들었다. 그래서 칸막이 자리에 앉아 있는 두 손님에게는 아무도 주의를 기울이지 않았다. 여자를 옆에 끼지도 않고 느닷없이 밀담을 나누는 것도 왠지 여종업원 마음에 들지 않았다. 여자들은 전혀 상대해주지 않는 손님을 신경쓰기보다는 단골손님과 수다떠는 편이 훨씬 즐거웠다.

구석 자리 손님들은 여전히 이야기를 나누고 있었다. 눈치를 보아하니 상당히 친밀한 사이인 모양이었다.

그래도 손님인지라 여자들은 슬쩍슬쩍 칸막이 쪽을 눈여겨보았다. 술잔이 비어 있지는 않나 하는 걱정 때문이었으나, 몇 번씩 살펴보아도 테이블 위의 노란 액체는 반도 줄지 않았다. 장사 안 되는 손님들이었다.

칸막이 좌석 가까이에는 화장실로 이어지는 입구가 있다. 그래서 가게 종업원과 손님들은 종종 그 자리 옆을 지나야 했다.

스미코가 그 옆을 지나갈 때 슬쩍 들었는데, 억양이 역시나 도호쿠 지방 사투리였다. 탁음이 많은 발음이 귀에 들어왔다. 젊은 쪽은 그나마 괜찮았으나 반백 사내는 굉장히 사투리가 심했다.

두 사람이 나누는 이야기의 내용은 알 수 없었다. 스미코가 옆을 지날 때 슬쩍 들은 것은 젊은 남자가 한 말뿐이었다.

"가메다는 지금도 여전하지요?"

"그럼, 여전하지…… 그것보다 널 만나게 돼놔서…… 이보다 기쁜 일은 없을 게야…… 엄청들 나발을 불어서…… 모두 얼마나……"

나이가 많은 남자의 말은 띄엄띄엄 들려 잘 알아들을 수 없었다.

스미코는 들려온 말에서 두 사람이 오래 알고 지낸 사이로 무척이나 오랜만에 만났다고 짐작했다. 가메다라는 사람은 두 사람 다 아는 친구일 테고. 이러한 점들은 후에 경시청 수사관에게 이야기했다.

다른 손님도 이 나이든 손님이 도호쿠 사투리를 쓴다는 인상을 받았다. 화장실에 가려고 테이블 옆을 지날 때마다 소곤거리는 이야기가 띄엄띄엄 들렸다.

그러나 당연히 아무도 이 두 사람에게 흥미를 느끼지 않았다. 게다가 자기네들 이야기가 훨씬 더 즐거웠다. 말하자면 가게 사람들도, 미리 와 있던 손님들도 구석에 앉아 있던 두 남자는 전혀 안중에 두지 않았던 것이다.

"아, 벌써 열두시가 다 됐나."

한 손님이 손목시계를 보며 중얼거렸다.

"슬슬 일어서자고. 조금 있으면 막차야."

"어머, 큰일이네!" 여직원이 나른한 목소리로 말했다. "막차를 놓치면 곤란해요. 역에서 집까지 10분이나 걸리는걸요."

"괜찮으니까 침착해. 막차 놓치면 내가 집까지 데려다줄 테니까."

"데려다주셔봤자 민폐라고요." 여자가 취한 목소리로 대답했다. "오빠가 역까지 마중나오기로 했어요."

"수상하네. 어떤 오빠인지 알 게 뭐야."

"말하는 거 하고는. 당신이랑은 다른 사람이네요."

"하하, 자네 한 방 먹었군. 자, 밋짱이 말하면 고분고분 따라야지. 어쨌든 월말에는 언제나 신세를 지고 있으니까."

"어머, 그런 말 하지 마세요."

그런 이야기를 나누고 있을 때였다.

"어이, 여기 계산."

칸막이 쪽 두 사람이 일어나는 모습이 보였다.

이후 술집을 나온 두 남자는 어디로 간 것일까.

목격자가 없지는 않았다. 때마침 거리를 지나던 길거리 기타 연주자 두 사람이 그들과 마주쳤다. 술집에서 정확히 오륙 미터 떨어진 곳에서 스쳐지나간 것이다. 그들은 근처 선술집이나 주점을 무대로 활동하고 있었다. 어쩌다 그들이 두 사람의 행방에 주목했나 하면, 그 술집에서 돈 좀 벌어볼까 하던 참에 손님이 나오기에 무심코 혀를 찼던 것이다.

"어차피 저런 손님들은 곡도 부탁하지 않아." 형님뻘로 보이는 기타 연주자가 말했다. "품위가 별로잖아."

'품위'란 옷차림의 은어였다. 그네들 장사에서는 먼저 '품위'가 좋으냐 아니냐가 관심사다.

"그래?"

동생 쪽은 캄캄한 데서 마주쳐서 잘 보지 못했기 때문에 그 말을 듣고 무심코 뒤돌아보았다. 이미 손님들은 저만치 떨어져 걸어가고 있었다.

이 작은 길은 10미터 정도 앞에서 두 갈래로 갈라진다. 오른쪽으로 가면 큰길이 나오면서 번화한 상점가로 나가지만, 왼쪽으로 가면 가마타 역 구내를 둘러싼 울타리가 나온다. 이쪽 길은 상당히 조용하고 인적이 없다. 철조망으로 울타리가 쳐져 있긴 하지만, 공터에는 풀이 무성하게 자라 있고 사람이 살지 않는 빈집도 아직 남아 있어서 늦은 밤에는 여자 혼자서는 다닐 수 없을 정도다. 가로등도 드문드문 있어서 뭐가 튀어나올지 모를 곳이다. 그곳을 지나면 전차의 조차장이 나타난다.

두 손님은 이 왼쪽 길로 꺾어 들었다. 상당히 멀리 떨어져 있었기 때문에 기타 연주자들은 이른바 '품위'는 명확하게 알아볼 수 없었지만, 그런 음침한 길로 갈 정도라면 이렇다 할 손님은 아니겠구나 생각했다.

"그 두 사람은 친해 보이던가? 아니면 말다툼이라도 하는 것 같았다든가?"

사건이 일어난 뒤 수사본부 경관이 기타 연주자 두 사람에게 물었다.

"글쎄, 별로 싸우거나 하진 않았던 것 같은데요. 둘이서 무슨 이야기를 주고받는 것 같기는 했는데, 내용까지는 모르겠어요. 음, 친해 보이는 편이었어요."

"두 사람 말에 이렇다 할 특징은 없었고?"

"그러고 보니 도호쿠 지방 사투리를 썼던 것 같습니다."

"두 사람 중 어느 쪽이었지? 나이 많은 쪽? 아니면 젊은 쪽?" 수사관이 물었다.

"글쎄요, 어두워서 얼굴은 잘 모르겠지만, 왼쪽에 있던 사람이었는데요. 그 사람이 키가 작았어요."

키가 작은 사람이라면 반백의 남자다. 그것은 5월 11일 밤의 일이었다.

2

가마타 역에서 출발하는 게이힌 도호쿠 선의 첫차 시간은 오전 네시 팔분이다. 전차를 움직이기 위해 운전사와 차장, 검차관 등이 세시경에 숙직실에서 일어나 전차가 있는 조차장으로 간다.

무수히 많은 전차가 넓은 구내에 나란히 세워져 있다. 5월 12일 오전 세시는 캄캄하고 추웠다. 검차관은 젊은 남자였는데, 마지막 일곱번째 차량 바퀴에 손전등을 비추고는 선 채로 굳어버렸다. 그는 숨을 삼킨 채 서 있다가 갑자기 양손을 휘저으며 달려서는 마침 운전석에서 시동을 켜고 있던 운전사에게 황급히 뛰어갔다.

"이봐, 참치가 있어!" 그가 놀라서 외쳤다.

"참치?" 운전사는 가슴이 철렁했으나 곧 웃으며 말했다. "이봐, 아직 차가 움직이지도 않았어. 참치가 있을 리 없잖아. 잠이 덜 깬 거 아니야? 정신 차리라고."

참치는 차바퀴에 깔려 죽은 시체를 말한다. 운전사의 말은 논리적으로 맞는 이야기였다. 이제 겨우 집전기를 올려서 엔진 시동음이 들리기 시작하던 참이었다.

"아니야, 틀림없다니까. 분명히 참치가 엎어져 있다고."

검차관은 새파랗게 질린 얼굴로 주장했다. 운전사와 마침 그곳으로 온 차장은 일단 검차관이 말한 현장에 가보기로 했다.

"저거야."

일곱번째 차량에 도착하자 검차관은 멀찌감치 떨어져서 손전등으로 전차 아래를 비췄다. 불빛 가운데 분명히 사람처럼 보이는 새빨간 물체가 바퀴 바로 앞 선로에 쓰러져 있었다. 운전사가 몸을 수그리며 기묘한 소리를 냈다.

"으, 끔찍하군."

차장이 외쳤다. 세 사람은 한동안 움직이지 않고 물체를 지그시 바라보았다.

"어서 경찰에 알리자. 시간이 다 되어가니까 말이야." 차장다운 말이었다. 첫차 시간인 네시 팔분까지 앞으로 20분밖에 남지 않았다.

"좋아, 내가 가서 알리지." 운전사가 멀리 떨어져 있는 사무소로 달려갔다.

"아침부터 무슨 날벼락이람." 다소 마음이 진정된 차장이 투덜거렸다. "어떻게 된 일이지? 차는 조금도 움직이지 않았잖아. 그런데 얼굴이 피범벅이라니."

이 조차장에는 많은 전차가 늘어서 있지만, 첫차는 울타리에서 가장 가까운 곳에 자리잡고 있었다. 옆 전차와의 거리는 고작 1미터 정도였다. 울타리와는 반대쪽에 있는 전차 쪽으로 시체의 발이 놓여 있었다. 구내에는 높은 기둥 위에 외등이 달려 있었다. 남자의 시체는 그 불빛 때문에 생긴 전차 그림자 속에 있었다. 이 사실은 나중에 범행 동기를 추정하는 첫번째 실마리가 되었다.

차장도 검차관도 발을 동동 구르며 사무소에서 누군가 오기를 기다렸다. 발을 동동 구른 것은 날이 춥기 때문만은 아니었다. 조금씩 어둠이 걷히더니 하늘 가장자리가 밝아오기 시작했다. 저쪽에서 수많은 불빛이 움직였다. 소식을 들은 사무소 동료들이었다. 손전등을 들고 온 동료 가운데에는 당직 역무원도 있었다.

"저런."

역무원도 차량 밑을 들여다보고 눈이 휘둥그레졌다. 움직이는 전차가 사람을 친 상황은 많이 봤지만, 조차장에 세워진 전차 밑에 시체가 쓰러져 있는 것은 처음 있는 일이었다.

"빨리 경시청에 연락해. 다른 사람들은 시체 가까이 다가가지 말고. 그리고 첫차는 208호를 사용해."

역무원은 책임자로서 당면한 일들을 처리했다.

"그건 그렇고 심하게 당했는걸."

다른 동료가 엉거주춤한 자세로 바퀴를 들여다보았다. 남자의 얼굴은 피로 새빨갛게 물들어, 붉은 도깨비를 연상시켰다. 만약 시체가 있는지 모르고 그대로 발차했다면 얼굴이 바퀴에 눌려 찌그러졌을 것이다. 시체는 선로를 베고 누워 있다는 얘기다. 게다가 넓적다리는 다른 쪽 선로에 놓여 있었다. 전차가 움직이면 얼굴과 넓적다리가 잘릴 자세였다.

주위가 밝아지고 경시청에서 경관이 급히 왔을 즈음에는 조차장 외등도 꺼져 있었다. 도착한 사람은 수사1과의 구로자키 1계장이었다. 수사관과 감식과 직원 일고여덟 명도 함께였다. 그리고 경시청 출입 기자들이 대여섯 명 따라왔다. 다만 기자들은 사건 현장에서 꽤 먼 곳으로 쫓겨나 있었다.

전차는 일곱번째 차량만 남기고 이상이 없는 여섯 대의 차량은 연결된 채로 조차장에서 발차했다. 그래서 현장에는 사고 차량 한 대만이 외롭게 남아 있었다.

차량을 중심으로 감식원들이 분주히 움직였다. 사진을 찍거나, 주변을 스케치하거나, 조차장 일대의 지도를 사무소에서 빌려와 빨간 선을 긋고 있었다.

웬만큼 상황을 기록하고 나서 시체를 차량 밑에서 꺼냈다. 시신의 얼굴은 엉망진창으로 짓뭉개져 있었다. 둔기로 심하게 구타당했는지 안구가 튀어나올 것 같았으며 코는 뭉개지고 입은 찢어져 있었다. 반백의 머리도 피범벅이었다. 감식원이 바로 검시에 들어갔다.

"이거 얼마 안 됐는걸."

감식원이 웅크리고 앉아서 말했다.

"그렇지? 죽은 지 서너 시간 정도일까."

사후 서너 시간 정도 경과했다는 수사과 감식원의 말은 부검 결과와도 거의 일치했다. 부검은 그날 오후 R대학 법의학부에서 진행했다. 부검 소견은 다음과 같다.

나이는 54, 55세 정도. 다소 마른 체격.

사인은 교살.

안면 전체에 타박상이 무수히 많음. 게다가 손과 발에 피부가 벗겨진 찰과상이 있으며, 상처가 붉게 부어 있음.

위장 내용물: 연한 황갈색의 다소 혼탁한 액체(알코올 성분 포

함)이며, 소화되지 않은 땅콩이 섞여 있음.

혼탁한 액체는 약 200시시. 화학 검사 결과 수면제 검출.

이상의 결과를 종합하면, 피해자는 수면제가 섞인 위스키를 마신 후 목졸려 숨졌고, 다시 공격면이 두꺼운 흉기(예를 들면 돌, 망치 등)로 강력하게 구타당한 것으로 보임.

사후 3, 4시간 경과.

부검 소견에도 기록되어 있는 흉기에 관한 추정은 사실과 다르지 않았다. 수사반은 사건 현장 일대를 수색했다. 도로와 조차장 사이에 는 작은 도랑이 있다. 범행 도구로 쓰인 돌을 이 도랑에서 찾아 주워 올렸다. 돌에는 진흙이 잔뜩 묻어 있었으나 깨끗이 씻어내자 약간의 혈흔이 보였다. 도랑에 버려진 탓에 혈흔은 대부분 씻겨나갔고 진흙 을 닦아냈기 때문에 더욱이 조금밖에 남아 있지 않았다. 이 혈액은 피해자의 혈액형과 일치했다. 돌은 지름 12센티미터 크기였다.

피해자의 손발에 무수한 찰과상이 생긴 이유는 금방 알아낼 수 있었다. 도로와 접해 있는 조차장 경계에는 기둥에 가시철조망 울타리 가 처져 있는데, 그중 한군데만 철사가 잘려나가 있었다. 이곳은 예전 부터 절단되어 있어서 장난꾸러기들이 개구멍으로 쓰곤 했다. 그래도 철사가 남아 있었기에, 아마도 피해자를 도로에서 조차장으로 끌고 올 때 손발이 철사 끝에 쓸리면서 생긴 찰과상으로 보였다.

부검 소견에 있는 대로 피해자가 마신 위스키에는 수면제가 섞여 있었다. 피해자가 잠에 취해 저항할 수 없을 때, 범인은 피해자의 목 을 조른 다음 도로에서 조차장으로 끌고 들어왔다. 그러고는 부근에 있던 큰 돌덩이로 피해자의 얼굴을 마구 치고, 시신을 질질 끌어다가 첫 전차의 마지막 차량 아랫부분에 넣어놓은 것으로 추정되었다.

피해자의 머리는 반백이었다. 나이는 54, 55세 정도에 신장은 1미터 60센티미터, 체중은 52킬로그램 정도이고 영양 상태는 좋은 편이었다. 양복을 입고 있었으나 속옷과 와이셔츠 모두 고급품은 아니었다. 직업은 언뜻 보기에는 일용 노동자 같았다. 경찰은 소지품을 조사했다. 신분을 알 수 있을 만한 것은 아무것도 없었다. 양복에도 이름이 없었고 와이셔츠 등에도 세탁소 표시가 없었다.

시신 발견 당시 사후 서너 시간이 지나 있었으니, 범행은 전날 밤 열두시부터 오전 한시 사이에 일어났다는 얘기다. 그 시각 현장 부근은 인적이 없었던 것으로 보아, 범인은 피해자와 함께 그 부근을 걷다가 현장인 조차장으로 데리고 와서 목을 졸라 죽였을 수도 있고, 또는 다른 장소에서 죽인 후 자동차로 옮겼을 가능성도 있었다. 피해자가 위스키와 함께 수면제를 복용해서, 즉 범인이 먹인 수면제 탓에 정신을 잃었을 때 목이 졸린 후 자동차로 운반되었을 거라는 가정이었다. 수사본부에서는 이쪽이 더 가능성이 있다고 보았다.

어찌되었든 간에 결국 범인은 피해자를 목졸라 죽이고, 현장 부근에 있던 돌로 피해자의 얼굴을 짓뭉갰다. 이에 관해서는 원한관계라는 설이 유력했다. 목을 졸라 목적을 달성하고도 얼굴이 뭉개지도록 구타했다는 것이 피해자에게 상당한 원한을 가진 인물의 범행으로 보였다. 시신이 전차 바퀴 아래에 얼굴을 위로 하고 누워 있던 상황은, 피해자의 신원을 알아볼 수 없도록 얼굴을 완전히 뭉개버리려는 의도가 범인에게 있었다고 해석된다. 요컨대 범인은 전차가 움직이면 피해자의 얼굴이 남아나지 않도록 해놓은 것이다. 하지만 범인은 전차가 출발하기 전에 검차관이 차체를 한번 둘러본다는 사실까지는 몰랐던 모양이다.

또한 조차장에는 언제나 외등이 켜져 있다. 범인은 일부러 피해자를 외등 불빛이 닿지 않는 전차와 전차 사이 그늘진 부분에 놓아두었다. 이것은 지나다니는 사람이 발견하지 못하게 하려는 조치인 듯했다. 피해자의 양복에 상표가 없는 것은 싸구려라서지만, 와이셔츠에 있어야 할 세탁소 꼬리표까지 없는 까닭은 아마 세탁소에 맡기지 않고 집에서 직접 세탁하는 사람이기 때문이리라. 즉 그 정도로 경제적 여유가 없는 사람인 것이다.

이러한 점들로 보아 이 범행은 강도가 아니라 원한관계에 의한 면식범의 소행이라고 수사본부는 결론내렸다. 치정관계인지는 아직 모른다. 어쨌든 피해자의 신원을 파악하는 것이 급선무다. 수사관들은 가마타 역을 중심으로 탐문수사에 나섰다. 수사관 한 명이 전날 밤 역 근처 한 토리스 바에서 피해자로 보이는 인물과 동석한 손님이 있었다는 사실을 알아냈다.

토리스 바의 종업원 말에 따르면 두 사람은 그 가게에는 처음 온 손님이었다. 수사본부에서는 토리스 바 종업원과 그날 그 가게에 있었던 회사원들을 불러 자세한 이야기를 듣기로 했다.

그들의 증언에 의하면 피해자로 보이는 남자가 일행과 가게로 들어온 것은 밤 열한시 반경이었다. 여사무원이 30분 후 있을 메카마선 막차를 걱정했기 때문에 분명하게 기억한다고 했다.

두 손님의 인상은 분명치 않다. 한 명은 분명 머리가 반백이었다.

다른 한 명은 30대 정도였다. 그러나 이 젊은 손님의 나이에 대해서는 30대라는 사람도 있는 반면 40대라는 사람도 있고, 심지어 훨씬 더 어리게 본 사람도 있었다.

술집 종업원과 당시 같이 있던 손님, 술집 밖에서 마주쳤던 기타 연주자 등 목격자들의 증언에서 서로 일치하는 부분은 피해자가 도호쿠 사투리를 썼다는 점이었다. 이것은 피해자의 신원을 추려내는 데 애를 먹던 수사본부에 실낱같은 단서가 되었다.

"도호쿠 사투리라는 건 어떻게 알았습니까?" 담당 수사관이 물었다.

"나이가 많아 보이는 손님은 확실히 즈즈 사투리*를 썼어요. 대화 내용은 분명하게 기억나지 않지만 말할 때 발음이 그랬어요. 젊은 사람은 표준어를 쓰는 것 같았고요."

증인들 모두 대화 내용은 알지 못했다. 다만 술집에서 종업원도 손님도 가끔 화장실에 갔다. 두 사람이 있던 자리가 화장실 입구 옆이라 화장실에 갈 때마다 두 사람 옆을 지나가야만 했다. 자연스럽게 이야기를 띄엄띄엄 듣게 되었다고 했다.

"가메다는 지금도 여전하지요?"

피해자와 함께 온 남자가 피해자에게 도호쿠 말투로 물었다고 술집 여종업원 중 한 명이 말했다. 이 이야기는 스미코 말고 다른 여종업원도 얼핏 들었다.

즉 두 사람은 '가메다'라는 이름을 자주 화제에 올린 것이다. '가메다'가 대체 무엇인가. 수사관들은 여기에 관심을 쏟았다. 그들의 이야

---

* 도호쿠 지역 특유의 방언을 이르는 말로, 지 발음을 즈에 가깝게 발음하는 데서 비롯한 별칭이다.

기에서 구체적으로 나온 이름은 이것밖에 없었다.

한 수사관이 "가메다는 둘 다 아는 친구겠지"라고 의견을 냈다. 대부분 동의했다.

다시 말해 피해자와 가해자는 전부터 아는 사이였으나 한동안 만나지 못했다. 그러다 우연히 오래간만에 만나 가까운 술집에 들렀다. 그리고 '가메다'라는 친구의 이야기를 했던 것이다. 그렇다면 반백의 피해자는 최근에 '가메다'라는 인물을 만났거나 친한 사이이지만, 피해자의 일행인 젊은 남자는 '가메다'를 만난 지 오래되었다고 추측할 수 있다. 그러므로 젊은 남자는 피해자에게 '가메다'는 지금도 여전하냐고 소식을 물은 것이다.

이 같은 점이 중요한 문제가 된 것은 피해자와 함께 토리스 바에 왔던 젊은 남자가 범인이거나 적어도 범행에 관련된 인물로 주목되었기 때문이다.

그 밖에 그들의 이야기 가운데 손님들 귀에 들린 것은 '그립다'라든가 '아무리 해도 그후로는 생각대로 돌아가지 않는다' '최근에야 겨우 이 생활에도 익숙해졌다' 같은 말들이었다. 이것은 주로 즈즈 사투리를 쓰던 피해자의 말로, 동석한 젊은 남자의 말은 거의 들리지 않았다. 왜냐하면 젊은 남자는 상당히 작은 목소리로 나직이 말했기 때문이다. 게다가 의식적으로든 아니든 화장실에 가는 사람들이 옆을 지나갈 때 될 수 있으면 얼굴을 보이지 않으려 했다. 젊은 남자에게서 들은 유일한 말은 여종업원이 이야기한 "가메다는 지금도 여전하지요?"뿐이었다. 강도로 인한 범행설은 완전히 제외되고 원한에 의한 범행설로 굳어졌다.

"피해자는 50대. 일용 노동자 타입. 도쿄가 고향은 아니지만 도쿄에서 일하는 사람. 출신은 도호쿠 지방. 그리고 '가메다'라는 인물을 아는 남자."

이것이 수사본부에서 파악한 피해자의 신원이었다. 피해자가 일용직으로 보인다는 추정을 바탕으로 도내 싸구려 아파트와 여인숙 등을 중심으로 탐문수사를 벌이기로 했다. 석간신문에서 이 사건을 크게 다뤘기 때문에 피해자에게 가족이 있다면 바로 연락이 올 터였다. 그러나 이틀이 지나도 어디서도 연락은 오지 않았다. 게다가 피해자를 안다는 사람도 나오지 않았다. 가마타 역 근처 술집에서 술을 마셨다는 점에서, 피해자가 역을 중심으로 그다지 멀지 않은 곳에서 살고 있다고 추측하기는 쉬웠다. 그래서 오타 구를 중심으로 수사했으나 딱히 이렇다 할 성과는 없었다.

"가마타 역 앞 술집에 있었다고 해서 반드시 근처에 살고 있다고는 할 수 없지 않나?"라는 의견을 내는 수사관도 있었다.

"가마타 역은 국철도 지나지만 메카마 선, 이케가미 선의 분기점이기도 하잖아. 그러니까 피해자는 메카마 선이나 이케가미 선이 지나는 곳 근처에 살고 있다고도 생각할 수 있지."

일리 있는 의견이었다. 그렇게 되면 수사 범위는 훨씬 넓어진다.

"그렇게 따지면 국철은 요코하마 사쿠라기초 역에서 사이타마 현 오미야까지 왕복해. 그러니까 반드시 그 두 노선 근처라고 할 수도 없지"라는 새로운 의견도 있었다.

그렇다면 사쿠라기초 역에서 오미야 역 사이까지 수사 범위는 더욱 확대되어야 한다.

"그것도 일리가 있지만," 계장이 말했다. "국철이 지나는 지역보다는 아무래도 가마타 역이 두 선의 분기점이라는 데 착안하는 게 자연스럽지 않을까. 두 사람이 토리스 바에 나타난 것은 밤 열한시 반 정도니까 역시 두 노선 근처에 사는 사람으로 봐야 타당하지. 실제로 목격자인 술집 손님은 막차가 끊기기 전에 전차로 귀가하려던 직장인이었어. 그 두 사람도 비슷하다고 봐야 하지 않겠나?"

의견은 일단 그렇게 정리되었다.

"목격자들의 여러 증언을 종합하면 피해자는 도호쿠 사투리를 썼지만, 가해자는 거의 말을 하지 않았어. 가해자의 말투는 어땠을까?"

"그러니까 그게 피해자의 일행, 즉 가해자로 보이는 남자가 가메다에 대해 피해자에게 물었습니다. '가메다는 지금도 여전하지요?'라고 표준어를 썼지만, 억양이 약간 도호쿠 사투리 같았다고 술집 여종업원이 증언하고 있습니다. 말투로 보면 이 두 사람은 도쿄에서 만난 사이가 아니라 같은 도호쿠 지방 사람으로 보이는데요."

수사관 한 명이 대답했다.

3

피해자는 54, 55세의 노동자로 추정되었다. 그것도 일용직 인부라고 수사본부에서는 예상했다. 사건 당시 함께 있던 남자도 같은 일을 하는 사람이라고 보았다. 토리스 바에 한잔하러 올 정도라면 그다지 넉넉한 생활을 하는 남자는 아닐 것이다. 어찌되었든 간에 단서는 '가메다'였다.

"결국은 '가메다 찾기'인가." 한 수사관이 말했다.

실제로 '가메다'를 찾으면 피해자와 범인의 신원을 알 수 있다. '가메다'는 분명히 '가메다龜田'라고 쓸 터. 그러나 '가메다'라는 성은 도호쿠 지방에도 많을 것이다. '가메다'라는 성을 쓰는 사람을 일일이 찾아서 거기서부터 더듬어나가려니 곤란했다. 그렇다고 달리 뾰족한 수가 있는 것도 아니어서, 이 번거로운 방법을 택할 수밖에 없었다.

수사본부에서는 경시청 도호쿠 관할 부서에 의뢰해서 아오모리, 아키타, 이와테, 야마가타, 미야기, 후쿠시마 등 각 현 경찰서 관내에서 '가메다'라는 성을 찾게 하였다. 이렇게 모인 수많은 '가메다'들을 하나씩 쳐내는 수밖에 없었다. 이 방법은 시간이 꽤 걸리고 성가시기는 해도 유일하게 확실한 수사방법이었다. 이 경우, 중요한 것은 과연 그 남자가 한 말이 '가메다'가 틀림없느냐는 점이다. 만일 잘못 들었다면 엄청난 헛수고를 하는 셈이 된다.

"분명히 '가메다'라고 했습니까?" 만일을 대비해 수사본부에서는 술집 증인들에게 다시금 확인하였다.

"예, 분명히 가메다라고 했어요." 여종업원들이 대답했다.

'가메다'라는 말을 들은 사람은 그 밖에도 또 있었다. 손님 한 명도 그 말을 들었으며, 바텐더도 얼핏 들었다. 모두가 '가메다'로 들렸다고 대답했다.

문제는 어느 증인도 피해자가 데리고 온 남자의 인상착의를 분명하게 기억하지 못한다는 점이다. 나이부터도 서른 정도다, 마흔 정도다, 또는 훨씬 젊다 등 제각각이다. 인상착의를 알 수 없는 것은 일단 그 남자가 의도적으로 얼굴을 숨긴 탓인 듯했다. 솔직히 그날 밤 술집 손님과 여종업원 들은 영화 이야기에 열중하느라 그 두 사람에게 그다지 주의를 기울이지 않았다. 그랬다 해도 두 손님, 그중에서도 피해자의 일행이 의식적으로 얼굴을 숨기려 한 것 같다는 의혹이 있다. 이러한 점에서 그 상대가 범인이고 또한 범행을 계획적으로 꾸몄다고도 추측할 수 있다.

만일 그 남자의 인상착의가 확실하다면 목격자의 증언을 토대로 몽타주를 작성하는 것도 가능했으리라. 하지만 어느 누구도 확실하게 얼굴을 기억하지 못해서 몽타주 작성도 불가능했다.

사건이 일어나고 일주일이 지났다.

피해자의 신원은 전혀 알 수 없었다. 본부는 메카마 선, 이케가미 선 부근의 탐문조사에 주력했다. 피해자가 일용직 노동자로 보이는 만큼 선로 주변 각 구역에 있는 공공직업안정소*의 등록명부도 조사했다. 그러나 가메다라는 성은 없었다. 또한 피해자가 살 법한 싼 아파트와 하숙집도 온갖 수단을 다해서 뒤졌다. 그러나 들어맞는 사람은 없었다. 사건이 있고 나서 일주일이 지났는데도 피해자의 신원은 아직 알 수가 없었다. 범인도 짐작조차 할 수 없었다.

수사본부에서는 처음부터 범인이 쉽게 잡히지는 않을 거라 예상하고 있었다. 목격자는 술집 사람들 외에는 없었다. 본부측 예상으로는 피해자가 참혹하게 살해된 상태로 보아 가해자도 상당한 피를 뒤집어썼을 터였다. 그래서 그날 밤 범인으로 보이는 인물이 남긴 혈흔이

---

* 구인구직을 돕고 실업급여 등을 지급하는 행정기관.

없는지 도내의 각 택시 회사에 수배를 내렸지만 실마리는 잡히지 않았다.

또는 범인은 범행을 마친 후, 늦은 밤 혼자 걸어다니면 분명 수상해 보일 테니, 어딘가에 숨어 피가 묻은 바지와 윗옷을 빨고 날이 밝기를 기다렸다가 이른 아침에 전차로 도주했을 가능성도 있다. 그래서 전차의 차장들도 조사했지만 이렇다 할 인물이 탔다는 증언은 얻지 못했다.

현장 근처를 중심으로 토지 수사도 진행했다. 현장 부근의 제법 넓은 공터 곳곳이 풀로 뒤덮여 있었다. 범인이 범행 후 풀밭에 일시적으로 몸을 숨겼을 수도 있다. 가능성 있는 지점을 이 잡듯 샅샅이 수색했으나, 사건과 관련이 있어 보이는 증거는 찾을 수 없었다. 확실한 것은 그날 밤 조차장에서 참극이 있었다는 사실뿐이고 이후의 흔적은 안개처럼 사라지고 만 것이다. 이렇게 되면 피해자를 알아내는 데 총력을 기울일 수밖에 없다. 피해자와 가해자는 서로 아는 사이다.

한편, 그즈음 경시청 도호쿠 관할 경찰 부서에 의뢰했던 '가메다'에 관한 회답이 수사본부에 서서히 답지하기 시작했다.

"가메다 슈이치, 가메다 우메키치, 가메다 가쓰조, 가메다 가메오, 가메다 료스케, 가메다 사쓰오, 가메다 쇼이치, 가메다 사카에, 가메다 구니오, 가메다 다로, 가메다 요타로, 가메다……"

도호쿠 지방 각 현에서 '가메다'들에 대한 정보가 속속 모여들었다. 그들이 사는 곳도 제각각이었다.

"후쿠시마 현 시노부 군 이자카마치, 후쿠시마 현 아이즈 와카마쓰 시, 후쿠시마 현 아다치 군 도와무라, 미야기 현 이시노마키 시, 미야기 현 시바타 군 무라타마치, 미야기 현 구로카와 군 도미야무라, 야마가타 현 야마가타 시, 야마가타 현 히가시무라야마 군 도요사카무라, 이와테 현 리쿠젠타카다 시, 아키타 현 미나미아키타 군 쇼와초, 후쿠시마 현······"

본부에서는 이 내용과 관련해서 관할 경찰서에 의뢰하여 가메다라는 인물들을 중심으로 조사를 요청했다. 총 서른두 명의 '가메다'가 도호쿠 각지에서 모였다. 수사본부에서는 일일이 해당 경찰서에 조회를 부탁했다. 계속해서 회답이 도착했고, 닷새째 되던 날 조회가 전부 종료되었다. 결과는 '짐작 가는 자가 없음'이었다. 서른두 명이나 되는 가메다의 가족, 친척, 지인, 친구 들은 피해자에 대해 짚이는 바가 없다고 했다.

피해자의 얼굴은 돌로 뭉개져 있었으나, 완전히 훼손되진 않았다. 덕분에 상당한 수준까지 복원해서 사진을 배부했다.

"이거 완전히 꽉 막혔는걸." 수사주임은 회의에서 얼굴을 찌푸렸다. "도호쿠 지방으로 수사 범위를 제한한 것이 잘못이었는지도 모르겠군. 피해자와 가해자가 둘 다 아는 인물인 가메다가 도호쿠 지방 사람이라고 한정할 순 없어. 도쿄 사람일 수도 있고 서쪽에 사는 사람일 수도 있지."

수사주임의 말이 옳았다. 지금까지는 도호쿠 지방 사투리를 썼다는 점 때문에 가메다도 당연히 도호쿠 지방에 살든가 아니면 그 지방 출신이라 여겨왔으나, 다른 지방 사람일 수도 있었다.

신문에서는 이 사건에 관해 가메다 건도 기사화하고 있었다. 그 부분을 신문 지면에서 좀더 강조하여 전국의 '가메다'로부터 제보를 받기로 했다. 그 밖에는 딱히 방법이 없었다. 처음에 수사본부에서는 의욕적으로 '가메다'를 중심으로 수사망을 좁혔으나 첫 시도는 실패로 돌아가고 만 것이다.

한편 피해자와 범인의 행적은 여전히 오리무중이었다. 수사는 피해자가 가마타 역 앞 토리스 바에 나타나기까지의 행적에 초점을 두고 있었다. 그러나 첫 수사와 마찬가지로 이번에도 통 진전이 없었다. 형사들은 연일 무거운 발걸음을 힘겹게 옮기며 탐문수사에 나섰다. 수사본부에 돌아올 때면 모두 피로에 지친 얼굴이었다. 뭔가 수확이 있다면 아무리 피곤해도 생기가 돌았겠지만, 아무런 실마리도 없으니 지치고 힘없는 얼굴이 된다. 한마디로 수사는 곤란한 상태였고, 미궁에 빠질 양상을 보이고 있었다.

형사인 이마니시 에이타로도 그 답답한 사람 가운데 하나였다. 마흔다섯 살인 그는 수사본부에 돌아와서 차를 마시는 것도 여간 마음이 불편하지 않았다. 이마니시는 주로 이케가미 선 선로 주변 싼 아파트나 싸구려 여관 등의 탐문조사를 맡았다. 그는 사건이 일어나고 나서 열흘 넘게 그 근처만을 헤매고 돌아다녔다.

그날도 아무 수확 없이 멍하니 본부로 돌아왔다. 곧 수사회의다. 각 구역 수사관들이 가져온 자료를 검토해보지만 오늘도 눈에 띄는 것은 없다. 회의 자리에는 초조함과 피로만 감돌았다. 이러한 회의가 연일 이어지면 나태함과 비슷한 파편들이 피로감 위에 앙금처럼 쌓이기 마련이다.

이마니시 에이타로가 집에 돌아간 것은 밤 열두시 무렵이었다. 좁은 현관의 격자문 안은 불이 꺼져 있었다. 오늘밤도 남편이 돌아오지

않을 거라고 생각했는지 문은 잠겨 있었다. 그는 문 옆 초인종을 눌렀
다. 잠시 후 불이 켜지고 아내의 그림자가 유리에 비쳤다.

"누구세요?" 아내가 문 안에서 물었다.

"나야." 문밖에 선 이마니시가 답했다.

문이 열리고 아내 요시코가 얼굴을 내밀었으나 불빛 아래 어깨만
밝게 보였다.

"어서 와요."

이마니시는 말없이 들어가 구두를 벗었다. 구두 뒷굽도 요 사나흘
사이에 급격하게 닳아버려서, 현관 바닥에 삐딱하게 놓인다. 다다미
두 장 크기의 현관을 지나 다다미 네 장 반 크기의 방으로 들어갔다.
이부자리 세 채가 펴져 있고 그 안에 잠든 아들의 얼굴이 보였다. 이
마니시 에이타로는 옆에 웅크리고 앉아 열 살이 된 아들의 볼을 손가
락으로 찔렀다.

"하지 마요. 그러다 깨우겠어요." 아내가 뒤에서 나무랐다.

"열흘이나 이 녀석이 깨어 있는 얼굴을 못 봤더니 흔들어 깨워서라
도 이야기하고 싶어졌어."

"내일도 늦게 들어와요?" 아내는 물었다.

"어떻게 될지 모르겠어."

이마니시는 아들 깨우기를 포기하고 베개 곁에서 일어나 옆에 있는
다다미 여섯 장 크기의 거실로 갔다.

"뭐라도 좀 들래요?" 아내가 물었다.

"밤이니까 오차즈케*면 될 것 같아." 이마니시는 다다미 위에 다리
를 뻗고 앉으며 말했다.

"정종 한 병 데울게요." 아내가 웃으며 부엌으로 갔다.

이마니시는 옷을 갈아입기도 귀찮아서 그대로 엎드려 신문을 뒤적거렸지만 모르는 사이에 눈이 감겼다. 귓가에 부엌에서 달그락 소리가 아련하게 들려왔지만 곧 꾸벅꾸벅 졸고 말았다.

"상 차렸어요."

아내가 흔들어 깨웠다. 눈을 떠보니 밥상이 차려져 있고 따뜻한 정종 병이 놓여 있었다. 잠든 사이에 아내가 담요를 덮어준 모양이다. 이마니시는 담요를 치우고 일어났다.

"많이 피곤했나봐요." 아내가 작은 술병을 들었다.

"지쳤어."

"곤히 자고 있긴 했지만 모처럼이니까."

아내가 술잔에 데운 술을 따랐다. 이마니시는 손으로 눈을 비볐다.

"맛좋은데." 이마니시는 잔을 비우고 병에 든 젓갈을 집었다.

"당신도 한잔하지." 그는 술잔을 아내에게 주었다. 아내는 살짝 맛만 보고 잔을 돌려주었다.

"아직 정리 안 됐어요?"

사건에 대한 얘기다. 가마타 역 사건이 일어난 이후 이마니시가 수사본부에 처박혀서 연일 늦게 들어오는 탓에, 남편이 고생하는 데 마음이 쓰이는 얼굴이었다.

"아직 멀었어."

이마니시가 다음 잔을 입안에 털어넣고 고개를 모로 저었다.

---

* 밥에 연어, 김, 매실 등을 얹고 녹차를 부어서 먹는 음식.

"신문에서는 이것저것 많이 나오던데. 장기수사가 될 모양이죠?"

사건 해결보다도 남편의 피로를 더 걱정하고 있다. 요시코가 이마니시를 보며 말했다.

"신문에서는 가메다라는 사람을 찾고 있다고 하던데요. 살해당한 사람과 범인이 그 가메다라는 사람을 안다고 기사가 났던데, 아직 못 찾았어요?"

아내는 웬만하면 사건에 관해서는 이마니시에게 묻지 않았다. 이마니시도 사건 이야기는 될 수 있으면 집에 와서 하지 않는다. 그런데 이렇게 묻는 것을 보면 신문기사 등에서 상당히 흥미롭게 보도하는 모양이다.

"으응."

이마니시는 입속에서 웅얼거리며 대충 얼버무렸다.

"이만큼 신문에서 떠드는데 왜 못 찾는 걸까요?"

이마니시는 이 질문에도 대답하지 않았다. 어떤 사건이든 가족과는 그런 이야기를 하고 싶지 않았다. 언젠가 무슨 사건이 있었을 때 아내가 끈질기게 물었던 적이 있다. 이마니시는 그때 수사에 관한 일은 묻지 말라고 그녀를 나무랐다. 그후로 요시코는 수그러들었으나 이번 사건에서는 그 일도 잊어버린 모양이다. 그래도 남편이 아무런 대답을 해주지 않자 조심스럽게 물었다.

"가메다라는 이름이 많나요?"

"글쎄, 비교적 적은 편이 아닐까."

지친 남편을 위해 술을 데워준 아내의 마음을 생각하면 나무랄 수가 없었다. 그래서 미적지근하게 대답했다.

"저, 오늘 근처 생선가게에 볼일이 있어서 들렀다가 전화번호부를 빌려서 봤어요. 그런데 가메다라는 이름이 도쿄 전화번호부에는 102개 있더라고요." 그녀가 말했다. "102개라면 그렇게 많지는 않지만 그렇게 적은 편도 아니죠."

"그런가."

이마니시는 두번째 병에 손을 뻗으며 중얼거렸다. 일 이야기를 하고 싶지 않은 기분이기도 했지만, 가메다라면 이제 질색이었다. 가메다를 찾기 위해서 본부가 얼마나 노력하고 있는지 모른다. 또한 그도 피해자의 사진을 들고 이케가미 선 근처 싸구려 여인숙과 아파트 등지를 피곤한 발을 이끌고 돌아다녔다. 오늘밤은 사건은 잊고 그저 잠들고 싶었다.

"조금 취했나."

갑자기 몸속이 뜨거워졌다.

"무리해서 그래요. 피곤해서 빨리 취했나봐요."

"이거 한 병은 반주로 할까."

"뭐 내올 게 없네요. 오늘밤은 집에 올지 몰라서……"

"괜찮아."

아내는 다시 부엌으로 갔다.

머리가 조금 가벼워진 듯했다.

"가메다인가……"

이마니시는 자기도 모르게 입 밖으로 내뱉었다. 역시나 마음에 걸렸다. 취한 것은 아니었지만 두세 번 연이어 그 이름을 중얼거렸다.

4

이마니시 에이타로는 그날 아침 조금 늦잠을 잤다. 요 며칠 계속 늦게 퇴근하거나 경찰서에서 잤기 때문에 교대할 때라서, 그날 아침은 천천히 출근해도 괜찮았다. 일어나보니 아홉시 무렵이었다. 아들은 학교에 가고 없었다. 세수를 하고 밥을 먹으려고 앉았다. 오래간만에 푹 잤더니 피로가 많이 풀렸다.

"오늘은 몇시까지 가면 돼요?" 아내가 밥을 푸면서 물었다.

"열한시까지만 가면 돼."

"그래요? 조금 여유가 있네요."

좁은 방에 아침 햇살이 비쳤다. 햇살이 제법 따가웠다. 화분 잎에 물이 고여 반짝반짝 빛나고 있었다. 아내가 물을 뿌려준 모양이다.

"오늘은 일찍 들어와요?"

"글쎄, 어떻게 될지 모르겠는데."

"일찍 오면 좋겠네요. 자꾸 늦게 들어오면 몸에 안 좋잖아요."

"아무리 그래도 우리 일만은 어쩔 수 없어. 사건이 해결될 때까지는 나도 일찍 올지 늦게 올지 알 수가 없다고."

"하지만 그 일이 끝나면 다음 사건이 있겠죠. 다음, 그다음, 끝이 없잖아요."

아내는 적잖이 불만스러운 말투였지만 남편을 걱정하는 마음에서 하는 말이었다. 이마니시는 모르는 척 밥을 된장국에 말아 후루룩 그러넣었다. 시골 출신인 그는 아직도 그렇게 먹는 습관을 고치지 못했다. 아내가 촌스럽다고 뭐라 해도 국에 말아 먹는 밥이 제일 맛났다.

배가 부른 이마니시는 다다미방에 드러누웠다. 아직 조금 잠이 모자랐는지, 눕자마자 노곤해졌다.

"조금 쉬었다가 나가지그래요?"

아내는 베개를 꺼내고 얇은 이불을 내려 덮어주었다. 바로 잠이 오지는 않았다. 이마니시는 무심코 베개 옆에 있던 여성지에 손을 뻗었다. 이러고 있는 동안에도 수사 일이 마음에 걸린다. 신경을 다른 데로 돌리기 위해서 두꺼운 잡지를 들었다. 막연히 눈 가는 대로 읽으려는데 잡지 안에서 팔랑 하고 다른 책이 떨어졌다. 잡지 부록이었다. 접이식으로 된 '전국 명승 온천 안내'라는 컬러 지도였다. 이마니시는 누운 채 얼굴 위로 지도를 들어 폈다. 보고 있자니 생각보다 재미있었다. 하지만 그러는 와중에도 이마니시의 관심은 도호쿠 지방에 쏠려 있었다. 무슨 일을 하건 '가메다'가 머릿속에 있었다.

목격자에 따르면 피해자도 범인으로 보이는 사람도 도호쿠 사투리로 이야기했다고 한다. 특히 피해자는 도호쿠 지방에서 도쿄에 올라온 지 얼마 안 되어 보인다고 했다.

이마니시는 도호쿠 쪽 지도를 보면서 즐거워졌다. 마쓰시마, 하나마키 온천, 다자와 호수, 도와다 호수 등이 있었다. 지도에는 작은 역 이름이 철도를 따라 빼곡하게 적혀 있었다.

피해자는 도대체 도호쿠 어디에서 왔을까. 그리고 '가메다'라는 인물은 현재 이 지도 어디쯤에 살고 있을까. 그런 생각을 의식 한구석에 놓아둔 채 그는 역 이름을 읽었다. 모르는 역 이름을 보는 것도 즐거운 일이다. 이마니시는 한 번도 도호쿠 지방에 간 적이 없다. 그러나 미지의 역을 보고 있으면 그 근처 풍경이 머릿속에 어렴풋이 떠오르는 것 같았다.

예를 들어, 왼편에 하치로가타가 있다. 그 앞으로 오가 반도다.

이마니시는 그 주변 역 이름을 슬쩍슬쩍 읽어나갔다.

노시로, 고이가와, 오이와케, 아키타, 시모하마 같은 글자가 막연하게 눈에 들어왔다.

그러다 다음으로 눈을 옮긴 곳에서 그는 숨을 멈추었다.

'우고 가메다羽後龜田'였다.

—우고 가메다.

이마니시는 순간 눈앞이 아찔해졌다. 여기에도 '가메다'가 있다. 그러나 인명이 아닌 지명이다. 철도역 이름이니까 '우고 가메다'가 되었겠지만 분명 그 일대에 '가메다'라는 지역이나 동네가 있을 것이다.

가메다가 여기에 있다!

이마니시는 1분은 족히 지도에 눈을 고정하고 가만히 있었다. 그러다 갑자기 지도를 팽개치고는 자리를 박차고 일어났다. 바로 출근 준비를 했다.

"어머, 갑자기 무슨 일이에요?" 아내가 부엌에서 나와 서둘러 양복을 입는 남편을 쳐다보았다. "잠이 안 와요?"

"잘 때가 아니야." 그가 말했다. "빨리 구두 좀 닦아줘."

이마니시의 안색이 조금 변해 있었다.

"열한시까지 가면 된다면서요. 아직 시간 안 됐어요."

아내가 괘종시계를 보며 말했다.

"어쨌든 빨리. 지금 바로 가야 해."

이마니시가 큰 소리로 말했다. 스스로 조금 흥분한 상태임을 알 수 있었다.

아내의 체념 섞인 배웅을 받으며 이마니시는 몹시 황급한 듯 서둘러 길을 걸었다.

버스가 오지 않아 초조했다.

'가메다는 사람 이름이 아니었다.' 그는 마음속으로 되뇌었다. '지금까지 사람으로 생각하고 찾았던 게 잘못이다.'

피해자와 동행인의 대화에 나오는 '가메다'가 지명이라면 이야기가 딱 들어맞지 않는가.

'가메다는 지금도 여전하지요?' 분명히 피해자와 함께 있던 사람이 이렇게 말했다고 했다.

이 단어가 사람 이름이라고 생각했으나, 지명이라면 훨씬 더 자연스럽다.

즉 가메다가 여전하냐는 말은 예전에 그곳에 살았던 남자가 그후 고향은 어떤지 묻는 말이었던 것이다. '우고 가메다'가 정확히 어떤 지명인지는 모른다. 지도상으로 볼 때 아키타 현은 확실하며 우에쓰 선으로 아키타에서 다섯번째 역이고 바다와 가깝다.

수사본부에 도착한 것은 열시가 넘어서였다.

"어이, 빨리 왔네."

동료가 그의 어깨를 툭툭 쳤다.

"주임님은 오셨어?"

수사본부는 관할 경찰서인 가마타 경찰서에서 배정해준 방에 차렸다.

"응, 지금 막 오셨어."

복도에 서서 이야기를 나눴다.

이마니시는 '가마타 조차장 살인사건 수사본부'라고 거창하게 적힌 종이가 붙은 입구로 들어갔다.

가운데에 있는 책상에서 구로자키 경부가 보고서 같은 것을 읽고 있었다. 구로자키는 경시청 수사1과 1계장이지만 이번 사건의 수사주임이 되었다.

이마니시는 그 앞으로 곧장 다가갔다.

"안녕하십니까."

"어어."

이마니시가 인사해도 계장은 포동포동한 어깨에 붙은 짧은 목을 까닥거리기만 했다.

"계장님, 가메다 말인데요."

이마니시가 거기까지 말하자 구로자키가 고개를 들었다.

"뭐라도 알아냈나?"

구로자키는 머리가 조금 벗어지고 눈은 가늘며 이중턱이다. 체격도 통통하다. 그 구로자키가 실눈을 깜빡인다. 그도 가메다에 대해서는 예민해져 있다.

"맞는지는 모르겠습니다만, 가메다라는 이름 말입니다." 이마니시가 입을 열었다. "사람 이름이 아니라, 어쩌면 지명일 수도 있지 않을까요?"

"뭐, 지명? 지역 이름이라고?"

구로자키 계장은 얼굴을 바짝 들이밀고 이마니시를 보았다.

"분명하지는 않습니다. 하지만 그럴 수도 있겠다 싶어서."

"그런 지명이 도호쿠에 있단 말인가?"

"있습니다. 사실은 오늘 아침에 찾아냈습니다."

구로자키는 흠 하고 크게 숨을 내쉬고는 신음하듯 말했다.

"그건 생각 못했어…… 그래…… 그렇군."

구로자키는 생각에 잠겨 그렇게 답했다. 분명 주임도 피해자와 동행했던 사람의 말을 되뇌어보고 있을 것이다.

"대체 그 가메다는 어디 있는 거야?"

갑자기 긴장한 얼굴이다.

"아키타 현입니다."

"아키타 현 어디인가?"

"글쎄요, 그것까지는 모르겠습니다만."

"대체 어디 부근이야?"

"아키타 역에서 다섯번째 역으로 쓰루오카 근처입니다." 이마니시가 말했다. "역 이름은 '우고 가메다'입니다. 그러니까 그 역이 있는데가 가메다라는 지역이 틀림없습니다."

"이봐, 지도 좀 가져와봐."

주임이 소리질렀다. 젊은 형사 한 명이 지도를 빌리러 사무실에서 달려나갔다.

"그건 그렇고, 잘도 찾아냈군."

지도를 빌려오기를 기다리면서 주임이 눈을 가늘게 뜨고 말했다.

"우연히 지도를 보다가 그 역을 찾아냈습니다."

"어쩌다 지도를 볼 생각을 다 했나?"

"실은 아내가 보던 여성지 부록을 별생각 없이 본 겁니다."

이마니시는 조금 민망한 듯이 말했다.

"그것참, 딱 좋은 때에 알아냈는걸."

"이게 맞을지는 아직 모릅니다."

이마니시는 당황해하며 말했다. 자신의 감이 정말 맞는지 틀린지는 아직 알 수 없다. 만약 맞다면, 이런 행운은 없다.

지도를 빌리러 갔던 형사가 한 손에 접힌 종이를 들고 펄럭거리며 돌아왔다.

"아키타 현 지도입니다."

주임은 바로 지도를 폈다.

"이마니시, 어디 부근인가?"

주임의 말에 이마니시는 지도 위로 얼굴을 들이밀었다.

"거기서 보면 방향이 반대잖아. 보기 어려우니까 이쪽으로 와서 봐."

"예."

이마니시는 주임 옆으로 와서 자잘하게 적힌 글자들을 살펴보았다. 오늘 아침에 본 명소 안내지도는 대략적인 지도여서 확실한 지형이 나오지 않았다. 이 세밀한 지도에서 아키타를 찾아서 거기서부터 우에쓰 선을 따라 다섯번째 역을 찾으면 된다. 이마니시는 먼저 아키타를 찾았다. 그곳을 손끝으로 짚고 우에쓰 선을 따라갔다.

"아, 여기입니다."

이마니시는 한곳을 손가락으로 가리켰다.

"어디, 어디."

주임은 이마니시가 가리키는 곳을 보았다.

"그렇군, 우고 가메다. 있었어."

구로자키 주임이 지도에 얼굴을 대고 뚫어져라 본다. 지도에 '우고 가메다'라는 역명은 있지만 '가메다'라는 지명은 없다. 바로 옆에는 이와키라는 마을이 있다.

"주임님, 분명 우고 가메다라고 적혀 있으니까, 그 근처에 마을인지 동네인지는 몰라도 그 이름을 쓰는 지명이 있을 것으로 보입니다."

"그렇군."

주임은 잠시 생각에 잠겼다가 "알았으니 가보게" 하고 이마니시를 자리로 돌려보냈다.

주임이 그냥 이마니시를 돌려보낸 이유는 곧이어 열린 수사회의에서 알 수 있었다. 구로자키 주임은 모두를 모아놓고 이마니시가 발견한 '우고 가메다'에 대하여 설명했다.

"그러네요. 피해자와 함께 있던 사람이 한 말을 인명보다는 지명이라고 생각하는 편이 더 자연스러워요."

다수 의견이 그러했다. 모두 그 자리에 앉아 있는 이마니시의 얼굴을 슬쩍슬쩍 보았다.

"일단 관할 경찰서에 물어보자고. 피해자의 얼굴 사진을 먼저 보내고 그 인물을 아는 사람이 관내에 있는지 조사해보세."

주임이 말했다.

그로부터 나흘이 지났다. 그 나흘간, 수사는 여전히 난항을 거듭하고 있었다. 이쪽의 탐문수사도 행적 조사도 전혀 성과를 올리지 못했다. 남은 건 아키타 현에서 답신이 오기를 기다리는 일뿐이었다.

현지에서 연락이 온 것은 나흘째 되던 날이었다. 이와키 경찰서에서 온 전화였다.

"아키타 현 이와키 경찰서의 수사과장입니다."

상대가 말했다. 전화를 받은 사람은 구로자키 주임이었다.

"수사본부 주임인 구로자키입니다. 일부러 전화까지 해주시고, 감사합니다."

"전에 문의하셨던 내용 말입니다만……"

"예."

전화기를 든 구로자키에게 긴장감이 흘렀다.

"알아내신 거라도 있습니까?"

"가메다 사람들을 대상으로 이것저것 조사해보았습니다만, 유감스럽게도 해당하는 사람을 찾을 수가 없었습니다."

"예에."

구로자키는 낙담했다.

"보내주신 사진을 가지고 다니면서 탐문수사를 벌였지만 가메다 지역 사람들은 다들 모른다고 하더군요."

"가메다라는 지역은 어떤 곳입니까?" 구로자키가 물었다.

"가메다 인구는 기껏해야 삼사천 정도입니다. 현재 이와키초에 포함되어 있습니다. 경지가 넓지 않기 때문에 농업은 활발하지 않고 주로 건조우동이나 직물을 생산하고 있습니다. 그래서 인구는 점차 감소하고 있지요. 사진 속 사람이 가메다 출신이었다면 바로 알 수 있었을 테지만, 아무도 본 적이 없다고 합니다."

"그렇습니까."

어렵게 발견한 우고 가메다도 이걸로 수사대상 실격인가 싶었다. 그러나 다음에 이어지는 말이 낙담하기 시작한 구로자키를 조금 일으켜세웠다.

"그런 사람은 없지만, 조금 이상한 일이 있었습니다."

"흠, 이상한 일이라니요?"

"조회를 부탁받기 정확히 이틀 전에요. 그러니까 지금으로부터 일주일 전이 됩니다만, 낯선 사람이 가메다 부근에서 서성거린 일이 있었습니다. 그 남자는 가메다에 하나밖에 없는 숙박시설에 묵었는데요. 보통 그런 사람이 별로 오지 않는 곳이라 주의를 끈 것으로 보이며, 저희 쪽 경관이 그 얘기를 듣고 왔습니다."

귀가 솔깃해지는 보고였다.

"어떤 남자였습니까?"

주임이 전화기를 고쳐쥐면서 물었다.

"나이는 서른두셋 정도였습니다. 언뜻 봤을 때 공장에서 일하는 사람 같았다고 합니다. 무엇 때문에 가메다에 왔는지 통 알 수 없었습니다. 혹시나 참고가 될까 해서 알려드립니다."

"그 남자가 마을에 나타난 것 외에 뭔가 다른 수상한 점은 없었습니까?"

"딱히 수상한 점은 없었습니다. 특별히 사건을 일으키지도 않았고요. 하지만 말씀드렸다시피 본 적이 없는 낯선 사람이 나타났기에 혹시라도 부탁하신 일과 관련이 있을까 해서 알려드렸습니다."

"감사합니다. 그 남자가 마을 사람들의 주의를 끌 만한 일은 하지 않았습니까?"

"사소하지만, 그런 일이 있기는 했습니다."

이와키 경찰서의 수사과장은 말을 이었다.

"글쎄요, 별일 아닐 수도 있는데, 워낙 자극이 없는 시골인지라 그 남자의 행동이 사람들 눈에 이상하게 비친 것은 사실입니다. 전화로는 구체적으로 말하기 그렇지만……"

건너편의 목소리는 이쪽으로 수사관을 파견하면 어떻겠냐고 묻는 듯 들렸다.

"아, 감사합니다. 상황에 따라서는 그쪽으로 사람을 보낼지도 모르겠군요. 모쪼록 잘 부탁합니다."

"알겠습니다."

전화가 끊어졌다.

구로자키 주임은 담배를 한 대 피우면서 천장을 향해 연기를 뿜었다. 그런 다음 잠시 책상에 팔꿈치를 괴고 생각에 잠겼다.

"모두 자리에 있나?"

주임은 사무실에 있는 동료들에게 말을 걸었다. 그중 한 명이 사무실을 휙 둘러보더니 대답했다.

"거의 다 있습니다."

수사회의가 열렸다. 그 자리에서 주임은 말했다.

"이 사건은 처음 예상과는 달리 난항을 거듭하고 있다. 현시점에서 피해자의 신원은 확실히 밝혀지지 않고 있다. 토리스 바에서 이야기를 나누던 남자를 유력한 용의자로 보고 있지만, 그에 관해서도 도통 아는 바가 없다. 기대할 거라곤 가메다라는 이름뿐이야."

주임은 거기까지 말하고 피곤한 듯 차를 마셨다.

"나흘 전에 이마니시 형사로부터 가메다는 인명이 아니라 지명이 아니겠냐는 보고를 받았다. 타당성이 있다고 생각되어 바로 가메다라는 지명이 있는 아키타 현의 이와키 서에 조회를 부탁해두었는데 방금 그 답이 왔고, 이와키초 가메다 지역이라고 한다."

주임은 한숨 돌리고서 말을 이었다.

"이와키 서에서 전화로 설명하기로는 여기서 조회를 부탁하기 이틀 전, 즉 약 일주일 전에 그 가메다 지역을 서성거리던 사람이 있었다고 한다. 전화로는 자세히 알 수 없는 얘기지만, 이 가메다는 현재로서는 대단히 중대한 실마리라고 생각된다. 지금 통화한 내용도 그렇고, 본부에서 현지로 수사관을 보내는 게 수사를 유리하게 이끌 수 있다고 본다. 여러분 의견은 어떤가?"

주임은 모두의 의견을 물었다. 이에 출석한 전원이 찬성했다. 현재 수사는 속수무책인 상황이었다. 말하자면 지푸라기라도 잡고 싶은 상황인 셈이다. 수사관 파견은 바로 결정되었다.

"이마니시." 주임이 불렀다. "자네가 그 지명을 발견했으니, 수고스럽겠지만 다녀오겠나?"

회의실의 테이블은 디근자로 배열되어 있었는데, 가운데에 앉아 있던 이마니시가 고개를 끄덕였다.

"좋아, 그리고 한 명 더 같이 갔으면 하는데, 요시무라가 좋겠군."

주임이 얼굴을 돌렸다. 테이블 끝에서 젊은 남자가 일어섰다.

"알겠습니다."

요시무라 히로시라는 젊은 형사였다.

2장
가메다

1

이마니시 에이타로는 저녁 여섯시 무렵 집으로 돌아갔다. 아내는 눈이 휘둥그레졌다.

"웬일로 일찍 왔네요."

"일찍 오기는. 출장이야. 오늘밤 바로 떠나야 해."

이마니시는 구두를 아무렇게나 벗으며 들어갔다.

"어머, 어디로 가는데요?"

"도호쿠 쪽이야. 아키타 근처."

이마니시는 자세한 이야기는 하지 않았다. 여기서 가메다라는 지명을 말하면 또 귀찮게 물어볼 게 뻔했다. 이런 경우, 형사의 행선지는 누구에게든 비밀로 해야 한다. 아내인 요시코는 입이 무겁지만, 무심코 남편의 행선지를 얘기하지 않으리라는 보장은 없었다. 이마니시는 신중했다.

"몇 시 기차예요?" 아내가 물었다.

"우에노에서 21시."

"아아, 그러면 그 사건의 범인이 밝혀졌나요?" 아내의 눈이 반짝거렸다.

"그런 거 아니야. 용의자에 대해서는 하나도 드러난 게 없어."

"그럼 잠복이에요?"

"아니." 이마니시는 점점 심기가 불편해졌다.

"그럼 잘됐네요." 아내는 조금 안심한 눈치다.

"뭐가 잘됐다는 건데?"

"그야 잠복을 하거나 범인을 잡으러 가는 일이라면 걱정이잖아요. 그냥 탐문수사는 위험하지 않으니까 안심이에요." 아내는 그런 말을 했다.

이마니시는 용의자가 도망 다닐 법한 곳에 잠복하러 지방 출장을 간 적이 있다. 그런 때의 마음고생은 이만저만이 아니다. 멍청하게 굴다 범인의 흔적을 놓쳐, 나중에 엄청난 실책이 드러나는 경우가 있다. 이마니시도 그런 경험이 두 번 정도 있다.

게다가 범인의 호송을 맡으면, 이건 또다른 의미에서 위험하다. 열차로 호송하는 길에 범인이 도주를 꾀하기 쉽기 때문이다. 그는 그런 경험은 없지만 동료 중에는 있다. 화장실에 들어가 창문을 부수고 도망가거나 수갑을 찬 채로 달리는 열차에서 뛰어내리거나 한다. 그러면 형사는 경찰서로 돌아가는 길이 괴로워진다.

아내가 안심했다고 하는 것은 이런 위험이 없기 때문이다. 사실 이마니시 자신도 이번만은 마음이 편했다. 그 가메다라는 곳으로 가서 탐문수사만 하면 되니까. 그러나 거기에서 성과를 얻지 못하면 이 또한 다른 의미에서 수사본부에 면목이 없다. 애초에 가메다라는 지명을 발견하고, 이번 출장의 계기를 만든 사람이 이마니시 자신이기 때문이다. 어떤 의미에서는 책임이 무거웠다.

"누구랑 같이 가요?"

형사는 혼자서 출장 가는 법이 없다. 반드시 2인 1조가 되어 움직인다. 아내도 그것을 알기에 물어본 것이다.

"요시무라야." 이마니시는 나직이 대답했다.

"요시무라 씨면, 아아, 작년 설에 오신 젊은 분 말이죠. 우리집으로 오시나요?"

"여기에 오기는. 따로따로 기차를 타고 갈 거야."

이마니시 에이타로가 우에노 역에 도착한 것은 오후 여덟시 사십분이었다. 플랫폼에는 아키타행 급행 '하구로'가 일찌감치 들어와 있었다. 이마니시가 주변을 휙 둘러보았다. 신문기자로 보이는 사람은 없었다. 그래도 그는 신중하게 바로 열차에 타지 않고 플랫폼에 있는 매점에 들러 담배를 한 갑 샀다. 동료인 요시무라의 모습은 당연히 보이지 않았다. 방금 산 담배를 꺼내 한 대 피우고, 아는 얼굴은 없는지 슬슬 주변을 돌아다닐 계획이었다.

그런데 갑자기 뒤에서 누군가 어깨를 두드렸다.

"이야, 이마니시 형사님."

이마니시는 깜짝 놀라 뒤를 돌아보았다. S신문사의 야마시타라는 기자의 얼굴이 싱글벙글 웃고 있었다.

"이 시간에 어디 가세요?"

이마니시는 좋지 않은 상황에 들켜버렸다고 생각했다. 그러나 아무렇지도 않은 표정으로 말했다.

"니가타에 볼일이 좀 있어서."

"니가타요?"

기분 탓인가, 야마시타의 눈이 번쩍 빛난 듯 보였다.

"이런, 니가타에 무슨 일이 있으신가요?"

"별일 아니야."

이마니시는 그렇게 말하고 순간적으로 이유를 생각해냈다.

"이상한데요. 형사님네는 조차장 살인사건으로 야단법석이지 않습니까? 그런데 니가타에 느긋하게 출장이라니, 뭔가 냄새가 나는데요."

"냄새는 무슨." 이마니시는 일부러 화난 듯이 말했다. "니가타는 아내의 고향이야. 장인어른께서 돌아가셨어. 그래서 지금 달려가는 중이라고. 아까 전보가 와서 말이지."

"그러신가요. 삼가 조의를 표합니다."

야마시타는 일단 그렇게 말했으나, "그런데 사모님은 안 보이시네요?" 하며 코웃음 쳤다.

이마니시는 속으로 아뿔싸 하고 생각했다. 하지만 바로 정신을 차리고 둘러댔다.

"전보가 점심때 왔어. 아내는 먼저 출발했고. 나는 사건 때문에 좀 늦어졌지."

"그러십니까."

야마시타라 해도 이 말에는 넘어간 듯했다.

"그러는 자네는 이런 데서 뭘 하는 건가?"

이마니시가 거꾸로 물었다. 이 남자와 같은 열차를 타기라도 한다면 곤란하다.

"저는 니가타에서 오는 사람을 마중나왔지요."

"아아, 그렇군. 그럼 수고하게."

이마니시는 안심했다.

"그럼."

이마니시는 일부러 손을 흔들며 천천히 플랫폼을 걸었다.

"안녕히 가십시오." 야마시타도 인사했다.

이마니시는 일부러 반대쪽으로 걸어갔다. 적당한 데서 뒤를 돌아보자, 신문기자의 모습은 더이상 보이지 않았다. 이마니시는 가슴을 쓸어내렸다. 그는 더욱더 경계하면서 인파에 몸을 숨겨 반대 방향으로 돌아온 다음 열차 맨 뒤칸으로 뛰어들었다. 열차 안은 거의 만석이었다. 맨 뒤칸에 요시무라의 모습은 보이지 않았다. 두번째 칸으로 이동했다. 그곳도 만석이었다. 이마니시는 다음 칸으로 발걸음을 옮겼다. 이때 플랫폼 반대쪽 좌석에 앉아 있는 요시무라가 보였다. 이마니시가 앉을 좌석에는 양복 케이스를 올려두었다.

"어이."

이마니시가 부르자 요시무라가 웃으며 손을 흔들었다.

"자네 혹시 신문기자한테 들키진 않았어?" 이마니시는 제일 먼저 그것부터 물었다.

"아니요, 문제없었는데요."

요시무라는 이마니시에게 옆자리를 권했다.

"이마니시 선배는 들키셨어요?"

"응, 아까 저기서 S신문사 놈이 알은체를 하더라고. 얼마나 놀랐는지. 할 수 없이 집사람 고향인 니가타에 간다고 말했지. 가슴이 철렁했어."

"그러셨군요."

이마니시는 기차가 얼른 출발했으면 싶었다. 정차하고 있는 동안 또 누군가를 만날까봐 안절부절못했다. 둘은 되도록 플랫폼 쪽을 보지 않으려고 얼굴을 선로 쪽 창가로 돌렸다. 기차가 출발한다는 안내 방송이 나오자 솔직히 긴장이 풀렸다.

"이 기차가 혼조에 도착하면 일곱시 반이던가?" 이마니시가 물었다.

"예, 일곱시 사십칠분 도착입니다. 혼조에서 갈아타면 가메다까지 20분쯤 걸립니다." 요시무라가 선배에게 말했다.

"자네는 도호쿠 쪽에 가본 적 있어?"

"아니요, 한 번도 없습니다."

"나도 처음이야. 이봐, 요시무라. 각자 가족들 데리고 여유롭게 여행이나 다니면 좋겠군. 매번 이런 출장만 다녀서야 재미도 없고."

"전 이마니시 선배와는 달라서 아내가 없는걸요." 요시무라는 웃었다. "그래서 어떤 출장이든 다 좋아요. 혼자 가는 여행이 훨씬 더 즐겁고요."

"그렇군. 특히 이번에는 용의자를 데리고 돌아가야 하는 것도 아니고 잠복도 없으니까 어찌나 마음이 편한지."

"그건 그렇고, 가메다라는 지명을 발견한 사람이 이마니시 선배라면서요? 혹시 그게 맞는다면 대박이네요."

"맞을지는 몰라. 쓸데없는 말을 해서 경비를 낭비했다고 나중에 주임에게 혼날지도 모르는 일이고."

둘은 한동안 잡담을 나누었다. 근처에 승객이 있어서 수사에 관한 말은 더이상 꺼내지 않았다. 도호쿠가 처음이라는 두 사람은 열한시 무렵까지 자지 못했다. 어두운 창문으로 드문드문 민가의 불빛이 흘러들었다. 밤이라 경치가 어떤지는 알 수 없었지만 그래도 어둠 가운데서 도호쿠 냄새가 나는 느낌이었다.

날이 샌 지점은 쓰루오카였다. 사카타에 도착한 것은 여섯시 반이었다. 이마니시는 일찍 눈이 떠졌으나, 옆 좌석의 요시무라는 팔짱을 끼고 뒤에 기댄 채 잠에 푹 빠져 있었다.

혼조에서 갈아타 가메다에 도착한 것은 열시 가까이 되어서였다. 역은 적막했다. 그러나 역 앞 거리의 집들은 튼튼하게 지어져 있었다. 오래된 집들뿐이었다. 생각보다 훨씬 품격 있는 마을이었다. 눈이 많이 오는 곳이라 어느 집이나 지붕 차양이 깊었다. 이마니시도 요시무라도 도호쿠 마을은 처음이라 생소해 보였다. 마을 위쪽으로 산이 있었다.

"이마니시 선배. 배가 좀 고픈데요." 요시무라가 말했다.

"그러고 보니 그렇군. 그러면 근처에서 배를 채워둘까."

역 앞에 있는 식당으로 들어갔다. 손님은 두세 명밖에 없었다. 식당이라고 해도 기념품 가게를 겸하는 곳으로 2층은 숙박시설이었다.

"뭘로 하겠나?"

"저는 밥을 실컷 먹고 싶은데요. 너무 배가 고파서."

"자네 잘 자던데."

"그랬나요. 이마니시 선배가 깨워주셨죠? 아침에 일찍 일어나셨어요?"

"아무래도 자네보다 나이가 있으니 쓰루오카 근처부터 눈이 떠졌어."

"그건 좀 아쉽네요. 쓰루오카는 저도 보고 싶었거든요."

"그렇게 곯아떨어져서는 아무데도 못 봐."

"일찍 일어나셨으면 무척 배고프실 텐데요?"

"내가 자넨가?"

이마니시는 메밀국수를 주문했다. 둘은 나란히 밥을 먹었다.

"이마니시 선배, 좀 묘한 생각을 했는데요. 선배가 어떻게 생각하실지는 모르겠지만." 튀김덮밥을 그러넣으며 요시무라가 말했다. "이렇게 여기저기 출장 가잖아요. 그러면 저는 각 지역 경치보다도 음식맛이 기억에 남더라고요. 용의자를 호송하며 조마조마한 마음으로 돌아올 때도 말이에요. 고생한 것보다 그 지역에서 먹었던 음식 맛이 기억나요. 저희는 출장 경비가 빠듯하니까 어딜 간다 해도 맛있는 걸 먹을 수 있는 것도 아니잖아요. 카레나 덮밥이나, 아무데나 있는 요리들인데 그래도 맛이 달라요. 그 지역 맛이랄까, 그걸 제일 먼저 떠올리게 되더라고요."

"그런가." 이마니시는 메밀국수를 후루룩거리며 먹었다. "역시 자네는 젊군. 나는 경치를 기억에 남기고 싶어."

"아, 맞다." 요시무라가 젓가락질을 멈추고 말했다. "이마니시 선배는 하이쿠를 짓는다고 하셨죠. 그러면 아무래도 경치에 특별히 더 신경쓰시겠어요. 이번에도 하이쿠 소재를 잔뜩 챙겨가시려나요?"

"서툰 하이쿠뿐이지." 이마니시가 웃었다.

"그건 그렇고 어떻게 할까요? 먹고 나서 바로 경찰서로 가볼까요?"

"그러지."

"그런데 뭐랄까, 좀 묘한 느낌이 드네요. 이렇게 이곳에 온 것은 이마니시 선배가 형수님의 여성잡지 부록을 보셨기 때문이지요? 그게 없었으면 저도 여기에 올 일이 없었을 텐데. 그렇게 생각해보면 인생이란 사소한 일을 계기로 운명이 바뀐다는 말을 알 것 같아요."

덮밥을 한 톨도 남기지 않고 싹싹 긁어먹은 요시무라가 차를 따르면서 말했다.

2

이와키 경찰서는 낡은 건물이었다. 안에 들어간 이마니시는 어둑한 접수대에 명함을 내밀었다.

"이쪽입니다."

순경은 명함을 보고, 둘을 바로 서장실로 안내했다. 서장은 서류를 보고 있다가 두 사람을 보고는 의자를 빼고 일어났다. 명함을 보지 않았어도 방문자가 누구인지 알고 있다는 얼굴이었다.

"어서 오십시오, 이쪽으로 앉으시죠." 퉁퉁한 몸집의 서장은 웃는 얼굴로 두 사람 앞에 의자 두 개를 나란히 내었다.

"경시청 수사1과의 이마니시 에이타로입니다."

"요시무라 히로시입니다."

둘은 함께 인사를 건넸다.

"오시느라 고생하셨습니다."

서장은 두 사람에게 의자를 권했다.

"이번 일로 여러 가지 귀찮게 해드려 죄송합니다." 이마니시는 인사말을 건넸다.

"어이쿠, 아닙니다. 참고가 될지 어떨지 몰라서 일단 보고만 했던 겁니다."

젊은 경관이 차를 가져왔다.

"여러 가지로 힘드시죠?" 서장은 탁상 위의 담배를 권하면서 말했다. "바로 여기로 오셨습니까?"

"아뇨, 우고 가메다 역에서 내렸습니다. 아무래도 일단 어떤 곳인지 봐놓고 싶어서요. 그리고 버스로 왔습니다."

"그렇군요. 경시청분이 저희 이와키 서로 오신 것은 여러분이 처음입니다." 서장이 말했다. "조회하신 사건을 대충은 알지만, 자세하게는 모릅니다. 직접 이야기해주실 수 있을까요?"

"알겠습니다."

이마니시는 가마타 조차장 살인사건의 수사에 대해 대강 이야기했다. 서장은 흥미롭다는 듯이 들었다.

"그렇군요. 그래서 이 가메다가 수사 선상에 올랐군요……"

"그렇습니다. 도호쿠 사투리를 쓴 점도 그렇고 가메다라는 이름이 나온 것도 그렇고, 이거다 하는 느낌이 들었습니다."

"잘 알겠습니다. 전에도 수사주임님께 직접 전화로 말씀드렸지만, 여기서 특별히 이상한 일은 없었습니다. 알고 계실지 모르겠지만, 여기 가메다는 옛날에 성을 중심으로 발달한 시가지였습니다. 2만 석 정도의 작은 번藩*이었지요. 그래서 토착민이 많습니다."

서장이 설명하기 시작했다.

"보신 바와 같이 삼면이 산으로 둘러싸여 있습니다. 경작할 수 있는 땅이 적어서 현재는 건조우동과 직물, 아, 직물은 가메다 직물이라고 해서 전쟁 전까지는 귀하게 여겨졌습니다만, 지금은 그때만큼 번창하지는 않고요. 그러다보니 해가 갈수록 이 마을에서 젊은 사람이 빠져나가서 인구는 줄어들고 있습니다."

서장은 표준어로 이야기했으나 말투에는 이 지방 특유의 억양이 또 렷했다.

"그래서 가메다 출신 사람이라면 거의 알 수 있습니다. 본부에서 보낸 피해자의 사진을 가지고 저희 경관을 시켜 여기저기 돌아보게 했지만 아무래도 그 사진에 있는 사람은 이 지역 사람이 아닌 것 같습니다. 그런데 말입니다……"

서장이 잠시 쉬었다가 말을 이었다.

"지금으로부터 일주일 전에, 가메다에 좀 수상한 남자가 나타났습니다."

"오호. 수상하다니, 어떤 점에서요?" 이마니시가 물었다.

"언뜻 보기에 노동자 같은 남자였고, 구겨지고 다 낡아빠진 양복을 입고 있었는데, 나이는 대충 서른에서 마흔 사이로 보였습니다. 처음부터 수상하다고 여긴 건 아니고, 이번에 그쪽에서 문의가 와서 저희

---

* 에도 시대에 영주가 다스리던 영지를 가리키는 말.

가 가메다 부근을 조사하러 다니다가, 그러고 보니 그런 남자가 있었다는 제보가 들어와서 알게 된 것입니다."

"그렇군요. 그래서, 어떤 일인가요?"

"그 남자는 가메다에서 아사히라는 여관에 묵었습니다. 그 여관은 원체 역사가 오래된 집이고 심지어 이 지역에서는 제법 격식이 있는 집입니다. 그 사람이 거기에 묵는다고 해서 딱히 별다를 건 없지만, 그런 여관에 노동자 같은 남자가 간다는 게 좀 앞뒤가 맞지 않아 보여서요."

"예."

"여관에서는 일단 남자를 받아주지 않았습니다. 물론 행색을 보고 꺼린 거지요. 그런데 그 남자는 돈이라면 걱정하지 말고, 선금을 내도 좋으니 꼭 여기에 묵게 해달라고 부탁한 모양입니다. 지금은 마침 손님도 없는 시기라, 여관측에서도 그렇게까지 말한다면 별수없다면서 방을 내준 모양입니다. 좋은 다다미방 말고 낡은 방을 줬지만 말입니다."

이마니시는 그 이야기를 듣고 가마타 역 근처 술집에서 피해자와 함께 있던 남자를 떠올렸다. 목격자들은 그 남자의 나이를 30대라고도 하고 40대라고도 했다. 노동자 분위기라고 한 점도 같다. 자연히 이마니시는 서장의 이야기에 열심히 귀를 기울였다.

"그리고 무슨 일이 있었습니까?"

"아니요, 그것뿐입니다. 별다른 일은 없었습니다. 숙박료도 약속대로 선금으로 냈다고 하고요. 게다가 담당 여종업원에게도 5백 엔을 팁으로 줬다는군요. 요 근처에서 여종업원에게 5백 엔이나 쓰는 손님은 도통 없는 일이거든요. 여관에서도 나중에는 그럴 줄 알았으면 조금 더 좋은 방을 줄 걸 그랬다고 아까워했대요."

"주지는 않았고요?"

"뭐, 아무래도 옷차림이 그랬으니 여관에서도 끝까지 경계심을 풀지는 않았던 모양입니다."

"그 남자는 거기서 무얼 했습니까?"

"남자가 저녁때 도착했는데, 식사를 마치고 피곤하다며 목욕도 안 하고 쿨쿨 잤답니다. 그래서 여관에서 괜히 더 기분 나빠했고요."

"기분 나쁠 만한 일이라도 있었습니까?"

"기분 나쁠 일이라는 게, 이런 일이 있었습니다. 그 남자가 열시 넘어까지 자다가 일어나서 여종업원을 불러 이 여관은 몇시까지 문을 여느냐고 물었나봅니다. 종업원이 한시 무렵까지는 열려 있다고 말하자, 그렇다면 볼일이 좀 있으니까 나갔다 오겠다면서 여관 나막신을 신고 외출했다고 합니다."

"열시가 넘은 시간에 외출을요?"

이마니시는 이야기를 듣고 다시금 확인했다.

"예, 그렇습니다." 서장이 대답하고는 말을 이었다. "그러고 나서 그 손님이 오전 한시가 넘어서 여관에 돌아왔다고 합니다. 말씀드리는 걸 깜빡했네요, 그 남자는 어깨에 메는 가방을 하나 가지고 왔는데, 그건 두고 나갔다더군요. 이 근처는 모든 집이 밤에 일찍 문을 닫거든요. 그러니까 열시 넘어 나가서 한시 무렵까지 그 남자가 무얼 했는지는 알 수가 없지요. 여기가 평범한 도회지라면야 특별히 이상한 일도 아니지만, 이런 곳에서는 묘하게 그런 것이 눈에 띄기 마련이죠."

"그렇겠네요. 외출에서 돌아온 다음에 그 남자에게 이상한 낌새는 없었습니까?"

"별다른 낌새는 없었습니다. 딱히 술을 마신 것도 아니었고, 나갔을 때와 같은 모습이었다고 합니다. 여종업원이 어디 다녀오셨냐요, 라고 묻자 조금 볼일이 있어서 나갔다 왔다고 대답한 모양입니다. 그런데 열시도 넘어서 특별히 일은 없었을 테고, 여관에서도 조금 이상하게 생각했나봅니다. 그래서 저희 경관이 탐문 나갔을 때 그 이야기가 나온 겁니다."

"그렇군요. 그 남자의 숙박부는 남아 있습니까?"

"남아 있습니다. 저희가 압수할까 했지만 여러분이 보러 오신다기에 일부러 여관에 그대로 두게 했습니다. 필요하시면 그 부분만 가져가셔도 됩니다."

"감사합니다. 그 밖에 별다른 점은 없습니까?"

"여관에서는 없습니다. 그 남자는 아침 여덟시쯤에는 이미 여관에서 나갔다고 합니다. 여종업원이 아침식사 시중을 들며 물었답니다. 앞으로 어디로 가시느냐고. 그러자 기차를 타고 아오모리 쪽으로 간다고 말했다더군요."

"숙박부에 주소는 어디로 적혀 있었습니까?"

"이바라키 현 미토 시입니다."

"아아, 미토 사람입니까?"

"숙박부에는 그렇게 적혀 있었습니다. 그러나 진짜인지 어떤지는 조사해보셔야 할 것 같습니다. 여종업원이 미토는 좋은 곳이지요, 하고 말했더니 미토 부근 명소 이야기를 했답니다. 그걸 보면 미토하고 전혀 관계가 없지는 않아 보입니다."

"직업은요?"

"숙박부에는 회사원이라고 적혀 있지만, 어느 회사에 다니는지는 듣지 못했답니다."

"그렇다면 그 밤에 세 시간 동안 외출한 게 수상쩍다는 말씀이군요."

"그렇습니다. 하지만 그것뿐이라면 여러분께 수고스럽게 여기까지 오시라고 하지는 않았겠지요. 그 밖에도 조금 이상한 점이 있습니다."

"예, 어떤 점이 말입니까?"

"첫째로 그 남자가 건조우동집 앞을 서성거렸다는 점입니다."

"건조우동집?"

"아까 말씀드린 대로 가메다는 건조우동의 명산지입니다. 그러니까 가게 옆에는 우동을 말리는 데가 있지요. 그곳에 그 남자가 나타났습니다."

서장의 설명에 이마니시가 되물었다.

"우동집 앞에 그가 나타난 것이 뭐 어쨌다는 말씀이십니까?"

"아뇨, 뭘 어떻게 했다는 건 아닙니다. 그냥 우동 말리는 곳 앞에 우두커니 서 있었다는군요." 서장은 쓴웃음을 지으며 답했다.

"우두커니 서 있었다고요?"

"그렇습니다. 게다가 딱히 뭔가 하지도 않고 20분 정도 그냥 멍하니 서서 말린 우동을 뚫어지게 보기만 했다는 겁니다."

"예에."

"그 건조우동집도 불량해 보이는 남자가 우동 말리는 곳 앞에 아무런 이유도 없이 서 있으니 신경이 쓰일 수밖에요. 그런데 별다른 행동도 없이 쓱 다른 데로 갔나봅니다. 이야기는 이게 전부입니다. 그런데 이런 것도 참고가 될까요?"

"매우 참고가 되었습니다." 이마니시는 깊이 고개를 숙였다. "그렇군요. 여러 가지 일이 있었네요. 물론 여관에 묵었던 남자와 우동을 구경하던 남자는 동일 인물이겠죠?"

"같은 사람으로 보입니다. 그리고 한 가지 더." 서장이 무심코 웃었다.

"또 어떤 일입니까?"

"가메다 마을에는 강이 흐르고 있습니다. 고로모가와 강이라고 하는데요, 그 강 언저리 둑에 지금 말씀드린 사람으로 추정되는 남자가 낮에 팔다리를 쭉 뻗고 누워 자고 있었다고 합니다."

"잠깐만요." 이마니시가 말을 가로막았다. "그게 여관에 묵은 다음날입니까, 아니면?"

"다음날이 아니고요, 그 여관에 묵은 그날입니다. 아까 말씀드렸다시피 여관에 들어간 것은 저녁이었으니 그날 점심 무렵이군요."

"알겠습니다. 계속 이야기해주십시오."

"아뇨, 이것도 그냥 그 남자가 강가에 누워 자고 있었다는 것뿐입니다. 이 주변에 그런 태평스러운 남자는 별로 없으니까요. 둑 위에 길이 있는데요, 그 길을 걷던 마을 사람이 이상한 곳에서 낮잠을 자는 놈이 다 있다 했답니다. 부랑자인가싶었다네요."

"그렇군요."

"그 일은 딱히 소문이고 뭐고 돌지도 않았습니다. 그냥 경관이 탐문하다 들은 이야기죠. 뭔가 수상한 일은 없었는지 물어보러 다니는

데, 아아, 그러고 보니 이런 일이 있었는데요 하고 들려준 이야기라고
합니다."

"그렇다면 그 남자는 낮에 풀밭에서 잤다는 거네요. 그날 밤에는
여관에서 열시 넘어 나가서 한시 무렵 돌아왔다…… 잠깐, 이거 이상
하지 않습니까?"

"뭐가요?" 서장이 이마니시의 얼굴을 쳐다보았다.

"둑에서 낮잠을 자고 밤에는 여관에서 나와 어딘가 가고, 이건 평
범한 사람의 행적은 아니잖습니까?"

"아아, 도둑이나 그런 걸 생각하시나보네요. 저도 그런 줄 알았습
니다. 그런데 그날 전후로 마을에 절도 피해는 없었습니다."

서장이 말을 이었다.

"뭔가 피해가 있었으면 바로 구체적인 사항을 이 수상한 남자와 관
련지었겠지요. 아무 일도 없었던 탓에 오히려 정체를 알 수가 없는
겁니다."

"남자가 어슬렁거린 게 그날 하루뿐입니까?" 이마니시가 물었다.

"예, 그날뿐입니다. 이게 이마니시 형사님이 문의한 사건과 어떤
관련성이 있을까요?"

"글쎄요." 이마니시는 싱글거렸다. "아무래도 수상하네요. 그러면
일단 지금부터 저희는 슬슬 걸어가볼까 하는데요."

"그러시겠어요? 그럼 누구 사람을 시켜서 안내하지요."

"아뇨, 됐습니다. 그냥 장소만 가르쳐주시면 알아서 가보겠습니다.
그러는 것이 편합니다."

"그러시겠습니까?"

서장은 사람을 불러 아사히 여관과 건조우동집 등의 장소를 설명하게 했다. 이마니시도 요시무라도 정중하게 인사를 하고 경찰서를 나왔다.

둘은 버스를 타고 가메다 방향으로 갔다. 버스에는 이 지역 사람들만 타고 있었다. 승객들이 주고받는 이야기를 듣자니, 알아들을 수 없을 정도로 사투리가 심했다. 늘어선 집들은 곧 사라지고 버스는 논길을 달려갔다. 차창에 비친 산의 신록이 아름다웠다. 이 주변은 계절이 도쿄보다 훨씬 늦다. 이마니시는 멍하니 시선을 밖으로 향했다.

가르쳐준 정류장에서 내려 아사히 여관을 찾았다. 서장의 설명으로는 유서 깊은 여관이라고 했는데, 건물 역시 무척 낡았다. 합각머리에 장식을 댄 구식 현관도 엄숙한 느낌이었다.

"이런 사람입니다만."

이마니시는 맞으러 나온 여종업원에게 경찰수첩을 보였다. 주인을 만나고 싶다고 하자 마흔 정도 되어 보이는 남자가 안에서 나와, 이마니시 앞에 무릎을 꿇었다.

"도쿄 경시청에서 왔습니다."

이마니시는 현관에서 허리를 굽혀 인사했다. 올라오라고 주인이 권해도 그대로 있자 여종업원이 방석과 차를 현관 마루로 가져왔다. 이마니시는 이와키 경찰서에서 서장에게 들은 이야기를 대강 설명했다.

"확실히 그런 손님이 묵었습니다." 주인이 고개를 끄덕였다.

"그 이야기를 좀더 구체적으로 들려주시겠습니까?"

이마니시가 묻자 여관 주인이 그러마 하고는 자초지종을 이야기했으나, 서장이 한 말과 거의 다르지 않았다.

"그 남자가 적은 숙박부가 있다고 들었는데요?"

이마니시의 물음에 주인이 "있습니다" 하고 끄덕였다.

"숙박부를 볼 수 있을까요?"

"물론입니다."

주인은 여종업원에게 숙박부를 가져오게 했다. 숙박부라고는 해도 낱장짜리 전표 묶음이었다.

"여기 있습니다."

주인이 보여준 숙박부에는 다음과 같이 적혀 있었다.

'이바라키 현 미토 시 ××초 ××번지 하시모토 주스케.'

악필이었다. 마치 소학생이 쓴 것 같았다. 그러나 노동자로 보였다는 남자의 인상착의를 고려하면 부자연스럽지는 않았다. 이마니시는 그 글자를 가만히 보았다.

이마니시 에이타로는 손님의 인상을 물었다. 30대 정도였고 키가 컸다고 했다. 체격은 마르지도 뚱뚱하지도 않았다. 얼굴은 조금 갸름한 편으로 머리는 가르마가 없고 짧았다. 피부는 검지만 콧날이 곧은 단정한 용모였다. 그러나 항상 고개를 숙이고 있어서, 이야기할 때도 정면으로 눈을 마주치는 일이 없었다고 한다. 그런 만큼 여종업원들이 받은 인상도 저마다 달랐다.

말투는 어떠했는지 묻자, 확실하게 도호쿠 사투리는 아니었다고 했다. 표준어에 가까운 말투에 목소리는 다소 깊이가 있었다고 말했다. 전체적인 인상은 그늘지고 굉장히 피곤한 듯했다. 이것만은 모두의 의견이 일치했다. 그는 여행용 큰 가방도 슈트케이스도 가지고 있지 않았다. 단지 전쟁 때 많이 쓰던, 어깨에 메는 천가방을 들고 있었는데, 거기에 소지품을 쑤셔넣은 것 같았다. 어깨에 멘 가방은 불룩했다.

이 여관에서 들은 얘기는 두 형사가 건조우동집을 찾아가 얻은 결과와 다를 바 없었다. 우동집에는 옆에 우동 말리는 곳이 따로 있어서 우동 면을 햇볕에 말리고 있었다. 대나무 장대를 나란히 세우고 거기에 늘어뜨려 말리는데, 하얀 우동 면이 햇빛에 반짝여 마치 새하얀 폭포같이 보였다.

"여기 근처에 그 남자가 서 있었는데요." 그 집 주부가 나와서 설명했다.

장소는 우동 건조대에서 2백 미터쯤 떨어진 작은 길이었다. 이곳이라면 이웃집과 멀리 떨어진데다 중간에 풀밭이 있다. 풀밭 사이로 난작은 샛길이 큰길과 이어져 있었다. 문제의 남자는 그 풀밭 근처에서 앉았다 섰다 하면서 30분 넘게 어슬렁거렸다고 한다.

"정말로 이상한 사람이라고 생각했어요. 그렇다고 장난치는 것도 아니니까 뭐라 하지는 못했는데, 나중에 형사님이 오셔서 최근에 이상한 일이 없느냐고 물으시기에 그 이야기를 했지요."

"그럼, 이 우동 말리는 걸 보고 있었단 말씀인가요?"

"그렇다니까요. 줄곧 쉬지도 않고 우동을 보고 있었더라니까요. 도대체 무슨 영문인지 알 수가 있어야지."

이마니시와 요시무라는 여기서 단지 그것만 확인하고 나왔다. 서장에게 들은 대로였다. 얼마간 걷자 큰 강이 나왔다. 강 상류에는 산들이 첩첩이 들어서 있었다. 강둑에는 풀이 무성했다.

"그렇군. 여기서 그 남자가 자고 있었단 말인가." 이마니시가 경치를 보며 말했다.

건너편 강둑에서 한 시골 아낙네가 괭이를 들고 걸어가고 있었다. 이런 일로 오지 않았다면 한가로운 여행이었을 것이다.

"이마니시 선배." 요시무라가 옆에서 불렀다. "어떤 것 같으세요? 분위기를 봐서는, 역시 그 남자가 가마타 술집에서 피해자와 함께 있던 남자일까요?"

"글쎄, 뭐라고 단정지을 수가 없네. 하지만 분명히 수상한 이야기야."

"그래도 종잡을 수 없는 이야기네요."

요시무라는 이마니시 옆에서 조금 김빠진 얼굴로 서 있었다.

"이마니시 선배, 그 숙박부에 쓰여 있던 건 당연히 가짜겠지요?"

요시무라가 물었다.

"당연하지. 그건 완전 가짜야."

이마니시가 너무나도 단호하게 말하는 바람에 요시무라도 덩달아 끌려들어갔다.

"그걸 어떻게 아세요?"

"자네, 그 숙박부의 필적을 봤지?"

"예, 봤습니다. 굉장히 악필이던데요."

"그거야 당연하지. 그건 일부러 왼손으로 쓴 글씨야. 잠깐 기다려봐."

이마니시는 주머니를 뒤져 수첩 사이에 끼워두었던 숙박부 전표를 내보였다.

"잘 보라고. 여기 글씨에 힘이 하나도 안 들어갔지? 게다가 이런 들쭉날쭉한 글자는 없어. 그 여관에서 여종업원이 한 말, 기억나? 숙박부를 여종업원 눈앞에서 적은 게 아니라, 여종업원이 숙박부를 두고 잠깐 물러갔다가 나중에 방에 갔더니 다 적어놓았더라고. 그러니까 그 손님은 여종업원이 없는 사이에 왼손으로 쓴 거야."

요시무라는 얼굴을 들이밀고 쳐다보았다.

"그러고 보니 묘한 필체네요."

"그냥 악필인 게 아니라 왼손으로 써서 이런 묘한 필체가 된 거야. 오른손잡이가 왼손으로 썼으니까. 물론 필체를 알아보지 못하게 하기 위해서 그런 거지. 그러니까 이 주소도 이름도 가짜라고 보면 돼."

"듣고 보니 정말 그러네요."

요시무라는 설명을 듣고는 비교적 여유로운 표정이 되었다.

"그런데 그 남자가 여관에서 묵은 것은 그렇다 쳐도, 열시부터 새벽 한시까지 대체 어딜 갔다 왔을까요? 그날 점심 무렵 행동을 보면 딱히 일이 있어 보이지도 않는데 말이죠."

"그래. 나도 그걸 생각하는 중이야."

이마니시는 양손을 바지 주머니에 넣고 풀밭에 섰다. 눈앞의 강에서는 작은 물줄기가 흐르며 거품이 일었고, 건너편 산에는 햇빛이 닿아 그늘을 드리우고 있었다.

"왠지 묘한 출장이네요." 요시무라가 말했다. "맥빠지는 결과예요."

확실히 그 말대로였다. 여기까지 먼길을 와서 어느 수상한 남자의 행적을 들은 데 지나지 않았다. 왼손으로 쓴 이 필체가 나중에 어떤 중요한 단서가 될지는 모르지만, 굳이 그런 자잘한 걸 확인하러 도호쿠의 이 시골 마을까지 온 셈이었다.

"이마니시 선배, 이제부터 어떻게 하죠?" 요시무라가 힘없는 목소리로 물었다.

"그러게 말이야. 이렇다 할 건수도 없으니 일단 돌아갈까?"

"그 남자의 행적을 조사하지 않아도 될까요?"

"조사해도 헛일일걸. 아마 여기 가메다에는 그날 하루밤에 머무르지 않았을 거야."

"그렇다면 과연 그 남자는 여기에 뭘 하러 왔을까요?"

"글쎄, 알 수 없지. 떠돌아다니는 노동자라고 하기에는 딱히 일을 구하러 온 흔적도 없고. 하지만 자네 말대로 만약을 위해 가까운 마을을 조사해볼까. 모처럼 여기까지 왔으니까. 자, 우선 기운 좀 내자고."

이마니시는 요시무라의 침울한 얼굴을 보며 말했다.

3

다음날 오후, 이마니시와 요시무라는 다시 이와키 경찰서 서장실을 찾았다.

"감사합니다. 이번에 이것저것 신세 많이 졌습니다." 이마니시가 인사했다.

"아니요, 천만의 말씀입니다. 뭐라도 수확이 있으셨는지요?"

퉁퉁한 몸집의 서장은 미소를 지었다.

"덕분에요. 대부분 구체적으로 알게 되었습니다."

"그렇습니까. 그래서, 일이 좀 될 것 같습니까?"

"예, 그럭저럭 뭔가 될 것 같습니다."

이마니시는 대답했다. 사실 밝혀진 것은 하나도 없지만 일부러 알려준 서장의 체면도 생각해야만 했다. 아니, 의외로 나중에 큰 실마리가 될지도 모르는 일이다.

"그것참 다행입니다. 저도 알려드린 보람이 있네요." 서장은 만족스러운 모양이었다. "그래서 그 이후로 어떻게 되었나요?"

"그게, 가메다만 조사하기 그래서, 동일인으로 추정되는 인물이 다른 곳에는 나타나지 않았는지 주변 마을을 조사했습니다."

"거참, 힘드셨겠네요. 그래, 결과는 어땠나요?"

"그게, 다른 마을에는 그 남자가 나타나지 않았더군요. 가메다뿐이었습니다. 아마 가메다 역에서 기차를 타고 어딘가 다른 곳으로 갔을지도 모르겠습니다. 애당초 저희 예상으로는 그가 떠돌이 노동자라서 다른 곳에서 왔거나 옮겨간 흔적을 남겼을지도 모른다 싶어 행적을 조사했지만 그 흔적은 없었습니다."

"그렇군요. 고생하셨습니다. 그나저나 수상한데요, 그 남자가 가메다에만 들렀다는 점이."

"그렇습니다. 그래서 생각하기에 따라서는 뜻밖의 가능성이 있다고 보는 거죠."

두 사람은 서장과 잠시 잡담을 나눴다. 그러다가 기회를 봐서 작별 인사를 했다.

서장은 사무실 밖까지 나와서 배웅해주었다. 두 사람은 설국雪國 특유의 차양이 깊은 건물들이 늘어선 거리를 걸어서 역으로 향했다.

"몇시 기차를 탈까요?" 요시무라가 나란히 걸어가면서 물었다.

"글쎄, 역시 오늘밤 기차를 타지. 야간열차가 제일 좋아. 아침에 우에노에 도착할 테니까 그길로 바로 본부에 얼굴을 내밀면 되겠어."

열차 시간표든 뭐든 보지 못했으니 알 길이 없었다. 일단 역에 가서 적당한 기차를 탈 예정이었다.

작은 역이었다. 구내에 들어서자 시간표가 개찰구 위에 있었다. 두 사람은 시간표를 올려다보았다. 그때였다. 갑자기 뒤쪽이 술렁거렸다. 이마니시가 돌아보자, 그곳에는 슈트케이스를 든 젊은 남자 서너 명을 신문기자로 보이는 대여섯 명의 남자들이 둘러싸고 있었다. 카메라를 가지고 계속해서 청년들을 찍고 있는 사람도 있었다.

이마니시가 보기에도 이 지역 사람이 아니라는 것을 한눈에 알 수 있었다. 분명히 도쿄에서 온 사람들이었다. 지역 신문기자가 둘러싸고 있기에 이마니시는 무슨 일인가 하고 그 일행을 응시했다. 이마니시가 관찰한 바로는 그 무리의 중심 인물은 네 사람이었다. 그들은 아무리 보아도 도쿄 사람이었다. 일부러 평범한 듯한 차림을 하고 있지만 그 양복을 자세히 보면 하나하나 꽤 신경을 쓴 것임을 금방 알 수 있었다. 말하자면 자연스럽지만 어딘가 태가 났다. 이런 부류의 사람은 예술가 중에 많다.

실제로 그 네 명은 머리를 길렀는가 하면 베레모를 쓰기도 했다. 나이는 모두 서른 전후로 보였다.

지역 신문기자들은 한 사람 한 사람에게 질문하거나 다른 사람에게 카메라를 돌리며 취재에 열을 올리고 있었다. 이리 야단법석인 것을 보아하니 그 네 명은 상당한 사회적 지위가 있는 듯했다. 어쨌든 이 한적한 시골 역에서는 한눈에 봐도 튀는 무리였다. 대기실에 앉아 있는 이 지역 승객들도 화려한 일행을 바라보고 있었다.

"그러나 일본의 로켓은 아직 멀었어요"라는 말소리가 들렸다. 일행 가운데서도 제일 젊어 보이는, 얼굴이 하얗고 눈썹이 짙은 청년이었다. 회색 양복에 넥타이 없이 검은 폴로셔츠의 칼라만 밖으로 뺐다. 그 말은 어느 신문기자에게 한 이야기였다.

"누굴까요?" 요시무라가 물었다.

"글쎄."

이마니시도 짐작이 가지 않았다. 사회적 지위가 있다고 하기에는 모두 나이가 어리다. 그사이 이 지역 사람으로 보이는 젊은 여자 두세 명이 네 사람 앞에 서서는 뭔가 수첩 같은 것을 꺼내 들었다. 그러자 한 명이 만년필을 꺼내어 거기에 무언가를 써줬다. 여자는 인사를 하고 다음 남자에게로 갔다. 그 남자도 만년필로 무언가를 갈겨쓴다. 사인을 받고 있나보다.

"영화배우일까요?" 함께 그 광경을 보던 요시무라가 물었다.

"글쎄."

"그런데 영화배우라고 하기에는 얼굴도 좀 그렇고, 말하는 내용도 이상하네요." 요시무라는 고개를 갸웃거렸다.

"그래도 우리는 요즘 젊은 배우들 얼굴을 잘 모르잖아. 새 얼굴이 물밀듯이 나오니까. 그런 점에서는 저 아가씨들이 훨씬 잘 알겠지."

이마니시가 감상을 말했다. 실제로 이마니시가 젊었을 때와는 영화계 사정도 많이 바뀌었다. 그의 머릿속에 있는 스타는 지금은 거의 영화에 나오지 않는다.

그러는 사이, 일행은 개찰구를 빠져나갔다. 아오모리 방면 하행선이었다. 이마니시 일행과는 상관없는 기차였다. 신문기자들은 거기서 인사하고는 줄줄이 돌아갔다.

"한번 물어볼까요?" 요시무라가 흥미를 갖고 말했다.

"에이, 관둬."

이마니시가 일단 말렸다.

"어떤 사람들인지 궁금하단 말이에요."

젊어서인지 요시무라는 호기심이 넘쳐났다. 그는 사인북을 든 젊은 여자에게 다가갔다. 그러고는 몸을 낮추고 이것저것 물었다. 젊은 여자는 얼굴을 살짝 붉히며 대답했다.

요시무라가 고개를 끄덕하더니 이마니시가 있는 곳으로 돌아왔다.

"알아냈습니다."

그는 부끄러운 듯 웃고 있었다.

"뭐라던가?"

요시무라가 사인을 받은 젊은 여자에게 들은 이야기를 이마니시에게 전했다.

"저 사람들, 역시나 도쿄에서 온 예술하는 사람들이에요. 최근에 신문이나 잡지에 많이 나오는 '누보 그룹' 멤버래요."

"누보 그룹이 뭔데?" 이마니시는 알지 못했다.

"'새로운 모임'이라고 할까요. 진보적인 젊은 예술인들끼리만 조직을 만들었다고 합니다."

"허, 새로운 모임이라고? 내가 젊었을 때는 '새로운 마을'*이라는

----

* 일본 작가 무샤노코지 사네아쓰가 1918년 미야자키 현에 세운 생활 공동체 마을.

게 있었는데."

"아, 무샤노코지 말씀이시죠? 이건 '마을'이 아니라 '모임'이에요."

"어떤 모임인데?"

"여러 사람들이 모여 있어요. 진보적인 의식을 가진 젊은 세대 집단이라고 하는 게 더 낫겠네요. 작곡가도 있고 학자도 있고 소설가, 극작가, 음악가, 영화 관계자, 저널리스트, 시인. 여러 가지예요."

"허, 자네는 잘도 알고 있군."

"이래 봬도 신문이나 잡지는 읽고 있으니까요."

요시무라는 조금 쑥스러운 듯 말했다.

"아까 네 명은 그 멤버들인가?"

"맞습니다. 방금 여자분한테 들은 바로는 저쪽에 검은 폴로셔츠를 입은 사람이 작곡가 와가 에이료, 그 옆이 극작가 다케베 도요이치로, 평론가 세키가와 시게오, 화가 가타자와 무쓰오래요."

이마니시는 이름을 듣자 자기도 어디선가 그 이름들을 읽은 기억이 났다.

"그런 사람들이 왜 이런 시골에 왔을까?"

"물어보니까 여기 이와키초에는 T대학교 로켓 연구소가 있대요. 거기 견학 갔다가 오는 길이라는데요."

"로켓 연구소? 오호, 그런 게 이런 시골에 있나?"

"저도 그 말을 듣고 생각이 났어요. 그것도 어디선가 읽었거든요."

"묘한 곳에 그런 현대적인 시설이 있군."

"그러게요. 그 사람들은 견학을 마치고 아키타에 가서 도와다 호수를 보고 돌아간대요. 그네들은 새 시대에 각광받는 이른바 매스컴의

총아니까요, 지역 신문기자들이 그렇게 야단법석을 떨 수밖에 없었던 거죠."

"그렇군."

이마니시는 별 관심이 없었다. 자신과 그들 사이에는 머나먼 거리가 있다. 그러다보니 그는 이야기를 듣고 나서 하품을 했다.

"그건 그렇고 요시무라, 기차는 정했나?"

"예, 19시 44분에 급행이 있습니다."

"우에노에 몇시에 도착하지?"

"아침 여섯시 사십분입니다."

"제법 일찍 도착하는군. 뭐, 좋아. 집에 돌아가서 한잠 자고 수사본부로 갈까?" 이마니시가 중얼거리며 말했다. "어차피 큰 수확을 거두고 돌아가는 것도 아니니까, 내키지도 않고."

"진짜 그래요. 이마니시 선배, 어떻습니까? 여기까지 왔는데 바다 빛깔이라도 보고 돌아갈까요? 아직 시간은 많으니까요."

"그거 좋지. 그럼 그럴까?"

이마니시와 요시무라는 마을을 지나 해안으로 갔다. 거리는 점차 어촌답게 변해갔다. 갑자기 갯내가 강해졌다. 해안은 거의 모래밭이었다.

"망망대해네요."

요시무라는 모래 위를 걸으면서 바다를 내다보았다. 한눈에 보이는 수평선에는 섬 그림자 하나 없었다. 서쪽으로 기우는 해가 바다 위에 빛의 띠를 만들고 있었다.

"역시 이 지역 바다색은 진하네요." 요시무라는 바다를 응시하며 감탄했다. "태평양 쪽 바다는 색이 더 옅고요. 저만 그렇게 느끼는지는 몰라도, 색이 농축된 느낌이에요."

"그렇군. 역시 이 색이 도호쿠 풍경에 잘 어울려."

둘은 얼마간 바다를 바라보았다.

"이마니시 선배, 영감이 떠오르시나요?"

"하이쿠 말인가?"

"벌써 서른 편 정도 쓰신 거 아니에요?"

"당치도 않은 소리. 그렇게 쉽게 나오는 게 아니야."

이마니시가 쓴웃음을 지었다. 어촌의 꼬마 아이가 큰 어롱을 짊어지고 두 사람 앞을 지나갔다.

"이런 곳에 있으면 도쿄가 얼마나 답답한지 알게 되네요."

"한가롭군."

"이삼일 이런 데서 느긋하게 있으면 정말로 기분이 깨끗하게 씻기겠죠. 우리 마음속에는 먼지가 잔뜩 끼어 있는 것 같거든요."

"자네, 의외로 시인 같은데."

이마니시가 요시무라의 얼굴을 보았다.

"아뇨, 그런 건 아니고요."

"아까 그 젊은이들을 아는 것만 봐도 알 수 있지. 역시 자네가 그런 책들을 읽어온 덕이잖아."

"아니요, 그렇게까지 좋아하는 것은 아니고요, 상식 정돕니다."

"뭐라고 했지? 누보······"

"누보 그룹입니다."

"'누보'라는 단어는 재미있어서 외우기 쉽네. 그 멤버들, 설마 할

일 없는 사람들이 모여 있는 것은 아니겠지?"

"무슨 소리세요, 다들 굉장히 머리 회전이 빠르고 날렵한 사람들뿐이에요. 모두 다음 세대를 짊어진다는 의식이 강한 사람들입니다."

"나 어릴 적에도 삼촌한테 그런 말을 들었어. 삼촌은 싸구려 소설을 쓰셨지. 그게 내가 아직 꼬맹이였을 때 얘기지만. 아까 말한 '새로운 마을'도 그렇고."

"아아, '시라카바파'* 사람들 말씀이군요."

요시무라는 알고 있었다.

"그때도 그랬지만 최근에는 개성적인 색채가 더 강해요. 시라카바파에는 아리시마 씨나 무샤노코지 씨처럼 개성이 강한 사람도 있었지만 전반적으로 그 그룹은 평균적인 성향이었어요. 그런 점에서 요새 그룹은 각자의 강한 개성이 그대로 집단의 특징으로 이어집니다. 게다가 시라카바 때는 인도주의라고 해서 문예활동에만 치중했지만, 요즘은 점점 정치적인 발언도 활발하게 하는 모양이에요."

"역시 시대가 달라졌군."

이마니시는 잘은 모르지만 어렴풋이 알 것 같은 느낌이 들었다.

"돌아갈까요?"

젊은 요시무라는 슬슬 무료해하고 있었다.

"돌아가지. 어차피 오늘밤은 기차에서 보내야 해. 나는 자네와 달리 쉽게 잠드는 체질이 아니라 지금 좀 쉬어두지 않으면 안 돼."

---

* 1910년 창간된 문예잡지 『시라카바』를 중심으로 일어난 문예사조. 이상주의, 인도주의적인 작품을 주로 썼다.

4

기차 안은 한적했다. 혼조에서 급행으로 갈아탄 두 사람은 삼등차 거의 한가운데 부근에 느긋하게 자리를 차지할 수 있었다.

"이마니시 선배, 도시락 사올게요."

요시무라가 짐을 내려놓고 서둘러 나갔다. 이 역에서는 5분간 정차 하기 때문에 여유가 있었다. 창가 쪽에서는 열차에 탄 사람과 배웅 나온 사람 들이 여기저기서 즐겁게 이야기하고 있었다. 이마니시는 멍하니 그들을 바라보았다. 대화는 이 부근 사투리여서 잘 알아들을 수 없었다. 이윽고 요시무라가 도시락과 차를 가지고 돌아왔다.

"아, 수고했어."

이마니시는 도시락 하나와 차가 든 병을 받아들었다.

"허기가 지네요. 바로 먹을까요?"

"열차가 출발한 다음에 먹도록 하지. 그게 편해."

"그러네요."

열차는 얼마 지나지 않아 출발했다. 역에는 벌써 등불이 켜져 있다. '우고 혼조'라고 쓰인 역 이름이 플랫폼과 함께 뒤로 흘러갔다. 역의 모습이 지나가자, 마을의 불빛이 움직여간다. 건널목에서는 사람들이 멈춰 서서 지나가는 기차를 눈으로 좇는다.

이마니시는 언제나 그렇듯 이렇게 먼 곳으로 출장을 올 때마다, 자기 인생에서 이곳에 다시 올 수 있을까 하는 감개가 솟아올랐다. 혼조의 밤거리도 어느덧 지나가고 시커먼 산만이 천천히 움직이기 시작했다.

"슬슬 먹을까요." 요시무라가 도시락을 열었다.

"나는 말이지, 요시무라." 이마니시가 도시락을 열면서 말했다. "기차 도시락을 먹을 때마다 생각해. 어렸을 땐 이 녀석이 그렇게 먹고 싶었는데 어머니가 쉽사리 사주지 않았거든. 그때는 얼마였더라? 맞다, 30센 정도였을 거야."

"호오, 그랬군요."

요시무라는 이마니시의 얼굴을 힐끔 보았다. 그는 이마니시의 가정형편 등 어릴 적 환경이 어땠는지 알 것 같은 기분이 들었다. 그러고 보면 아까 역에서 본 젊은이들은 대단히 축복받은 환경이었다. 모두 양갓집 자제들이었다. 한 명도 빠짐없이 대학교육을 받았고 불편함 없이 살아왔다. 요시무라는 이마니시의 얼굴을 보면서 이 노련하고 착실한 선배 형사와 그 청년 그룹을 비교할 수밖에 없었다.

이마니시는 정말로 즐겁게 기차 도시락을 먹어치웠다. 그런 다음 병에 든 차를 따라서 맛있다는 듯 목으로 넘겼다. 자라난 수염 주변에서는 이미 지친 기색이 묻어났다. 이마니시는 도시락 뚜껑을 덮고 세심하게 끈으로 묶었다. 그러고는 반으로 자른 담배를 하나 꺼내 맛있게 피웠다.

다 피우고 나서 이마니시는 윗옷을 주섬주섬 뒤지더니 수첩을 꺼내 들었다. 심각한 얼굴을 하고 들여다본다. 마주앉아 있던 요시무라는 이마니시가 사건 수사에 관한 메모라도 검토하고 있나보다 생각했다.

"요시무라, 이것 좀 봐줘."

이마니시가 조금 쑥스러워하면서 웃으며 수첩을 건넸다.

말린 우동 새잎으로 흘려보내니 빛이로구나.
북쪽 여행 남색 바다에 여름이 옅다.

"역시. 수확이 있었네요." 요시무라가 싱글싱글 웃으며 다음 구를
읽었다.

잠든 자리 풀이 무성한 고로모가와 강.

"아아, 이건 그 수상한 남자 얘기군요." 요시무라가 이 하이쿠를 읽
고는 말했다.
"으음, 그런 셈이지."
이마니시는 역시나 쑥스럽게 웃으며 차창 밖을 바라보았다. 밖에는
어둠이 달리고 있다. 때때로 산 언저리에서 인가의 먼 불빛이 쓸쓸하
게 흘러갈 뿐이었다.
"저기, 이마니시 선배." 요시무라가 말했다. "이 수상한 남자가 범
인하고 잘 연결되면 좋을 텐데요."
"그러게 말이야. 그렇게만 된다면 우리가 출장 온 것도 허사가 아
닐 테니까."
"역시 이 정도 정보를 탐문하러 일부러 멀리까지 왔는데, 나중에
그게 사건하고는 아무 연관도 없었다고 판명되면 좀 찜찜하겠지요."
요시무라는 먼 곳까지 출장 온 일을 계속 신경썼다. 수사본부에서
는 예산 비용을 감축당했다. 가뜩이나 비용이 부족한데 장거리 출장
까지 왔으니 걱정일 수밖에 없었다.

"어쩔 수 없지. 그럴 때에는 동료들에게 양해를 구하는 수밖에."

"그러네요. 그런데 뭐랄까, 이마니시 선배. 저희가 이렇게 기차에서 한가롭게 있을 때에도 다른 사람들은 열심히 돌아다니면서 수사하고 있을 걸 생각하면 미안한 마음이 들어요."

"요시무라, 이것도 일이야. 그렇게 마음 쓸 필요 없어."

이마니시는 젊은 요시무라를 위로했지만 그런 마음은 요시무라 이상으로 절실했다. 현재 수사는 막다른 골목에 들어서 있다. 만약 수사가 활발하게 진전되었다면 이런 일로 아키타 현까지 일부러 올 필요가 없었다. 수사주임도 초조해하고 있다는 증거였다. 게다가 가메다라는 지명을 알아낸 이마니시는 이 출장에 무거운 책임을 느끼고 있었다. 침울한 얼굴로 차창을 보던 이마니시는 문득 중얼거렸다.

"옷은 발견되었을까……"

요시무라가 듣고는 물었다.

"옷이라니요?"

"그, 가해자가 입고 있던 옷 말이야. 피해자를 살해할 때 피가 상당히 많이 튀었을 거야. 그대로 입고 있을 수는 없었을 테니 어딘가에 숨겼겠지."

"범인은 그런 증거를 자택에 잘 숨기지요."

"그런 예가 많지. 그런데 이 사건의 경우는 좀 다르게 생각할 수 있을 것 같아. 그러니까 말이야." 이마니시가 말했다. "피가 많이 묻어 있었다면, 범인은 그 옷을 입고 집까지 갈 수 있었을지 의문스럽다는 거지. 남들 눈에 띌 염려가 있었을 텐데, 과연 그 옷을 입고 갔을까?"

"하지만 밤이었잖아요."

"밤이었지. 그래도 예를 들어 가해자의 집이 멀리 있었다면, 설마 그런 차림으로 전차를 타진 못했을 거야. 택시라도 운전사가 이상하게 여길 테고."

"자가용이 있어요."

"자가용은 가능하지. 고려해볼 만해. 그런데 나는 말이야, 어딘가 범인이 옷을 갈아입은 중간지점이 있다는 생각이 들어."

창밖에는 여전히 어둠이 흘러가고 있다. 승객 중 성급한 사람은 벌써 잠들 채비를 했다.

"범인이 피 묻은 옷을 갈아입은 중간지점이 있다는 건 가능성 있는 얘기네요." 요시무라가 말했다. "그렇다면 범인의 아지트 같은 곳이 있었다는 얘기가 되나요?"

"그렇겠지."

이마니시는 무슨 생각을 하는지 어두운 밖을 바라보며 중얼거리듯 말했다. 주머니에서 반으로 자른 담배를 꺼내 피운다.

"그러면 아지트는 범인의 애인이라도 사는 곳일까요?"

"글쎄, 그건 모르겠어."

"그래도 당연히 그곳에서 옷을 갈아입었을 테니까, 설마 빈집은 아니겠지요. 누가 있었을 거예요. 그렇다면 범인하고 특별한 관계가 아니고는 안 되겠지요."

"그건 그렇지."

"애인이 아니라면 정말 친한 친구든지, 형제든지, 그렇지 않겠어요?"

"글쎄."

이쯤 되자 이마니시는 말수가 적어졌다. 노련한 형사답게 혼자서 이런저런 것을 생각하고 싶은 것이다. 젊은 요시무라는 평소 종일 이마니시 옆에 있는 것은 아니었다. 요시무라는 사건이 일어난 지역 경찰서에서 근무하는 형사다. 다만 이전에 어떤 살인사건이 일어났을 때도 경시청에서 온 이마니시와 한 팀을 이룬 적이 있다. 그 일 이후, 이 후배 형사는 이마니시를 존경했다. 어려운 사건이 있으면 그에게 의견을 물으러 오곤 했다. 그러한 연유로 이마니시의 성격이나 취미도 알고 있었고 가족들도 알고 지냈다.

뭔가 좋은 단서가 잡히면 동료에게도 말하지 않는 것이 이마니시 형사의 방식이다. 보고할 때도, 직접 수사1과 과장에게 가기도 한다.

수사1과 1계는 살인사건 전문 부서로, 여덟 사무실로 나뉜다. 사무실마다 형사가 대개 여덟 명씩 있고, 본부를 꾸릴 일이 생기면 이 중 한 사무실에서 출동한다. 여덟 명의 형사는 저마다 독자적인 지위를 누린다. 일단 주임경부의 지휘 아래 움직이지만, 범인에 대한 좋은 정보를 찾으면 그때는 개인적으로 수사한다. 누구나 공을 세우고 싶은 마음은 있으니 어쩔 수 없다. 수사회의에서 형사들이 손안에 쥔 정보를 죄 이야기한다고 확언할 수 없는 이유는 이 때문이다. 낡은 수법이라고 한다면 별수 없지만, 이 이마니시 형사는 이 방법을 오랫동안 믿고 걸어온 형사 가운데 한 명이었다. 어느 한 선에 도달하면, 무슨 생각을 하고 있는지 남에게는 돌처럼 입을 열지 않는다.

"슬슬 눈 좀 붙일까."

이마니시가 싫증이 난 듯 담배꽁초를 비벼 끄며 말했다.

"예."

"아침 몇시에 도착하더라?"

"여섯시 반입니다."

"그렇게 이르면 설마 기자들도 쫓아오지 않겠지…… 그래도 분에 넘치는 출장을 다녀왔어."

이마니시 에이타로는 눈을 떴다. 창문에 친 블라인드에서 옅은 빛이 새어들었다. 이마니시는 블라인드를 조금 젖혔다. 우윳빛이 감도는 창 너머로 산이 달려가고 있다. 지금까지 보던 산의 모습과는 달랐다. 시계를 보니 네시 반이었다. 요시무라는 아직 옆에서 자고 있었다. 이마니시는 어딘가싶어 밖을 쳐다보았다. 얼마 지나지 않아 역 하나를 지나갔다. 순간적으로 '시부카와'라는 역 이름을 읽을 수 있었다. 이마니시가 담배를 피우고 있으려니, 옆 좌석에서 요시무라가 일어났다.

"벌써 일어나셨네요."

요시무라는 아직 눈이 빨갛다.

"내가 부스럭대서 일어났지? 미안해."

"아니요, 그런 거 아니에요."

요시무라가 눈을 비비며 밖을 내다보았다.

"어디예요?"

"방금 시부카와를 지났어."

"아이고, 겨우 돌아왔네요."

"좀더 자는 게 어때."

"그러게요."

요시무라는 눈을 붙였다가 다시 떴다.

"잠이 안 오네요."

"도쿄 가까이 와서 그런가?"

"그런 건 아니지만."

요시무라도 주머니에서 담배를 꺼내 들었다. 둘은 얼마간 멍하니 있었다. 열차는 산을 지나 평야로 내달렸다. 밖이 한층 밝아졌다. 이마니시는 블라인드를 다 걷었다. 논밭에는 일찌감치 일어난 농부의 모습이 보였다. 이윽고 창밖에 인가가 늘어나더니 오미야에 도착했다.

"요시무라, 미안하지만 신문을 사다주지 않겠어?" 이마니시는 부탁했다.

"알겠습니다."

요시무라는 자리에서 일어나더니 통로를 달려나가 플랫폼에 내렸다. 그가 돌아오자 거의 동시에 열차가 출발했다. 요시무라는 세 가지 신문을 사들고 왔다.

"어이쿠, 미안하네."

이마니시는 바로 사회면을 펼쳤다. 자리를 비운 사이에 수사가 어떻게 진전되고 있는지 신경이 쓰였다. 새로운 사실이 드러나지는 않았는지 걱정이었다. 하지만 아무것도 없었다. 수사중인 살인사건 기사는 한 줄도 실리지 않았다. 이마니시는 다른 두 종류의 신문을 펼쳤다. 거기에도 없었다. 요시무라도 같은 기분인지 사회면을 살펴보고 있었다.

"아무것도 없네요." 신문을 부스럭 덮으며 요시무라가 말했다.

"그러게 말이야."

사건이 알려지지 않았다니 마음이 놓인다. 이마니시는 1면부터 천천히 읽어나가기 시작했다. 주변 승객들은 대부분 이미 일어나 있었다. 앞으로 30분이면 우에노에 도착한다. 성미가 급한 사람은 짐을 챙기고 있다.

"요시무라, 이거지?"

이마니시가 요시무라의 팔꿈치를 찌르며 보여준 것은 문화면에 실린 얼굴 사진이었다. 요시무라가 보니 「신시대의 예술에 관하여」라는 제목 옆에 '세키가와 시게오'라는 이름이 있었다.

"아, 맞아요." 요시무라는 들여다보며 말했다. "혼조 역에서 본 네 사람 중 한 명이에요."

"그렇군. 그러고 보니 얼굴이 낯이 익어." 이마니시는 사진을 주의 깊게 보며 말했다. "역시, 이런 데 글을 쓸 정도면 대단한 모양이군."

"현재 매스컴에서 가장 주목받는 스타니까요."

"누보……?"

"누보 그룹입니다."

"맞아, 맞아. 거기 사람들은 다들 이런가?"

"거의 그렇습니다."

"이 글을 읽어봐도 나는 뭔 말인지 잘 모르겠지만, 역시 머리가 좋은가봐."

"그렇겠죠."

요시무라는 이마니시가 준 신문을 꼼꼼히 읽었다.

"어이, 도착했어."

열차는 우에노 역 구내로 들어가고 있었다. 요시무라도 창밖을 슬쩍 보더니 신문을 접었다.

"요시무라, 만일에 대비해서 따로따로 내리자고."

3장
누보 그룹

1

밴드가 느린 곡을 끊임없이 연주한다. 여가수가 스테이지에서 노래를 부르고 있다. 스테이지 뒤편에는 이 파티의 주최자인 R신문사의 큼지막한 회사 깃발이 걸려 있다.

작은 회사 깃발들이 호화로운 T회관 홀에 여러 개 엇갈려 걸려 있었다. 그 아래에서 엄청난 수의 사람들이 여러 개의 테이블을 돌며 천천히 움직이고 있었다. R신문사의 어떤 사업이 완성된 것을 기념하는 칵테일파티였다. 초대된 사람들은 저명한 인물들뿐이었다. 사진가가 은쟁반을 든 보이 사이에 섞여 능숙한 솜씨로 저명한 손님들의 얼굴을 찍으며 돌아다니고 있었다.

입구에서는 사장과 중역들이 모닝코트를 입고 서서 손님들을 맞이하고 있는데, 그 앞으로 손님들이 멈춰 선 줄이 흐트러져 보이지 않는 것은 연회가 꽤 진행되었기 때문이다. 홀은 손님들로 가득차 있었다.

손님들은 자기들끼리 이야기를 나누고 있다. 가수의 노래를 듣는 손님이 있는가 하면, 수다를 떨고 있는 손님도 있었다. 화려한 가운데 북적거리는 사람들이 물 위에 뜬 모래처럼 흔들리고 있었다.

술잔을 든 사람도 있는가 하면 테이블 위에 준비된 요리에 손을 대는 사람도 있었다. 모두가 생글생글 웃고 있었다. 전체적으로 노인들이 많은 이유는 이른바 '저명인사'만 있기 때문이다. 학자, 사업가, 문화인, 예술가─가지각색이다. 그 사이에서 서비스를 하는 것은 이 파티에 불려 나온 긴자의 고급 술집 마담과 극단의 젊은 여배우였다. 뒤늦게 도착한 손님들도 계속해서 들어오고 있었다. 그 가운데 한 젊은 손님이 붉은 융단이 깔린 계단을 올라왔다. 그는 입구에 서서 머뭇거리며 손님들의 무리를 바라보았다. 갸름한 얼굴에 이마가 넓어 신경질적인 인상의 청년이었다.

"세키가와 씨."

말을 건 사람은 그 군중 속에서 나온 모닝코트 차림의 통통한 남자였다.

"바쁘신 중에 정말 감사합니다."

이 신문사 문화부 차장이었다.

"아닙니다." 청년은 점잖게 응대했다. "초대 감사합니다. 굉장히 성대하네요."

청년의 얇은 입술이 미소를 짓고 있다.

"하지만 노인들밖에 없네요."

주변을 둘러보는 눈이 차가웠다.

"그러게요, 이런 모임이다보니 그렇습니다. 다들 안쪽에 계세요."

문화부 차장은 손을 들어 가리켰다.

홀은 구부러져 있었다. 평론가 세키가와 시게오는 손님들을 헤치고 문화부 차장이 가르쳐준 곳으로 향했다.

"오, 무라카미 준코네요."

세키가와가 스테이지를 쳐다보며 말했다. 마침 가수는 가슴이 파인 드레스의 앞섶에 손을 모으며 목청을 높이고 있었다. 세키가와의 눈에 표정이 떠올랐다. 그는 사람들 사이로 나아갔다. 혼잡해서 문화부 차장과 떨어졌다. 세키가와는 걸으면서도 시종 손님들의 얼굴을 살폈다. 그 무리가 끝나는 곳에 한 그룹의 젊은이들이 서 있었다.

"어이."

세키가와를 보며 웃은 이는 베레모를 쓰고 검은 셔츠를 입은 전위화가 가타자와 무쓰오였다.

"늦었잖아. 오늘은 안 오는 줄 알았어."

그가 나무라듯 말했다.

"빠듯한 일이 있어서 그랬어. 오늘이 마감이라서 어쩔 수 없이 원고를 썼단 말이야."

"이봐, 지난번에는……"

옆에서 말을 꺼낸 사람은 극작가 다케베 도요이치로였다. 극작가는 술을 마셔서 얼굴이 벌겠다.

"실례."

세키가와는 턱을 까닥했다. 여기에는 자연스레 젊은 사람들만 모여 있었다. 동료들이다. 건축가도 있고 사진작가도 있다. 연출자도 영화

프로듀서도 작가도 있다. 모두 서른이 채 되지 않은 사람들뿐이다.

"아키타에 로켓 시찰하러 다녀왔다며?" 건축가 요도가와 류타가 하이볼 글라스를 한 손에 들고 세키가와 시게오 옆으로 왔다. "어땠 어, 감상은?"

"좋았어." 세키가와가 즉시 대답했다. "그런 것을 보면 관념이란 게 얼마나 미덥지 않은지 알겠어. 자연과학 앞에서 관념은 얄팍하기 짝 이 없어. 우리는 평소 이런저런 이론을 이야기하지. 그런데 그런 걸 보면, 모든 관념적 전개도 과학의 무게 앞에서는 기를 못 펼 것 같아."

"자네가 그렇게 생각한단 말이야?"

건축가가 빈정거리는 눈초리로 말했다.

"응, 그래. 나는 지금까지 내 이론에는 꽤 자신이 있었는데 말이지. 솔직하게 말해서 과학 앞에서는 맥을 못 추겠어."

"그렇다면 자네가 요전까지 열을 올려대던 가와무라 씨와의 논쟁 말이지, 그런 것도……"

"그건 논외야."

세키가와 시게오는 의기양양하게 내뱉듯이 말했다.

"가와무라 잇세이 따위는."

세키가와가 당대의 유명 문명 비평가의 이름을 들먹였다.

"내 보기에, 현대의 고철이야. 그런 남자는 항상 과거의 망령을 등 에 짊어지고 제단에 앉아 있는 작자라고. 과거의 환상 같은 후광을 팔 아 먹고사는 패거리지. 그런 녀석들은 하루빨리 어떻게 해서든 우리 손으로 퇴치해야만 해."

그때 머리가 벗어진 키 큰 남자가 모닝코트 차림으로 나타났다.

"야, 모여 계시네요."

빙글거리면서 휙 둘러본다. 이 신문사의 문화부장이다.

"여러분이 이렇게 한데 모여 계신 걸 보면, 마치 새 시대의 숨결이 여기에서 회오리바람을 일으키는 것 같습니다."

문화부장은 조금 취한 상태였다.

"상당히 성대한 파티네요."

지각한 세키가와 시게오가 말했다. 딱히 입에 발린 소리는 아니었으나 평소 이 젊은 평론가의 사상 때문에 부장에게는 빈정거림으로 들렸다.

"이런 행사는 고리타분할지 모르겠지만 어쨌든 하나의 관례라서 말이지요." 문화부장은 조금 얼굴을 붉히며 말했다.

"맞다, 저쪽에도 많이들 오셨어요."

부장은 거기서 미술계와 문학계에서 평판이 높은 대가들의 이름을 서너 명 늘어놓았다.

"그런 분들에게는 흥미가 없어서요. 저희는 그런 연로한 어르신들에게는 관심이 없네요."

세키가와 시게오가 조소를 띠었다.

그때, 연회장에 어떤 작은 변화가 일어났다. 그 변화의 소용돌이는 입구 쪽에서 시작되었다. 문화부장이 그쪽을 휙 돌아보고는 뭐에 놀랐는지 청년 그룹을 거기 남겨두고 사람들을 밀치며 허둥지둥 걸어갔다. 남은 청년들은 그 방향을 응시했다. 지금 막 어느 나이 지긋한 대가가 이 회장으로 뒤늦게 급히 달려온 모양이었다.

하지만 급히 달려왔다는 표현은 맞지 않았다. 대가는 노인이다. 홀륭한 기모노에 센다이히라* 하카마**를 입고, 흰 버선을 신고서, 매우 느긋하게 걸으며 회장 중앙으로 들어오고 있었다. 마치 어린아이 걸음처럼 느리다. 좌우에서 지탱해주듯 사람이 달라붙어 있지만, 이것은 물론 시중이 아니라 때마침 회장에 있던 내빈이 잽싸게 대가를 발견하고 달려간 것이었다. 노대가 뒤에도 두세 명이 따라오고 있었다. 대가가 지나는 곳마다 사람들이 길을 열어주며 반겼다.

대가는 70대로 보였다. 사람들은 존경과 아첨이 섞인 미소를 지으며 머리 숙여 인사했다. 노대가는 거기에 상냥하게 응답하면서 아장아장 어린아이같이 걸어갔다. 신문사 중역이 앞장서서 이 고명한 노대가를 상석이 있는 쪽으로 안내했다. 거기만은 소파가 네다섯 개 나란히 있고 미술계, 학계, 문단 등 여러 분야의 대가들이 모여 있었다. 그 가운데 한 사람이 들어오는 노대가를 보고 급히 일어나 자리를 내주었다. 작은 소용돌이란 노대가를 맞이하기 위해 회장에서 일어난 작은 소동이었다.

"저기 좀 봐."

멀리서 이 광경을 바라보던 세키가와가 동료들에게 턱짓했다.

"저기도 고색창연한 노인네가 하나 왔군."

같이 있던 젊은이들은 모두 히죽히죽 웃었다.

"저자야말로 으뜸가는 망령이지."

"가장 뻔뻔스럽게 팔아먹는 인간이야."

이 젊은이들은 기성세대의 권위라면 모조리 부정하고 있었다. 기존

---

* 센다이 특산물로, 정교하게 짠 극상품 견직물. 하카마를 만들 때 쓴다.
** 일본 전통 의상 중 아래에 입는 겉옷.

의 제도와 도덕을 파괴하자는 것이 '누보 그룹'에 속한 청년들의 신조
였다.

"한심하군." 세키가와가 싸늘하게 말했다. "저길 봐, 아사오 요시오
따위가 대머리를 굽실거리고 있어."

고명한 비평가가 노대가에게 그 뚱뚱한 몸집으로 계속해서 굽실거
리고 있었다. 하지만 노대가는 튀어나온 아랫입술을 희미하게 움직였
을 뿐, 이 고명한 비평가가 나타내는 존경심 따위는 상대도 하지 않았
다. 노대가는 일부러 이 모임을 위해 쇼난의 별장에서 도쿄로 온 참이
었다. 순식간에 노대가 주변에 사람들이 모여들었다. R신문사 사장이
대가 앞으로 나아가 정중하게 인사했다. 대가의 얼굴에 플래시 세례
가 쏟아졌다.

"아사오 요시오는 속물이야." 세키가와 시게오가 냉소를 지었다.
"쓴 작품을 보면 그럴듯한 이야기를 하고 있지만, 저 꼬락서니를 보면
어차피 저놈도 권위의 추종자야. 불쌍한 놈이지."

세키가와 시게오가 도중에 모두의 얼굴을 휙 둘러보았다.

"그건 그렇고, 와가는 어디로 간 거지?"

세키가와 시게오가 어디 갔느냐고 물은 와가란 젊은 작곡가 와가
에이료다.

"와가라면 오무라 다이이치 씨한테 가 있지."

"오무라?"

"있잖아, 그 노인네들이 모이는 장소."

세키가와 시게오는 고개를 돌렸다. 방금 전 노대가가 막 앉은 자리
였다. 당연히 여기와 그 자리 사이에는 엄청난 사람들이 있었기 때문

에 분명하게 알 수는 없었다.

"흠." 세키가와 시게오에게 가벼운 반발의 기색이 어렸다.

"그 녀석, 왜 그딴 남자가 있는 곳에 가 있는 거야?" 이것은 혼자 내뱉는 말에 가까웠다.

오무라 다이이치 씨는 당대의 석학이다. 대학 총장을 역임했으며 오래전부터 자유주의자로 이름을 떨쳤다.

"그야 그럴 수밖에 없지." 극작가 다케베 도요이치로가 말했다. "어쨌든 오무라 씨는 와가의 피앙세 쪽 친척이니까."

"그렇군, 역시." 세키가와는 말은 이렇게 했지만 오히려 반발하는 표정이 더 역력해졌다.

연출가 사사무라 이치로가 인파에서 빠져나와 나타났다.

"어이." 그는 인사 대신에 턱을 치켜드는 버릇이 있었다.

"다들 모였네." 그가 만족스러운 듯이 말했다. "어때, 이 모임이 끝나면 다 같이 2차라도 갈까?"

시끌벅적한 걸 좋아하는 청년이다.

"좋지."

극작가 다케베가 대답했다. 연출가와 항상 함께 어울려 다녀서 죽이 잘 맞았다.

"세키가와, 자네는 어때?" 사사무라가 물었다.

"글쎄." 세키가와는 잠시 생각하는 얼굴이었다.

"자네가 그런 얼굴을 하면 뭔가 꿍꿍이가 있어 보여서 좀 그런데." 연출가가 가볍게 웃었다.

젊은 비평가인 세키가와 시게오는 첨예한 논쟁으로 알려져 있다.

지금까지 대가에게 덤벼든 것도 한두 번이 아니다. 남을 우습게 아는 무례한 배짱이 젊은 세대의 갈채를 받았다. 상대가 불쾌감을 느끼든 말든 신경쓰지 않았다.

거듭 말하거니와, 이 그룹은 지금까지의 모든 기성 관념과 제도, 질서를 부수는 것을 목표로 하고 있었다. 젊은 사람들뿐인 것이다.

"세키가와." 연출가가 한번 더 권했다.

"기회주의는 자네가 제일 규탄하는 대상 아니야? 우리 제안에 머뭇거리지 말라고." 연출가는 농담을 던졌다.

그때 저쪽 자리에서 인파를 헤치며 와가 에이료가 돌아오고 있었다. 여자처럼 얼굴이 하얀 청년이었다. 이마 가장자리도 여자처럼 보드라웠다.

"와가 선생님."

사람들 가운데서 다가오며 그를 불러세운 사람은 아까까지 스테이지에서 노래를 부르던 무라카미 준코였다.

"선생님."

불러세운 가수는 사람들 앞인데도 거리낌없이 와가 에이료에게 우아하게 인사했다. 반짝이는 이브닝드레스 옷자락을 잡아 날개를 펴듯 들어올리고는 상반신을 굽혔다.

"아아."

와가 에이료는 멈춰 섰다. 가수 쪽에서 보면 동생처럼 보일 동안이다. 하지만 가수 쪽이 오히려 기가 죽은 표정을 하고 있다.

"아까부터 선생님을 뵙고 싶었어요. 부탁드리고 싶은 일이 있는데, 말씀드려도 될까요?"

선생이라고 불리기에는 어울리지 않는 나이였다. 와가 에이료는 스물여덟이라는 나이보다도 어려 보인다.

"무슨 일입니까?"

와가는 방약무인한 태도로, 이 아름답기로 유명한 가수의 얼굴을 쳐다보았다. 그 당당한 시선에 가수는 얼굴을 붉혔다. 평소 이렇게 기가 약한 여자는 아니다.

"아니요, 따로 만나뵙고 말씀드리지요. 부탁드릴 일이 있어서요."

"여기서는 말 못합니까?" 와가가 인상을 찌푸렸다.

"예, 조금." 가수는 머뭇거렸다.

"그런가요. 하지만 저도 바쁜 몸이라."

"잘 알아요. 하지만 제 일에서는 중요한 부탁이에요. 꼭 시간을 내주셨으면 합니다."

"전화를 주세요." 와가 에이료가 말했다.

"저, 전화를 아무 때나 드려도 될까요?" 가수는 어렵사리 물었다.

"전화라면요." 와가가 말했다. "어쨌든 이런저런 일이 많아서 전화를 받는다고 해도 바로 시간을 낼 수 있을지는 모릅니다."

도무지 배려라곤 없다. 하지만 이 무례한 말투에도 인기가수는 화를 내지 않았다.

"잘 알겠습니다. 그러면 가까운 시일 내에 전화를 올리겠습니다. 잘 부탁드립니다."

아름다운 가수는 상기된 얼굴로 미소지으며 드레스 자락을 잡고, 다시 허리를 굽혔다. 주위 사람들이 무뚝뚝하게 가수 곁을 떠나는 신에 작곡가의 당당한 뒷모습을 보고 있었다. 와가 에이료가 젊은 친구들 쪽으로 왔을 때는 본래 자신의 얼굴로 돌아와 있었다.

"어이."

그는 세키가와 시게오와 요도가와 류타에게 미소를 지었다.

"오랜만이야."

요도가와에게 인사를 건넸다. 그리고 세키가와에게는 요전에는 고마웠다며 감사를 표했다. 도호쿠 지방의 로켓 견학에 동행한 일에 대한 인사였다.

"조금 전에 뭐였어?"

무라카미 준코와 이야기 나누는 모습을 봤는지, 세키가와가 살짝 미소를 지으며 물었다.

"그거?" 젊은 와가 에이료의 눈썹에 냉소가 어렸다. "나한테 볼일이 있다고 그러잖아. 그래 봤자 자기한테 곡을 써달라는 거겠지, 막무가내인 여자야."

"그런 사람이 있지." 세키가와가 바로 말했다. "아무 생각 없이 새로운 방향으로 눈을 돌리고 싶어해. 그런데 당사자는 본질적으로는 그렇지 않거든. 자신의 선전이나 보신을 위해 우리를 이용하려는 것뿐이라, 그 근성이 빤히 보인다고. 나한테도 비슷한 작자들이 덤벼들곤 하지."

"그러니까 분수를 모른다는 소리를 듣는 거야." 와가는 말했다. "저런 통속적인 노래만 부르는 여자가 내 예술을 알 턱이 없잖아. 신선함을 노릴 뿐이야. 내가 저런 사람을 위해 일을 할 거라고 생각하는 건지."

웨이터가 은쟁반에 음료수 글라스를 담아 들고 주위를 돌고 있기에 와가 에이료는 하이볼이 담긴 글라스를 쟁반에서 집어들었다.

"참 재미없는 모임이군." 건축가 요도가와가 말했다. "슬슬 여기서 뜰까? 어차피 이런 곳에 오래 있어도 우리에게는 하나도 득 될 게 없잖아."

"아니, 그렇지는 않아." 세키가와가 딱딱한 얼굴로 말했다. "적어도 과거의 노쇠한 무리를 본 것만으로도 참고가 되었어."

"아까도 이야기하던 차였는데," 건축가가 옆에서 작곡가에게 말했다. "다 같이 지금부터 긴자 근처로 옮기려는데, 자네는 어때?"

"글쎄." 와가 에이료는 슬쩍 손목시계를 보았다.

"약속이라도 있나?" 세키가와가 슬쩍 웃음을 머금으며 물었다.

"없는 것도 아니지만. 잠깐이라면 가지."

와가의 답을 세키가와는 눈썹을 조금 찡그리며 받아들였다.

"정해졌으면 움직이자고." 요도가와 류타가 말했다.

"그럼, 나는 지금 나간다." 그는 제일 먼저 인파 속으로 사라졌다.

"세키가와," 와가가 불렀다. "자네도 갈 건가?"

"가도 나쁠 건 없겠지." 세키가와는 대답했다.

때마침 스테이지에서 새 음악이 시작되고 있었다.

2

클럽 보뇌르는 긴자 뒤편에 있었다. 회원제로 운영하는 고급 바였다. 사업가나 문화인 들이 모이는 곳으로 유명했다.

초저녁인데도 손님들이 있었다. 요즈음 한창 인기 있는 가게다. 저녁 아홉시가 넘으면 뒤늦게 들어오려는 손님들이 입구에서 꼼짝 못할 정도로 붐빈다.

대학에서 철학을 가르치는 조교수와 사학을 가르치는 교수가 한구석 칸막이 좌석을 차지하고 있다. 그 외에는 회사 중역으로 보이는 무리가 둘. 아직은 차분한 분위기다. 여종업원들은 거의 이 세 그룹에 붙어 있었다. 중역들은 고상한 음담패설을 나누고, 교수들은 대학에 대한 불만을 토로하고 있다.

그때 문을 열고 다섯 명의 청년이 들어왔다. 여종업원들이 돌아보았다.

"어서 오세요."

여자들 대부분이 새로 온 손님들에게 다가갔다. 키가 큰 마담이 중역들 곁을 떠나 새 손님에게 가까이 갔다.

"어머, 오래간만이시네요. 이쪽으로 오세요."

칸막이가 쳐진 넓은 좌석이 비어 있었다. 그래도 자리가 모자라서 여분의 의자를 꺼내와 옆에 늘어놓았다. 손님들이 칸막이 좌석에 마주보며 자리에 앉자 그 사이로 여자들이 적당하게 끼어 앉았다.

"모두 모이셨네요." 마담이 만면에 미소를 지으며 말했다. "어디서 모임이라도 있으셨나봐요?"

"응, 재미없는 모임이 있었어. 마침 다들 모여서 입가심이라도 하려고 여기 왔지." 연출가 사사무라 이치로가 입을 열었다.

"어머, 고마우셔라. 잘 오셨어요."

"사사무라 선생님." 갸름한 얼굴의 여종업원이 말했다. "정말 오래간만에 뵙네요. 요전에 오셨을 때는 약주를 과하게 드시고 귀가하셔서 걱정했어요."

"아아, 그때는 실례가 많았어. 그길로 별 사고 없이 집에 갔어."

"사사무라, 자네는 누구랑 왔었기에?" 세키가와 시게오가 옆에서 물었다.

"그냥 잡지사 좌담회에 갔다가. 그다지 맘에 들지 않는 사람이 한 명 있었거든. 바로 집에 갈 기분이 아니어서 여기에 들러 한잔했어. 그때 살짝 과음해서 실수를 했지."

"모두가 차까지 옮겨드렸어요. 얼마나 고생했는지." 여종업원이 세키가와를 보며 웃었다.

이 자리에 있는 것은 연출가 사사무라 이치로, 극작가 다케베 도요이치로, 평론가 세키가와 시게오, 작곡가 와가 에이료, 건축가 요도가와 류타까지 다섯 명이다. 화가 가타자와 무쓰오는 다른 곳에 가고 없었다.

"여러분, 뭘 드시겠어요?"

마담이 한 명 한 명의 얼굴을 애교 넘치는 눈으로 둘러보았다. 다섯 명은 저마다 메뉴를 골랐다.

"와가 선생님." 마담이 작곡가를 쳐다보았다. "지난번에는 실례가 많았어요. 잘 지내셔요?"

"보시는 대로." 와가는 마담을 향해 몸을 돌렸다.

"아니요, 선생님 말고요. 그분 말이에요."

"와가." 옆에 앉아 있던 연출가가 어깨를 두드렸다. "당했군. 자네, 어디서 마담한테 들킨 거야?"

"좋은 곳에서요. 그렇지요?" 마담이 한쪽 눈을 가늘게 뜨며 웃었다.

"그럼 나이트클럽이겠지?" 와가 에이료는 마담의 얼굴을 보았다.

"기가 차는군. 노골적으로 말하는걸." 사사무라가 옆에서 말했다.

"뵙고야 말았지요. 아름다운 분이시던데요." 마담이 웃었다. "잡지 같은 데서 사진으로 뵌 적은 있었는데, 실제로 뵈니 훨씬 더 아름다우시던걸요. 선생님, 행복하시죠?"

"글쎄."

와가는 고개를 갸웃하며 글라스를 손으로 건네받았다.

"와가의 피앙세를 위하여." 연출가가 선창했다. 글라스가 부딪쳐 쨍 소리를 냈다.

"글쎄, 라뇨……"

마담은 와가를 흘겨보며 말했다.

"선생님은 온 일본의 행복을 혼자서 독차지하고 계시는 것 같아요. 훌륭한 일을 하시고, 젊은이들의 챔피언이시고, 멋진 분과 결혼도 앞두고 계시고. 정말이지 부러워요."

"저희도 선생님처럼 행복해지고 싶어요."

둘러앉아 있던 여종업원들도 와가를 보고 한마디씩 보탰다.

"그런가." 와가는 또 중얼거리며 눈을 내리깔았다.

"어머, 또 그런 말씀을…… 선생님, 쑥스러워하시네요."

"아니, 쑥스러워하는 게 아냐. 단지, 나는 무슨 일에든 회의적이라서 말이야. 항상 나를 밖에서 바라보는 성격이거든. 이건 천성이라……"

"과연 예술가시네요." 마담이 곧바로 말했다. "저희는 행복하면 바로 거기에 빠져버리잖아요. 그러니까 안 되는 거예요. 와가 선생님같이 분석할 수가 없어요."

"그래서 때때로 실패하곤 하지요."

다른 여종업원이 끼어들었다.

"하지만 아무리 자신을 밖에서 바라본다 해도 행복하다는 것은 틀림없잖아요. 그렇죠? 세키가와 선생님."

마담이 옆자리에 앉은 비평가를 돌아보았다.

"그렇지. 인간이란 행복할 때는 아무 생각 없이 몰입하는 게 좋다고 봐. 쓸데없는 분석과 객관적인 시점은 글쎄, 좀."

세키가와 시게오는 미간에 주름을 살짝 세우며 의견을 말했다. 와가가 그 얼굴을 슬쩍 보았지만, 아무 말도 하지 않았다.

"그래서 결혼은 언제인가요?"

"맞아, 맞아. 어느 잡지에서 읽었어요. 올가을이라고. 두 분 사진이 나와 있었어요." 다른 여종업원이 이어 말했다. 마르고 예쁜 여종업원이다. 검은 비단 드레스를 입고 있다.

"그런 건 엉터리야. 한심하지." 와가가 말했다. "흥미 위주로 쓰인 글에 책임을 느끼진 않아."

"그건 그렇고, 나이트클럽 같은 곳에 그 아가씨와 출몰하다니, 상당히 사이가 좋은 모양이군." 건축가 요도가와가 말했다.

"그게 말이죠……" 마담이 끼어들었다. "춤추는 걸 뵈었는데, 호흡이 정말 잘 맞으시던걸요. 그때 저는 다른 손님과 테이블에 있었는데, 그분도 넋을 잃고 두 분을 바라보시지 뭐예요."

"어머나." 여종업원이 손뼉을 쳤다. 극작가와 비평가는 동료들의 이야기를 나누기 시작했다.

"저쪽은 뭐지?" 교수가 시끄러운 저편 칸막이 좌석을 보며 말했다.

"누보 그룹 분들이네요." 보고 있던 여종업원이 설명했다.

"누보 그룹이라니, 그게 뭔가?"

"요즘 인기 있는 젊은 예술가들이에요." 철학을 가르치는 조교수가 말했다. "모두 서른 살 이전으로, 근래 젊은 세대를 대표하는 그룹입니다. 기존의 도덕이나 질서, 관념을 모두 부정하고 파괴하는 데 힘쓰는 사람들이에요."

"아, 그러고 보니 들은 기억이 있네." 사학 교수는 말했다. "신문에서 그런 얘기를 읽은 적이 있는 것 같아."

"선생님도 보셨을 정도로 최근 매스컴에서 그들의 활동은 화려하거든요. 보세요, 이 가게 마담 앞에 앉아 있는, 머리가 헝클어진 남자가 작곡가 와가 에이료예요. 그의 예술 또한 종래의 음악을 파괴하려는 시도를 하고 있다네요."

"자네, 설명은 됐고. 그 옆에는 누구인가?" 교수는 취기 어린 눈을 젊은이들 얼굴로 향하고 있었다.

"그 옆이 연출가 사사무라입니다."

"연출가도 마찬가지인가?"

"그렇습니다. 그도 과감한 연극 개혁에 뜻을 두고 있지요."

"우리 젊었을 적에는 쓰키지 소극장*이라는 곳이 있어서 청년들의

---

* 1924년 설립된 일본 최초의 신극 전문 극단.

피를 끓게 했었지. 그런 운동인가?" 교수가 말했다.

"그와는 조금 다른데요." 조교수가 당혹스러운 얼굴로 말했다. "훨씬 대담하다고 할까 창조적이라고 할까, 그런 성향이 강합니다."

"그렇군. 그 옆에는?"

"그 옆은 극작가 다케베인가?" 조교수가 조금 자신 없어하며 여종업원을 보았다.

"맞아요. 다케베 선생님이에요."

조교수는 잡지에서 그의 얼굴을 본 기억이 있었다.

"등을 돌리고 앉아 있는 사람은 누구지?"

"비평가 세키가와 선생님이셔요."

"그다음, 여자 옆에 있는 사람은?"

"건축가 요도가와 선생님이고요."

"모두 선생님이구먼." 교수는 비아냥거리며 웃었다. "저렇게 젊은데 선생님이라고 불리다니 대단하군."

"요새는 아무나 다 선생님입니다. 폭력배 간부도 선생님이니까요."

"저 무리는 뭘 저렇게 웃어대는 건가."

"와가 선생님 때문인가본데요." 여종업원은 저쪽 이야기를 듣고 귀띔해주었다.

"와가 군이 뭐가 어쨌는데?"

"와가 선생님의 피앙세가 다도코로 사치코 님이세요. 그, 여류 조각가로 인기 있는 신인이신데요, 아버님이 전직 대신 다도코로 시게요시 님이셔서 그걸로도 유명하세요."

"아, 그런가." 사학 교수는 그걸로 흥미를 잃은 듯했다.

한편 같은 이야기가 다른 좌석의 회사 중역 사이에서도 오가고 있
었다.

"아아, 다도코로 시게요시……"

중역은 젊은 예술가들의 이름은 몰랐지만, 전직 대신의 이름이 나
오자 갑자기 경탄하는 눈빛이 되었다.

시간이 흐름에 따라 가게에는 손님이 늘어났다. 대부분 두세 명이
모여 앉은 자리였기 때문에, 젊은이들이 왁자지껄하는 칸막이 좌석은
여전히 모두의 주목을 받았다.

어둑한 실내가 담배 연기와 떠들썩한 목소리로 가득차기 시작했다.
그때 출입문을 조용히 열고 중년 신사가 들어왔다. 긴 머리는 반백이
었다. 굵은 금속테 안경을 썼다. 그는 느긋한 발걸음으로 안쪽을 향하
다가, 슬쩍 젊은이들의 테이블로 시선이 닿자마자 머뭇거리는 얼굴이
되었다.

"어서 오십시오, 미타 선생님."

신사는 이른바 문명비평가였다. 문학뿐 아니라 미술 방면이나 풍속
에 대한 시평도 쓰고 있었다. 미타 겐조라고 하면 유명했다. 미타의
눈이 그 젊은 그룹에 멈췄을 때, 젊은이들도 그를 알아보았다.

"미타 선생님." 세키가와 시게오가 일어섰다. "안녕하십니까."

미타의 얼굴에 당혹스러운 미소가 번졌다.

"아니, 자네들, 여기에 와 있었는가?"

"가끔 옵니다."

"아, 그래. 대단히 성대하군." 미타는 뒤이을 말을 못 찾고 당황해
하며 서 있었다.

"선생님, 미타 선생님, 이쪽으로 오시지요." 이렇게 말한 이는 건축가인 요도가와 류타였다.

"이런, 고맙구먼. 하지만 나는 나중에 같이하도록 하지."

미타는 마침 마중을 나온 여종업원과 함께 걸어가며 그들에게 가볍게 인사를 남겼다.

"도망갔다." 세키가와가 제일 먼저 말했다. 목소리는 작았지만 이어서 모두 폭소를 터뜨렸다.

세키가와는 이 미타를 진작부터 저속한 비평가라고 경멸하고 있었다. 그는 미타를 뒤에서 '만물상'이라는 별명으로 부르고 있었다. 젊은이들이 앉아 있는 좌석은 그뒤로도 한참 동안 떠들썩했다. 돌아가겠다는 말을 가장 먼저 꺼낸 것은 와가 에이료였다.

"약속이 있어서."

"어머, 선생님, 즐거워 보이세요." 마른 여종업원이 손뼉을 쳤다.

"나도 돌아가야겠어. 볼일이 생각났어." 세키가와가 조금 불쾌한 표정으로 말했다.

그걸 계기로 모두 슬슬 일어났다. 다른 테이블에 앉아 있던 마담이 달려와 한 명씩 악수를 청했다. 모두 밖으로 나갔다.

"세키가와, 자네는 어디로 가는데?" 극작가가 불렀다.

"자네들과 반대 방향으로. 그럼 실례."

극작가는 그의 얼굴을 바라보다가 포기하고 건축가, 연출가와 함께 무리를 지었다. 이때 와가 에이료는 손만 흔들고, 멋대로 큰길 방향으로 가는 참이었다. 세키가와 시게오는 눈으로 그 모습을 좇았다. 그는 물고 있던 담배를 길에 버리고 다른 방향으로 걸어갔다.

"선생님, 꽃 한 송이 어떠세요?"

젊은 처녀가 다가왔다. 세키가와는 매몰차게 떨쳐냈다.

그는 길모퉁이에 있는 전화 부스를 발견하고 성큼성큼 안으로 들어갔다. 그는 수첩도 보지 않고 다이얼을 돌렸다.

세키가와 시게오가 택시를 타고 그 집 앞에 내린 것은 정각 열한 시였다. 그때까지 그는 다른 곳에서 시간을 보냈다.

그 집은, 시부야 언덕을 올라 주택가가 많은 곳에 있었다. 대문은 있지만 항상 열려 있었다. 대문뿐 아니라 거기로 들어가면 나오는 현관도 밤새도록 출입할 수 있었다. 현관에는 어슴푸레한 전등이 켜져 있었다. 조심성 없는 이야기지만 이곳은 아파트다. 현관을 지나면 바로 계단이 보인다. 복도에도 빛이 약한 전등이 켜져 있다. 복도 양옆으로는 방이 나란히 있고, 각 방문은 안에서 자물쇠가 걸려 있다.

세키가와 시게오는 낮에는 절대 이곳에 오는 일이 없다. 그가 아무에게도 들키지 않고 가장 안쪽 방에 드나들 수 있는 것은 이런 늦은 시간이기 때문이다. 그 문에는 '미우라 에미코'라는 문패가 붙어 있었다. 세키가와는 손가락으로 건드리듯이 문을 가볍게 두들겼다. 안에서 문이 살짝 열렸다.

"어서 오세요."

젊은 여자의 얼굴이었다.

세키가와는 말없이 안으로 들어갔다. 여자는 검은 드레스를 평상복 스웨터로 갈아입었다. 좀전에 클럽 보뇌르에 있던 마른 여종업원이었다.

"덥지요? 옷 벗으세요."

에미코는 세키가와의 상의를 받아서 옷걸이에 걸었다. 다다미 여섯 장짜리 방이었다. 정리함과 삼면거울, 옷장이 벽을 가리고 있어서 상당히 좁았다. 누가 봐도 여자 혼자 사는 방이었다. 깔끔하게 정리되어 있었다. 방에서는 향기가 났다. 그가 올 때면 여자는 항상 향수를 뿌렸다. 세키가와가 책상다리를 하고 앉자, 여자가 바로 물수건을 가지고 왔다.

"언제 왔어?"

세키가와는 물수건으로 얼굴을 닦으면서 물었다.

"지금 막 집에 들어왔어요. 전화를 받고는 바로 가게에 말하고 나왔거든요. 도중에 나오는 거라 힘들었어요."

"내가 가게에 갔으니까 바로 알아차렸으면 좋았을 텐데."

"그게, 아무 말씀도 없으셨잖아요. 신호도 없었고요."

"시끄러운 녀석들뿐이고, 그렇게 보는 눈이 많은데 어쩔 수 없지."

"그러네요. 다들 감도 빠르신 분들뿐이라. 그래도 기뻤어요. 예고도 없이 불시에 오셔서요."

에미코는 세키가와에게 몸을 바싹 붙였다. 갑자기 세키가와가 그녀의 어깨를 붙잡자 그녀는 그 팔 안으로 무너져내렸다.

"이 소리는 뭐지?"

세키가와가 귓결에 소리를 듣고 입술을 떼면서 물었다. 에미코가 눈을 떴다.

"마작이에요."

"그렇군. 마작 패 소리군."

"학생들이에요. 오늘 토요일이잖아요. 토요일 밤에는 꼭 저래요."

"밤새도록 하는 건가?"

"예. 점잖은 학생인데 토요일 밤이 되면 친구들이 다 모여요."

"비켜보는 방이지?"

"예, 맞아요. 처음에는 저 소리가 시끄러워서 거슬렸는데, 어린 학생들인데다 좀 참다보니 저도 익숙해졌어요."

"그럼 밤새도록 깨어 있다는 말이군?"

세키가와는 짜증스럽다는 표정을 지었다.

3

"뭐라도 드시겠어요?" 에미코는 물었다.

"그러지. 조금 배가 고파졌어."

세키가와 시게오는 와이셔츠를 벗어던졌다. 에미코는 그것을 주워 펼친 다음 소매에 옷걸이를 끼웠다.

"그러실 줄 알았어요. 아까부터 아무것도 안 드셨잖아요."

"파티에서 샌드위치만 좀 먹었어."

"담백한 걸 만들어놨어요."

에미코는 부엌에서 접시를 가지고 왔다. 식탁에 차려놓은 것은 생선회와 소금 간을 해 쪄서 말린 가자미, 그리고 채소 절임이었다.

"뭐지, 이건?"

"농어예요. 초밥집에 가서 억지로 얻어왔어요. 요새 농어가 그렇게 맛있대요."

에미코가 밥공기에 밥을 담았다. 이 방에는 세키가와가 쓰는 밥공기가 항상 준비되어 있었다.

세키가와는 묵묵히 밥을 먹었다.

"무슨 생각을 하세요?"

에미코는 마주앉아 그의 표정을 살폈다.

"아무 생각도 안 해."

"하지만, 아무 말씀도 안 하고 드시잖아요."

"별로 할말이 없어서 그래."

"그렇구나. 그래도 아무 말씀도 안 하시면 쓸쓸해요. 다른 분들과는 어디서 헤어지셨어요?"

"보뇌르를 나와서 바로."

"와가 선생님은요?"

"와가는 약혼자한테라도 갔겠지."

에미코는 세키가와의 언짢은 듯한 표정을 흘끗 살폈다.

"더 드시겠어요?"

"됐어."

세키가와는 밥공기에 차를 따랐다.

"가게는 바쁜가?"

세키가와는 화제를 바꿨다.

"예, 요즘에는 특히 더 바빠요. 그래서 오늘밤 도중에 나오기가 어려웠어요."

"미안해."

"아니요, 당신이라면 괜찮아요."

"가게 사람이 눈치채지는 않았겠지?"

"괜찮아요. 아무것도 모르는걸요."

"그래도 전화를 받은 놈이 내 목소리를 기억하고 있지는 않을까?"

"괜찮다니까요. 몰라요. 저한테 전화를 거는 손님들도 많은걸요."

"워낙 잘나가셔서 말이지."

"무슨 그런 말씀을. 그야 장사니까요, 어느 정도 제 손님이 없으면 주눅든다고요."

세키가와 시게오는 살짝 미소를 지었다. 전체적으로 차가운 느낌이었다. 그런데도 여자는 그 얼굴을 황홀한 듯이 바라보았다.

복도를 성큼성큼 걷는 소리가 들렸다.

"시끄럽군. 밤새도록 저렇게 화장실에 들락날락하는 건가?"

세키가와가 얼굴을 찌푸렸다.

"그야 어쩔 수 없지요."

"학생들에게 내 얼굴을 보인 적은 없지?"

"괜찮다니까요…… 하지만 싫어요. 그렇게 일일이 신경쓰시고."

세키가와는 코웃음 치며 셔츠를 벗었다.

에미코는 스탠드를 켜고, 방 불을 껐다. 이부자리의 베개 근처만 밝아졌다. 에미코는 슬립을 몸에서 미끄러뜨리듯 벗었다.

"담배 좀 줘."

세키가와는 몸을 뒤척이며 말했다.

"예."

옆에서 에미코가 재빨리 몸을 정리하고 꺼진 스탠드 불을 켰다. 에미코는 식탁에 있는 담뱃갑에서 한 대 꺼내 입에 물고 성냥불을 붙여 직접 빤 다음, 세키가와의 입술에 물려주었다. 세키가와는 위를 올려다본 채 담배 연기를 내뿜었다. 담배를 피우면서 멍하니 눈을 뜨고 있다.

"무슨 생각을 하세요?"

에미코는 세키가와 옆으로 돌아와서 누웠다.

"음."

역시나 담배만 피울 뿐이다.

"너무하신 분. 아까부터 계속 그러시고. 일 때문에 그러세요?"

대답은 없었다. 마작 패를 섞는 소리가 멀리서 들려온다.

"좀 시끄럽군."

"계속 신경쓰시니까 그래요. 저는 익숙해져서 괜찮아요…… 여기 재가 떨어져요."

에미코는 재떨이를 손에 들고 세키가와의 입술에서 담배를 빼어 재를 떤 다음 다시 그의 입술로 돌려놓았다.

"와가 선생님은 몇 살이에요?"

에미코가 남자의 옆얼굴을 보면서 물었다.

"스물여덟이지."

"그럼 당신보다 한 살 위네요. 사치코 씨는 몇 살이에요?"

"스물둘인가 스물셋일걸."

세키가와는 중얼중얼 말했다.

"나이도 딱 맞네요. 가을에 결혼한다고 어떤 잡지에 실렸는데, 진짜일까요?"

"아마 하겠지. 그놈이니까."

심드렁한 목소리였다. 베개맡의 스탠드를 조정해서 그의 이마와 코 끝에만 흐릿하게 빛이 닿았다.

"사치코 씨는 신예 조각가인데다가 아버지는 부자에 저명인사고, 와가 선생님은 복 받았네요. 당신도 그런 결혼을 하시면 어때요?"

에미코는 남자의 얼굴을 빤히 바라보았다.

"바보 같은 소리." 세키가와는 내뱉듯 말했다.

"나는 와가하고는 달라. 그런 정략결혼 따위는 안 해."

"어머, 정략결혼이에요? 연애라고 잡지에 쓰여 있었는데."

"어느 쪽이든 똑같아. 와가의 마음속에는 그런 출세지향주의가 잠재돼 있는 거야."

"그러면 와가 선생님, 아니, 당신네 그룹의 주장과는 다르네요."

"와가 녀석은, 일단 말은 그럴듯하게 하고 있어. 나는 어떤 집 딸을 아내로 맞더라도 결코 타협은 하지 않는다고, 사치코의 아버지도 완전 저쪽 사람이라고 하더군. 오히려 그런 결혼을 통해서 저쪽의 내부를 알 수 있으니까 용감하게 싸울 수 있다면서, 그 녀석 특유의 궤변을 늘어놓고 있지만 그 근성이 빤히 들여다보인다고."

세키가와는 손을 뻗어 담배꽁초를 재떨이에 던졌다.

"그럼 당신은 그런 결혼은 안 하신다는 말이죠?"

"절대 사양이야."

"정말?"

에미코는 그의 가슴을 손으로 매만졌다.

"에미코."

세키가와 시게오는 그녀의 팔에 감싸인 채 낮은 목소리로 말했다.

"요전에 그 일은 내가 말한 대로 했지?"

눈은 천장을 향한 채였다. 눈동자가 멈춰 있다.

"확실히요."

그는 후 하고 숨을 토해냈다. 남자는 여자의 머리카락을 쓰다듬고 있었다.

"안심하세요. 저는 당신을 위해서라면 뭐든지 해요."

"그런가."

"예, 어떤 일이라도. 그야, 당신에게 지금이 얼마나 중요한 때인지 잘 아니까요. 당신은 더 높이 올라가셔야 해요. 그러니까 어떤 비밀을 말씀하신대도 저한테만은 괜찮아요."

세키가와는 몸을 돌려 그녀의 목 뒤로 손을 넣었다.

"정말이지?"

"당신을 위해서라면 죽어도 좋을 정도로요."

"우리 일은 절대 다른 사람에게 알려져서는 안 돼, 알지?"

"알아요. 약속은 꼭 지켜요."

세키가와의 얼굴이 갑자기 어두워졌다.

"지금 몇시지?"

여자는 베개맡에 놓여 있던 손목시계를 집어들고 보았다.

"열두시 십분이에요."

세키가와는 말없이 일어섰다.

나갈 채비를 하는 남자를 여자는 입을 다물고 체념한 듯이 바라보았다.

"가시는 거예요?"

남자는 셔츠를 걸치고 바지를 입었다.

"알고는 있지만 역시 뭔가 말하고 싶네요. 가끔은 주무시고 가셨으면 해요."

"멍청한 소리." 세키가와는 곧바로 작은 소리로 나무랐다. "바로 조금 전에 이야기했잖아. 날이 밝으면 내가 이 아파트에서 나갈 수 있겠어?"

"그건 알고 있어요. 하지만 알면서도 말해보고 싶은걸요."

세키가와는 문 쪽으로 걸어가서 살짝 열었다. 복도에는 아무도 없었다. 그는 복도로 살며시 나갔다. 마작 패를 섞는 소리가 지나가는 옆 방문에서 새어나온다. 이 아파트는 공교롭게도 화장실을 공동으로 쓴다. 세키가와는 오갈 때 모두 조심했다. 복도에는 어두침침한 전등불만 비칠 뿐이다. 세키가와는 슬리퍼 소리를 죽였다.

옆에서 문이 열렸다. 갑자기 일어난 일이라 세키가와는 깜짝 놀랐다. 대학생 한 명이 본인도 예상치 못한 곳에서 사람을 만나 놀란 듯 우뚝 서 있었다. 순간 세키가와는 얼굴을 옆으로 돌리고 그의 곁을 지나갔다. 복도가 좁아 곧바로 되돌아갈 수도 없었다.

에미코의 방 앞으로 돌아왔을 때, 세키가와는 신경이 쓰여 무심코 뒤를 돌아보았다. 그래서는 안 되는 거였다. 상대도 화장실 쪽으로 걸어가면서 돌아보던 참이었다.

두 사람의 얼굴이 정면으로 마주쳤다.

문을 닫고 방으로 들어왔을 때, 세키가와는 무서운 얼굴을 하고 그대로 얼마간 서 있었다. 에미코가 그 얼굴을 보고 이불에서 상반신을 일으키며 물었다.

"무슨 일이에요? 그런 얼굴을 하시고."

세키가와는 아직 그 자리에서 움직이지 않았다. 안색이 좋지 않았다.

"저기, 왜 그러세요?"

세키가와는 대답하지 않았다. 그는 아무 말 없이 다다미 위에 앉아 식탁 위 담배를 들고 피우기 시작했다. 에미코가 이부자리에서 일어났다.

"무슨 일 있으셨어요?"

살피듯이 남자의 맞은편에 앉는다.

세키가와는 담배만 피워댔다.

"이상하네, 그런 얼굴을 하시고."

세키가와는 작은 목소리로 대답했다.

"날 봤어."

그 목소리가 너무 작아서 여자는 다시 물었다.

"예, 뭐라고요?"

"나를 봤어."

여자는 눈을 크게 떴다.

"어머, 누가요?"

"앞방 학생."

세키가와는 담배를 든 손을 이마로 가져갔다. 에미코는 그런 모습을 지켜보다가 말했다.

"괜찮아요, 분명 못 알아봤을 거예요. 그냥 지나친 정도로는요."

"그렇지 않아. 내가 뒤돌아봤을 때 상대도 내 얼굴을 유심히 보고 있었어."

"어머나."

"그것도 정면으로."

에미코는 세키가와의 침울한 표정을 잠시 바라보다가 위로하듯이 웃어 보였다.

"괜찮아요, 당신이 그렇게 생각하시는 것뿐이에요. 오히려 상대방은 당신 얼굴 같은 건 보지도 않았을걸요…… 슬쩍 본 정도로는 알아볼 수도 없고, 또 두고두고 기억할 리도 없어요. 게다가 복도는 조명도 어둡잖아요. 대낮이라면 모르겠지만, 그 정도는 괜찮아요."

세키가와는 아직 어두운 표정을 풀지 않았다.

"기억 못하면 좋겠는데."

"기억 못해요. 당신을 봤다는 사람이 어떤 사람이었어요?"

"그게 말이지, 얼굴이 둥근 남자였어. 키도 땅딸막하고……"

에미코는 고개를 끄덕였다.

"그럼 아니에요. 앞방 학생이 아니에요. 앞방 학생은 마르고 키가 커요. 보셨다는 사람은 분명 놀러온 친구일 거예요. 그러니까 더더욱 당신 얼굴을 알 리가 없어요."

"친구란 말이지……"

"안심하세요."

여자는 조금은 원망스러운 듯이 세키가와를 쳐다보았다.

"정말이지, 별일도 아닌데 그러신다니까. 당신하고 벌써 일 년이 됐는데도 항상 이렇게 조심하시네요."

여자가 한숨을 쉬었다.

"간다!"

세키가와는 이렇게 말하고는 급하게 일어섰다.

돌아갈 준비를 하는 남자를 에미코는 아무 말 없이 도왔다.

4

학생 세 명이 패를 늘어놓고 기다리고 있었다. 화장실에 다녀온 땅딸막한 학생이 "미안" 하고 말하며 상 앞에 앉았다.

"지금 몇시냐?" 그가 무심하게 물었다.

"열두시 이십분."

"이제부터 시작이군. 아침까지 앞으로 다섯 시간 남았어." 옆에 앉은 학생이 말했다.

"구보타." 마주앉은 학생이 막 돌아온 남자에게 말했다. "이번에는 네가 친*이야."

구보타라는 학생은 주사위를 던졌다.

"오, 같은 숫자가 나왔네! 이거 좋은데."

모두 패를 집어 자기 앞에 세웠다.

"아오키." 패를 먼저 버리면서 구보타가 불렀다. 아오키라 불린 사람이 이 방 주인이다.

"이 대각으로 건너편 방은 사는 사람이 바뀌었나봐?"

─────────

* 마작에서 제일 먼저 시작하는 자리. 친의 경우 해당 판에서 점수를 다르게 계산한다.

"대각 건너편 방?" 패를 집으며 대답한다. "아닐걸, 안 바뀌었는데."

"저 방은 분명 일 나가는 아가씨가 살지 않았나?"

"맞아. 긴자 술집 아가씨랬어."

"어라? 처음부터 홍중*을 버리시겠다 이거지. 그럼 너, 크게 한판할 생각이구나."

다음 학생이 자신이 버릴 패를 고르면서 물었다.

"그 아가씨 예쁘냐?"

"넌 본 적 없냐?"

"여기 온 게 세번째라. 아직 한 번도 못 봤어."

"일단 미인 축에는 들지. 야, 구보타, 왜 그런 걸 물어보냐?"

"아까 남자가 방에 들어가더라고."

"남자?"

옆에서 쌓던 남자가 잠깐 패를 멈추고는 관심을 보였다.

"그럼 사내를 끌어들인 건가. 별 특별한 일도 아니구먼."

"그럴 여자는 아닌데."

아오키가 고개를 갸웃거렸다.

"지금까지 한 번도 그런 적 없었어. 네가 잘못 본 거 아니야?"

아오키는 맞은편에 앉은 구보타를 쳐다보았다.

"뒤돌아봤을 때 그쪽에서도 그 방 입구에서 날 쳐다봤으니까 틀림없어." 구보타는 대답했다.

"오호, 그런 일은 처음인데. 어떤 남자였냐?"

---

* 마작패 중 하나.

"젊은 남자던데. 맞다, 스물일고여덟쯤 됐으려나. 얼굴이 갸름하고, 머리는 길고 부스스하더라. 잠깐, 어디서 본 것 같은 얼굴인데."

구보타는 생각에 잠긴 얼굴이었다.

"이봐, 네 차례야."

그리고 대여섯 차례 순서가 돌았다. 한가운데 버린 패가 쌓여갔다. 하얀 상아 표면 위로 전등이 희미한 빛을 떨어뜨렸다.

"아무래도 어디서 본 얼굴인데……"

구보타가 또 중얼거렸다.

"너 그렇게 신경이 쓰이냐? 그렇다면 다음번에 그 아가씨에게 물어 봐주지."

"흥, 그렇게까지 관심 있지는 않거든. 복도에서 서로 뒤돌아봤는데, 그 얼굴을 어디선가 본 적이 있단 말이야. 으음, 진짜 생각이 안나네."

구보타라는 학생이 혼잣말처럼 중얼거렸다.

세키가와 시게오는 복도로 나왔다. 발소리를 죽이고 계단 입구로 향했다. 다행히 이번에는 학생이 나타나지 않았다. 문 안에서는 패를 버리는 소리와 이야기 소리가 섞여 나왔다.

살금살금 계단을 내려가 구두를 신었다. 현관을 나온다. 등뒤로 문을 닫고 밖으로 나왔을 때는 솔직히 마음을 놓았다. 길가의 집들은 다 문이 닫혀 있었다. 걸어다니는 사람은 한 명도 보이지 않는다. 오전 한시가 가까웠다. 세키가와는 큰길을 향해 어두운 길을 걸어갔다. 지나가는 택시를 잡으려면 거기까지 나가는 수밖에 없었다.

학생에게 얼굴을 보인 일이 계속 마음에 걸린다. 에미코 말대로 상

대는 그의 얼굴을 기억하지 못할 수도 있다, 그렇게 생각하고 싶은 한
편 상대방이 내 얼굴을 정확히 기억하고 있을 것 같은 기분도 든다.
요즘 학생들은 한심하다. 밤새워 마작이나 하다니 어쩔 셈인지. 세상
이 어수선한 지금 시국에, 저런 놀이로 정력을 소모하는 학생의 마음
이 이해가 가질 않는다. 참으로 수준 이하인 놈들이다.

대로에 나오자 택시의 헤드라이트가 늘어서 있다. 늦은 밤인데도
택시는 대낮같이 달리고 있었다. 빈 차가 적었다. 창문에 비치는 손님
그림자는 남녀 일행이 많았다. 겨우 빈 차가 보여서 세키가와는 손을
들었다.

"나카노까지 가지."

"알겠습니다."

택시는 노면전차 선로를 따라 굉장히 빠른 속도로 달려나간다.

"손님, 많이 늦으셨네요." 운전사는 뒤쪽 너머로 말을 걸었다.

"아, 뭐, 친구들과 마작을 하다가." 세키가와는 담배에 불을 붙였
다. "요즘 경기는 좀 어떻지?"

"그게요, 작년보다는 좀 나아진 것 같습니다."

"최근 들어 노는 택시가 적다고들 하던데. 경기가 좋아져서겠지."

"택시를 이용하시는 손님들이 늘었지요."

"그렇군. 얼마 전까지만 해도 러시아워나 비 오는 날 말고는 빈 차
가 여기저기 달렸는데, 요새는 그런 일도 좀처럼 없는 것 같고. 이번
에 운수성에서 증차 배정을 했다던데, 택시회사들은 입이 귀에 걸렸
겠더군?"

"그렇지는 않습니다. 저희 회사는 그래도 큰 편에 속하는데요, 겨

우 열 대밖에 배정이 안 나왔다고 하더군요. 회사에서는 분개하고 난리도 아니에요."

"운수성 방침으로는 기존 업자보다 신규 영업자 쪽에 중점적으로 배정을 준다는 모양이니까."

세키가와가 여기까지 말했을 때, 운전사가 불쑥 다른 말을 꺼냈다.

"손님은 도호쿠 분이시지요?"

"어, 어떻게 알았나?"

세키가와는 가슴이 철렁했다.

"그거야 사투리로 알 수 있지요. 아무리 오래 도쿄에 계셨대도 고향 사람의 감으로 압니다요. 저도 야마가타 북쪽이어서요, 손님 말씀을 들으면서 살펴봤습니다만 억양이 아키타 쪽인걸요. 어떻습니까, 틀렸습니까?"

"그래, 뭐, 그 근처야."

세키가와는 갑자기 불쾌한 표정을 지었다.

4장
미해결

1

국철 가마타 조차장에서 살인사건이 발생하고 관할 경찰서에 수사 본부를 설치한 지 벌써 한 달이 지났다. 수사는 완전히 막다른 벽에 부닥쳤다. 경시청의 수사1과에서 지원 나온 수사관 여덟 명과 관할 경찰서의 수사관 열다섯 명이 이 사건에 매달렸으나, 유력한 실마리 하나 찾지 못했다. 수사관들은 커다란 장벽에 부딪힌 채 옴짝달싹할 수 없었다. 이미 사건 발생 20일을 넘겼을 때부터 본부의 사기는 가라 앉기 시작했다. 탐문에서고 지역 수사에서고 조사할 수 있는 데까지 모두 조사한 뒤라 남은 것은 아무것도 없었다.

그즈음 경시청 관내에서는 흉악 범죄가 연속해서 일어났다. 그쪽에 서 수사가 활발하게 돌아가는 만큼 가마타 쪽 분위기는 더욱 가라앉 았다. 매일 아침, 본부에서 밖으로 나서는 수사관들의 발걸음에도 기운이 없었다. 관할 경찰서에 설치된 수사본부는 사건이 미궁으로 빠져들 경우 대개 1개월 정도 지나면 해산한다. 그후로는 임의수사로 돌리는데, 사실상 수사 중단이라고 봐도 된다.

그날 저녁, 관할 경찰서의 체육관에 설치된 수사본부에는 스물네다섯 명의 수사관이 한자리에 모였다. 본부장으로 있는 사람은 경시청 형사부장이었으나, 이날 얼굴을 보인 것은 부부장인 수사1과 과장과 관할 경찰서장이었다.

형사들은 기운 없는 얼굴로 앉아 있었다. 앞앞이 놓인 찻잔에는 술이 따라져 있었다. 조림 반찬 같은 안주가 그릇에 담겨 여기저기 놓여 있었다. 형사들은 말이 없었다. 사건을 해결하고 본부를 해산할 때는 즐거운 뒤풀이가 이어지지만, 이처럼 사건이 미궁에 빠져버리면 마치 초상이라도 난 듯 침울하다.

"대강 다 모였습니다."

주임경부가 모여 있는 사람들의 얼굴을 둘러보고는 수사1과 과장에게 보고했다. 수사1과 과장은 다다미 위에 일어섰다.

"여러분, 오랜 시간 동안 고생하셨습니다."

과장은 맥빠진 목소리로 말했다.

"이번 사건으로 수사본부를 설치한 지 어느새 한 달이 흘렀습니다. 그동안 제군들의 수고는 이루 말할 수 없었습니다. 안타깝게도 끝내 유력한 실마리를 잡을 수 없었고, 일단 본부는 철수하기로 했습니다. 심히 유감스러운 결과입니다. 하지만."

과장은 출석한 사람들을 둘러보았다. 일동은 고개를 힘없이 떨어뜨린 채 듣고 있었다.

"이번 사건의 수사는 이것으로 끝난 것이 아니며, 앞으로도 이어서 임의수사를 계속할 것입니다. 이 사건을 반성해보면, 최초 현장에 증거들이 지나치게 갖추어져 있는 바람에 거기에 의존하여 다소 조기해결을 기대한 면이 있었습니다. 피해자의 신원은 알 수 없었지만, 그 정도로 조건들이 맞아떨어진 상태이니 곧 신원을 파악할 수 있으리라 안이하게 생각했습니다. 그러나 실제로 수사를 해보니 그 점이 전혀 해결되지 않았습니다. 피해자와 가해자로 보이는 남자를 봤다는 목격자도 나왔고, 범행에 사용된 흉기도 발견되었습니다. 사건은 간단하게 해결되리라 생각했지만, 제군들의 노력에도 불구하고 이런 결과가 되고 말았습니다. 저는 초동수사 단계에 조금 방심하고 임했다고 할까, 약간 안이했다는 반성을 지금 하게 됩니다."

이마니시 에이타로는 수사1과 과장의 소감을 고개 숙인 채 듣고 있었다. 과장의 말투는 일부러 모두의 기운을 북돋우려는 듯 활기찼다. 하지만 내용의 공허함은 덮을 수 없었고, 역시나 패배자의 변명에 지나지 않았다.

수사본부가 철수하면 그후에는 임의수사를 한다. 그러나 지금까지 수사본부가 해산한 뒤에 임의수사에서 범인이 잡히는 경우는 극히 드물었다.

요즘 들어서는 공개수사가 좋은 효과를 거두고 있다. 그러나 효과를 거둔 경우는 범인을 밝혀내고 얼굴 사진을 일반 사람들에게 게시하여 협력을 구했을 때로 한정된다. 이번 사건은 범인은 고사하고 피해자의 신원조차 모른다. 수사1과 과장의 말처럼 사건 초기에는 상당한 자료를 얻었다. 거기에 의존해서 안이하게 생각했다는 과장의 반성에는 고개를 끄덕일 수밖에 없었다. 실제로 이마니시도 사건 초기에는 조기에 해결되리라고 생각한 사람 가운데 한 명이었다.

목격자 증언에서 '가메다'라는 실마리를 얻었을 때는 사건이 거의 해결되었다고 여겼을 정도다. 특히 '가메다'에 관해서 이마니시는 다른 수사관보다 더 책임을 느꼈다. '가메다'라는 지명을 찾아낸 사람은 그였고, 그 때문에 먼 아키타 현까지 출장도 다녀왔다. 그러나 결국 헛수고였다. 이렇게 되니 이마니시는 '가메다'가 지명이 아니라 역시 애초에 추측한 대로 인명이 아니었을까 하고 고쳐 생각하고 싶을 정도였다. 아키타 현 이와키초 가메다까지 가서 수상한 남자에 관한 이야기를 듣긴 했으나, 그것이 사건 실마리와 관계가 있다고 생각되지는 않았다. 역시 '가메다'는 사람 이름이 아닐까. 그러나 이제 와서 그 문제로 되돌아간다고 해도 방법이 없다. 실패하면 이런저런 혼란이 생긴다……

수사1과 과장의 이야기가 끝나고 관할 경찰서장에게서 위로의 말이 있었다. 내용은 수사1과 과장과 대동소이했다. 그후 그릇에 술을 마시면서 형사들은 이야기를 나누었다. 그러나 이야기에는 활기가 없었다.

지금이 사건을 해결한 상황이라면 모두 큰 소리로 웃고 떠들겠지만, 오늘은 그렇지 않았다. 모두 묵묵히 앉아 있다. 사건의 개운치 않은 뒷맛과 피로한 기색만이 얼굴에 역력할 뿐이다.

활기 없는 술자리는 바로 끝이 났다. 수사1과 과장과 서장이 일찌감치 자리를 뜨자 모두 흐트러지듯 바로 일어섰다. 뒤에 남아서 술을 마시는 팔팔한 녀석들도 없었다.

이마니시 에이타로는 혼자 귀갓길에 올랐다. 이제 수사본부를 설치했던 이 경찰서에 매일 얼굴을 내미는 일도 없겠지. 내일부터는 다시 경시청 형사부실로 돌아가야 한다.

이마니시는 가마타 역을 향해 걸어갔다. 거리에는 불이 켜져 있었다. 밤으로 접어든 하늘에는 맑은 푸른색이 어스레하게 남아 있었다.

"이마니시 선배." 그때 뒤에서 부르는 사람이 있었다.

뒤돌아보니 요시무라였다. 그는 이마니시를 뒤쫓아오고 있었다.

"이야, 자넨가."

이마니시는 발걸음을 멈췄다.

"이마니시 선배하고는 도중까지 국철로 가는 방향이 같거든요, 같이 갔으면 해서요."

"그렇구먼."

어깨를 나란히 하고 둘은 함께 역 방향으로 걸어갔다.

역 플랫폼도 북적거리고 올라탄 전차도 사람들로 북적댔다.

이마니시와 요시무라는 나란히 서 있을 수가 없었다. 마침 러시아워라서 차내는 미동도 할 수 없었다. 그래도 요시무라는 이마니시와 그다지 떨어지지 않은 곳에서 손잡이에 매달려 있었다.

창밖으로 흘러가는 도쿄의 전경을 내려다보았다. 네온사인은 고운 색으로 반짝이고 있지만, 메마른 풍경이다. 요시무라가 내리는 역은 요요기 역이지만, 이마니시가 내릴 곳은 아직 멀었다.

"요시무라." 이마니시는 시부야 역이 보였을 때 큰 소리로 불렀다. "여기서 내리자고."

요시무라에게서 답이 왔다.

마찬가지로 혼잡한 플랫폼에 내려 군중을 헤치며 내려가는 계단 입구까지 오자 요시무라가 뒤쫓아왔다.

"갑자기 무슨 일이신데요?" 그는 눈을 동그랗게 뜨고 있다.

"아니, 자네와 좀더 이야기를 나누고 싶어서. 요 근처에서 한잔할까 하는 생각이 갑자기 났거든." 이마니시는 북적대는 계단을 내려가면서 말했다. "붙잡아서 좀 그런가?"

"아뇨, 저는 괜찮습니다." 요시무라가 웃었다. "사실은 저도 이마니시 선배와 좀더 이야기하고 싶었어요."

"그거 고맙네. 뭣보다 이대로는 집에 갈 수 없다고. 그런 초상집 같은 데서 술을 마시면 집에 돌아갈 마음이 안 나잖아. 어디 근처에서 가볍게 맥주라도 마시자고."

"좋습니다."

두 사람은 역 앞 광장을 지나 작은 골목으로 들어갔다.

이 근처에는 허름한 술집이 많다. 처마에 매단 붉은 초롱에도 불이 켜져 있었다.

"여기, 자네 아는 가게라도 있어?" 이마니시가 물었다.

"아니요, 딱히 아는 곳은 없는데요."

"자, 그럼 아무데나 들어가보자고."

입구가 좁은 어묵집으로 들어갔다. 아직 초저녁이라 손님은 그다지 많지 않았다. 둘은 구석 자리 의자에 앉았다.

"맥주요."

"예, 알겠습니다."

찜냄비를 뒤적거리던 여주인이 긴 젓가락을 든 채 머리를 숙였다.

두 사람은 거품이 이는 맥주잔을 쨍 부딪쳤다.

"맛있군." 이마니시는 단숨에 반 정도 마시고서 말했다. "역시 자네를 만나서 다행이야."

"저도 그렇게 생각합니다. 어쨌든 이걸로 이마니시 선배와 업무적으로는 이별이니까요."

"여러 가지로 수고했어."

"무슨 말씀을요. 선배가 고생하셨지요."

"뭘 좀 시키지."

"네, 그럼 꼬치 어묵 주세요."

"자네도 그걸 좋아하나봐?" 이마니시는 미소지었다. "나도 요 녀석을 좋아하지."

이마니시는 맥주를 마시고는 후 하고 어깨로 한숨을 내쉬었다. 그 모습을 젊은 요시무라가 가만히 바라보았다.

밖에서 수사 이야기는 금물이었다. 둘은 가능한 한 그 주제를 건드리지 않으려고 했지만 아무래도 이야기는 그쪽으로 흘러가려고 했다. 하지만 둘만이 아는 별것 아닌 이야기와 상황으로 주제를 넘겼다.

"내일부터 경시청이시죠?" 요시무라는 맥주를 마시고 물었다.

"그래. 자네에게는 신세를 졌지만, 다시 오래간만에 내 자리로 돌아가야지." 이마니시는 둥근 꼬치 어묵을 빼어 물고 씹으면서 말했다.

"바로 다른 수사에 투입되시겠지요?"

"그렇게 되겠지. 연달아서 계속, 우리가 하는 일이란 게 끝이 안 나는군."

새로운 사건이 계속해서 밀려든다. 해결되는 사건이 있으면 미해결

사건도 있다. 사건들은 끊임없이 그들을 기다리고 있는 것이다.

"하지만 다른 일을 맡는다 해도, 이런 일은 언제까지고 마음에 남는 법이지." 이마니시는 이번 사건에 대해 말했다. "상당히 오랫동안 수사하고도 미궁에 빠진 사건도 이걸로 세 건인가 네 건이 됐어. 오래됐다면 오래된 이야기지만, 언제까지고 머리 한구석에서 떠나질 않아. 무슨 일이 있으면 반드시 그 녀석이 얼굴을 내밀지. 신기하게도 말이야. 해결된 사건은 더이상 아무것도 기억나질 않는데, 해결되지 않은 사건에 한해서는 죽은 피해자의 얼굴이 또렷하게 남더라고. 거참, 이걸로 또 꿈자리 뒤숭숭한 녀석이 하나 늘었군."

"이마니시 선배." 젊은 요시무라가 이마니시의 팔을 두드렸다. "그 이야기는 그만하시죠. 오늘은 같이 일했던 선배랑 헤어지는 자리니까, 상쾌한 기분으로 마시고 돌아가자고요."

"정말 그러네. 이거 미안하군."

"그런데 이마니시 선배. 역시 뭐랄까, 도쿄에서 함께 걸을 때보다는 멀리까지 갔을 때가 인상에 남네요."

"그거야 그렇지. 아무래도 지방에 갔을 때가 오래도록 잊히지 않는다고."

"처음으로 도호쿠를 본 건데, 그때 바다는 색이 정말 아름다웠어요."

"다행이네." 이마니시는 그 화제에 미소지었다. "정년이 되어 일을 그만두면 느긋하게 한번 더 놀러가고 싶은 곳이었어."

"어, 저도 그렇게 생각하던 참이었어요."

"무슨 소리야, 자네는 아직 젊잖아."

"아니, 그런 뜻이 아니라요. 저는 이마니시 선배와 함께 걸었던, 그 가메다라는 곳을 다음번에는 아무 제약 없이 한가하게 혼자서 걸어보고 싶어요."

젊은 요시무라의 얼굴은, 그 풍경이 눈앞에 펼쳐지는 듯 아련해 보였다.

"그렇지, 그때 이마니시 선배의 하이쿠를 세 편만 들려주셨잖아요. 그뒤로 어떠셨어요?"

"음, 그게 말이지, 짓기는 더 지었는데 열 편뿐이라……"

"와, 들려주세요."

"안 돼, 안 돼." 이마니시는 고개를 저었다. "지금 여기서 재미없는 하이쿠를 들려줬다간 모처럼 마시는 맥주 맛이 떨어져. 그건 다음에 기회가 되면 하지. 그건 그렇고 자네, 한 병 더 하고 갈까?"

이쯤 되니 가게도 혼잡해진다. 손님들의 목소리도 높아진다. 가게가 소란한 편이 이쪽은 이야기하기 편하다.

"이마니시 선배." 요시무라가 상체를 숙이고 이마니시에게 가까이 갔다. "가마타 건 말인데요."

"음."

이마니시가 재빨리 좌우를 살폈다. 이쪽에 신경쓰는 사람은 아무도 없었다.

"가해자의 집이 그다지 멀지 않으리란 이마니시 선배의 추측요. 아무래도 저도 그게 이번 사건의 열쇠인 것 같아서요."

"자네도 그렇게 생각해?"

"그렇다고 생각합니다. 가해자는 상당한 양의 피를 뒤집어썼을 겁니다. 그래서 멀리는 가지 못했겠지요. 역시 현장에서 가까운 곳이지 않을까요."

"그렇게 생각하고 충분히 살펴보았는데 말이지." 이마니시는 중얼거리듯 말했다.

"범인은 그런 차림으로는 택시도 탈 수 없어요." 요시무라가 이어서 말했다. "목격자의 말로는 가해자는 그다지 좋은 옷차림은 아니었다고 했어요. 사실 가마타 근처 변두리 술집에서 싸구려 위스키를 마시고 있었으니까 생활 수준은 대충 짐작할 수 있고요. 자가용을 갖고 있을 법한 인물은 아니죠."

"그렇겠지."

"그렇다면 범인은 택시도 탈 수 없었을 테니, 걸어서 돌아갔다고 볼 수밖에 없거든요. 범행 시각을 생각해보면 거리는 어두워졌을 테니 들키지 않고 걸어갈 수는 있잖아요. 다만 걸어갔다면 역시나 행동반경이나 움직일 수 있는 거리가 제한되지요."

"그건 그렇지. 날이 밝을 때까지 걸어갔대도 사람 다리니까 알 만하네. 기껏해야 8킬로미터나 10킬로미터 정도겠지."

"저는 말이죠, 이마니시 선배, 이렇게 생각합니다. 그런 차림으로 집에 돌아갈 수 있는 남자라면 의외로 혼자 사는 사람이 아닐까 하고요."

"과연." 이마니시는 요시무라에게 맥주를 따라주고 이어서 자기 컵도 가득 채웠다. "그건 새로운 발상인데."

"이마니시 선배도 그렇게 생각하세요? 피투성이 차림으로 귀가하면 가족은 수상하게 여기겠죠. 당연히 여기에도 신경을 써야 해요. 이러한 점에서 볼 때 범인은 혼자 살며 이웃과도 그다지 친하지 않은 남자, 그리고 노동자 분위기. 이런 선이 떠올라요."

"흥미로운걸."

"이마니시 선배의 의견은 남자는 따로 사는 데가 있고, 범인이 그
날 밤 도망간 곳은 아지트라는 거였죠?"

"내 추정에는 이제 자신이 없어."

"아뇨, 무슨 그런 말씀을. 그런데 이마니시 선배. 선배 앞이니까 하
는 말인데요, 만약에 그런 아지트가 있다고 한다면 범인의 내연녀나
친한 친구 집이겠지요. 하지만 범인은 그다지 유복한 남자는 아니었
어요. 돈이 별로 없는 사람이죠. 그러니까 친구는 그렇다 쳐도 그런
남자에게 정부가 있을 거라는 가정은, 저한테는 도무지 탁 와닿지 않
네요."

2

이마니시 에이타로는 요시무라와 헤어져 혼자서 귀갓길에 올랐다.
집은 다키노가와에 있다. 버스 노선 근처여서 그때마다 집안이 흔들
린다. 아내는 소음에 질려 이사 가고 싶어하지만 적당한 집이 없다.
이 집에서 산 지도 십 년 가까이 된다. 월급이 많지 않기 때문에 집세
가 비싼 곳으로는 옮길 수 없다.

십 년 전과 비교해보면 이 근처는 몰라볼 정도로 집이 많아졌다. 낡
은 집이 헐려 커다란 새 건물이 되고 공터에 아파트가 서고, 완전히
변모했다. 이마니시가 사는 구역만은 채광이 좋지 않은 저지대라, 옛

날 그대로 남아 있다.

이마니시는 술집 모퉁이에서 골목길로 들어갔다. 가는 도중에 싼 아파트가 있다. 3년 전 이 아파트가 생긴 후로 이마니시 집에는 햇빛이 전혀 들지 않게 되었다. 골목길로 들어가며 힐끗 보니, 이사를 하는 모양인지 이삿짐 운반 트럭이 아파트 옆에 서 있었다. 동네 꼬마 여럿이 좁은 길을 꽉 채우고 놀고 있다.

이마니시는 뻑뻑한 격자문을 열었다.

"다녀왔어."

굽이 닳은 구두를 벗었다.

"어서 오세요. 어머, 오늘은 일찍 들어오네요."

안에서 아내가 환한 얼굴로 현관으로 나왔다. 이마니시는 말없이 안으로 들어갔다. 집안이라 해도 다다미 여섯 장 크기 방 두 개뿐이다. 좁은 마당에 야시장에서 산 분재들이 나란히 놓여 있다.

"있잖아." 이마니시가 양복을 정리하는 아내에게 말했다. "내일부터는 가마타로 가지 않아도 돼. 경시청으로 돌아오게 됐어."

"어머, 그래요?"

"앞으로 당분간 일찍 올 거야."

아내는 이마니시의 얼굴이 붉은 것을 그제야 눈치챈 듯 물었다.

"어디서 한잔했나봐요?"

"요시무라하고 시부야에서 내려서 맥주 한잔했어."

"그랬군요."

아내는 남편의 일에 관해서는 캐묻지 않는다. 이마니시가 말을 꺼내지 않는 한 아내 쪽에서 뭐라고 말하지는 않는 것이 습관이 되었다.

"애는?"

"아까 친정어머니가 오셔서 데려가셨어요. 내일은 휴일이라 내일 저녁까지는 데리고 오신대요."

"그래?"

아내의 친정은 혼고다. 장인 장모가 모두 건강하셔서, 아버지가 자주 보살펴주지 못하는 손자가 가엾다며 놀아주려고 데리고 가신다.

허리띠를 매면서 툇마루에 걸터앉는다. 밖에서는 이웃 아이들이 떠드는 소리가 들린다.

"어이," 이마니시는 문득 생각났다는 듯이 아내에게 물었다. "저 앞 아파트에 누가 이사 왔어?"

"예, 봤어요?"

"이삿짐센터가 와 있어서."

아내는 이마니시 옆으로 왔다.

"맞아요, 게다가 근처에서 하는 이야기를 들었는데요, 이번에 그 아파트에 이사 온 사람은 여배우래요."

"오호, 특이한 사람이 왔네?"

"그렇죠. 누가 들었는지는 모르지만 이 일로 이미 주변에 소문이 파다해요."

"저 아파트로 이사 올 정도면 변변찮은 여배우일 텐데 말이야."

이마니시는 한 손으로 자기 어깨를 두들겼다.

"영화배우는 아니고요. 신극新劇*배우래요. 그러니까 수입은 별로겠

---

* 서양의 근대적인 연극을 받아들여 발전한 일본의 근대 연극. 일본의 전통 연극인 가부키와 구별하기 위해 신극이라는 용어를 사용했다.

지요."

"신극은 배고픈 직업이니까."

이마니시도 그 정도 지식은 있었다.

식사를 마치고 이마니시 에이타로는 문득 생각난 듯 아내에게 물었다.

"오늘이 며칠이지?"

"6월 14일이에요."

"역시 14일이군."

"왜요?"

"숫자 4가 들어가는 날이잖아. 오늘은 스가모 도게누키 지장보살의 길일*이라고. 오래간만에 가볼까."

"그럴까요."

사건 이후, 이마니시 에이타로는 집에 일찍 들어온 적이 없다. 아내는 바로 나갈 채비를 했다.

"야시장에서 또 분재를 살 거죠?"

부랴부랴 외출 준비를 마치고 아내가 물었다.

"글쎄, 가봐야 알겠지."

"마당에 더 놓을 자리가 없어요. 되도록이면 안 사오는 걸로 해요."

"응, 그러지."

---

* 스가모에 있는 고간지라는 절은 병을 고쳐준다는 도게누키 지장보살로 유명하다. 도게누키는 가시를 뽑는다는 뜻으로, 옛날에 바늘을 삼킨 여자가 고간지의 지장보살 얼굴이 그려진 부적을 삼키고 바늘을 토해냈다는 데서 비롯된 별명이다. 매월 4일, 14일, 24일은 도게누키 지장보살과 연이 있는 날이라고 해서 큰 장터가 열린다.

이마니시는 솔직히 마음에 드는 분재가 있으면 사올 작정이었다. 오늘부터 당분간 사건은 잊고 싶다. 스가모에서 전차를 내려 역 앞 큰 길을 건너 좁은 상점가로 들어섰다. 숫자 4가 들어간 날은 지장보살의 길일이다. 좁은 거리 입구에는 이미 야시장 노점상이 늘어서 있었다. 늦은 시간인지라 돌아가는 사람이 많았으나 그래도 여전히 북적거렸다. 금붕어 낚기, 솜사탕, 가방, 마술도구, 약장사 등의 가게들이 눈부신 백열전구 불빛 아래 떠오르며 사람들을 모으고 있었다.

이마니시 부부는 좁고 긴 길을 걸어가서 지장보살에게 참배했다. 그런 다음 이번에는 느긋하게 야시장을 둘러보러 다녔다.

이마니시는 야시장의 아세틸렌 가스 냄새가 좋았다. 그러나 요즘은 야시장도 전등을 많이 쓰고 아세틸렌 가스를 쓰는 곳은 드물었다. 시골에 살 적에는 가을 축제 때마다 이런 시장이 열렸다. 그때의 아련한 추억이 코를 자극하는 아세틸렌 냄새에 어려 있다.

예쁜 지갑을 진열해놓은 가게와 바닥에 멍석을 깔고 칠성장어를 파는 가게, 하얀 윗옷을 입은 약장수 등의 풍경을 보고 있자면 어릴 적 마음으로 돌아간다.

이마니시는 천천히 걸어갔다. 가끔 멈춰 서서 인산인해를 이룬 사람들 사이로 가게들을 들여다보았다. 저녁 노점상에서 사지도 않을 물건의 값만 물어보며 구경하는 기분은 각별했다. 아내는 그런 데 딱히 흥미를 느끼지 않는지, 그럴 때마다 길에 서서 이마니시가 사람들 사이에서 빠져나오길 기다리곤 했다.

정원수를 파는 가게도 서너 채 줄지어 있었다. 갖가지 화분이 전등 불빛을 받아 빛나고 있었다. 이마니시는 그 앞에 멈춰 섰다. 아내가 소매를 잡아끌었지만, 분재를 좋아하는 그는 지나칠 수가 없었다. 화분이 진열된 곳에 웅크리고 앉았다. 재미있는 모양의 나무들이 여럿 진열되어 있었다. 그 가운데 사고 싶은 것이 두세 개쯤 있었지만, 아내와 한 약속도 있고 해서 하나만 샀다. 화분에 담지 않고 흙 묻은 뿌리째로 신문지에 둥글게 말아주었다. 한 손으로 들자, 저만치 서 있던 아내가 포기한 듯 웃었다.

"이미 마당은 꽉 찼어요." 가는 도중에 아내가 말했다. "어디 좀더 마당이 넓은 곳으로 이사 가지 않으면 다 놔둘 수도 없어요."

"에이, 그렇게 불평하지 마."

사람들 사이에 섞여 걷다보니, 어느새 아까 왔던 스가모 역 앞 큰길로 돌아왔다. 불과 한 시간 정도였으나 꽤 즐거웠다.

그때 큰길에 사람들이 모여들기 시작했다. 스가모 역 앞은 노면전차가 다니는 길인데, 그 전찻길 옆으로 사람들이 잔뜩 모여서 무언가를 보고 있었다. 교통사고라는 것을 한눈에 알 수 있었다. 승용차가 인도까지 올라와 있었다. 차 뒷부분은 찌그러졌다. 택시 한 대가 대여섯 간* 앞에 멈춰 서 있었다. 경관 대여섯 명이 서서 조사하고 있었다. 가로등 불빛 가운데 그 광경이 음산하게 드러났다. 경관은 손전등으로 지면을 비추고 있었다. 한 명이 도로변에 하얀 분필로 원을 몇 개씩 그리고 있었다.

"또 일어났나."

이마니시는 그 광경을 보고 저도 모르게 말했다.

---

* 1간은 약 1.8미터.

"어머, 위험해라."

아내도 얼굴을 찡그린 채 보고 있었다. 부부는 그곳에 잠시 서 있었다.

"사고가 일어난 지 얼마 안 되었나보군."

이마니시는 인도에 반쯤 걸쳐져 있는 차 안을 들여다보았다. 자가용이었다. 안에 사람 모습은 보이지 않았다.

그다음으로 저편에 있는 택시를 봤는데, 역시나 손님도 운전사도 없었다.

"다들 병원으로 실려간 것 같은데." 이마니시가 보면서 중얼거렸다. "이런 상황이면 크게 다쳤겠어."

"타고 있던 사람이 죽지 않았으면 좋겠어요."

아내는 눈썹을 찡그리고 있었다.

이마니시는 들고 있던 분재 봉지를 아내에게 건넸다. 서 있던 경관 가운데 얼굴을 아는 사람을 찾아낸 것이다. 이마니시는 경관들 앞으로 갔다.

"어이, 수고들 하십니다."

경관도 그쪽을 봤다가 이마니시를 알아보고 머리를 숙였다. 이마니시는 이전에 스가모 경찰서에 수사본부가 설치되었을 때 본부 지원을 나온 적이 있었다. 그래서 스가모 경찰서 소속 경관 중에 아는 얼굴이 생겼다.

"큰일이네요."

"꽤 심합니다."

수첩을 꺼내 사건을 정리하던 교통계 경관이 사고 차량을 가리켰다.

"완전히 부서졌어요."

"어떻게 된 일입니까?"

"과속이에요. 게다가 뒤에 오던 택시가 한눈을 팔았지 뭡니까. 앞에 자가용이 있는 것도 못 보고 그 속도 그대로 들이받았으니 말 다했죠."

"그래서, 부상자는 어떻게 됐고요?"

"택시 운전사와 승객은 바로 병원으로 옮겼습니다. 그런데 들이받힌 자가용 쪽은 찰과상 정도예요."

"택시 쪽 부상 정도는요?"

"운전사는 앞유리에 머리를 부딪혀서 얼굴을 크게 다쳤습니다."

"손님은요?"

"택시에 타고 있던 손님은 스물대여섯 살 정도 청년인데요. 이 사람도 충돌했을 때 앞좌석으로 세게 넘어지면서 가슴을 부딪혔어요. 순간적으로 의식을 잃었으나 병원에 도착했을 때는 깨어났더군요."

"거참, 다행이네요."

사망자가 없다는 얘기에 이마니시는 마음이 놓였다.

"손님은 어떤 사람이었습니까?"

"확실하진 않은데 음악가라고 들었어요."

경관은 대답했다.

아침, 이마니시 에이타로는 눈을 떴다. 수사본부에 지원을 나가 일이 바쁠 때는 새벽에 튀어나가는 경우도 있고 한밤중이 아니면 집에 올 수도 없다. 그러나 평소에는 그렇게 무리하지 않아도 괜찮다. 느굿하게 경시청에 정시 출근을 하기만 하면 된다. 비록 당장 뒷맛이 찜찜하다 하더라도, 하나의 사건에서 해방되었다는 것은 고마운 일이었다.

시계를 보자 일곱시였다. 여덟시에 일어나도 충분히 여유가 있다.

"신문 좀 줘." 이마니시는 소리가 들리는 부엌에 대고 침대에서 말을 걸었다.

아내가 손을 훔치면서 신문을 가지고 왔다. 이마니시는 누운 채로 신문을 펼쳤다.

1면에는 정계 동향이 떠들썩하게 적혀 있었다. 표제도 상당히 화려했다. 지면은 활기를 띠고 있었다. 아직 어딘가에 기분좋은 졸음이 남아 있는 상태로 이마니시는 신문을 넘겼다. 햇빛을 가리듯 양손으로 쳐든 채였다.

어떤 주제에 대한 각계의 의견이 편집되어 있었다. 사설마다 윗부분에 작은 얼굴 사진이 실려 있었다. 별생각 없이 훑어보던 이마니시는 깜짝 놀랐다. 마지막 부분에 '세키가와 시게오'라는 이름이 있었다. 세키가와의 의견은 이마니시에게는 아무래도 상관없었다. 관심을 끈 것은 원 안에 들어 있는 그의 얼굴 사진이었다.

다른 열두세 명은 모두 꽤 연배가 있는 사람들뿐이었으나, 세키가와 시게오의 얼굴은 한눈에도 차이가 날 정도로 젊었다. 이마니시는 아키타 현의 우고 가메다 역에서 본 그의 모습을 떠올렸다. 다만 이 사진대로 생겼는지는 기억이 분명하지 않았다. 이런 얼굴이었던 것 같기는 하다. 함께 간 요시무라가 세키가와를 '누보 그룹'의 한 사람이라고 했던가. 과연, 이렇게 젊은 나이에 이런 명사들 사이에 끼어 있는 것으로 볼 때 세간으로부터 상당한 주목을 받고 있는 남자임이 틀림없다. 아직 서른도 안 된 젊은 나이인데 대단하다고 새삼스럽게 감탄했다.

이마니시는 다음 면을 폈으나 스포츠면이었기에 흥미를 잃었다. 요새 젊은 형사들이 스포츠신문만 열중해서 보는 것을 그로서는 이해할 수 없다. 그렇게나 야구가 재밌나싶다. 실제로 전차에서 다른 사람이 읽고 있는 스포츠신문을 보면, 마치 전쟁중인 것처럼 경기 결과가 대문짝만하게 실려 있다. 형용사도 전투용어에 최상급 일색이다.

이마니시는 별 관심이 없어서 바로 사회면을 펼쳤다. 그의 눈에 3단짜리 기사 제목이 들어왔다.

'작곡가 와가 에이료 교통사고로 부상, 심야 택시 추돌사고.'

인물 사진이 있었다. 젊은 얼굴이다. 앗 하고 놀란 이유는 이 남자도 우고 가메다 역에서 본 사람 중 한 명이었기 때문이다. 이마니시는 기사 내용을 서둘러 읽어나갔다. 지난밤 야시장에서 돌아오던 길에 본 스가모 역 앞 추돌사고 기사였다. 이마니시는 아직 한창인 젊은이의 사진을 보며 묘한 인연을 느꼈다.

이마니시는 아내를 불렀다.

"어이, 이것 좀 봐."

신문기사를 보여주었다.

"엊저녁 일이 신문에 났어."

"어머, 그래요?"

아내도 실제로 사고 현장을 목격했기 때문에 관심이 있는지 기사를 보았다.

"역시 사망자는 없었네요."

"그런 것 같군. 이 사람도 병원으로 실려갔지만 그렇게 큰 부상은 아닌가봐."

"다행이네요."

아내는 신문을 들고 기사를 휘릭 훑어봤다.

"사망자는 없었지만 타고 있던 사람이 유명인이어서 기사가 이렇게 크게 났나보네요."

"당신, 아는 사람이야?"

이마니시는 엎드린 채 담배를 피웠다.

"예, 이름은요. 제가 읽는 여성잡지에도 가끔 사진이 실려요."

"아하."

이마니시는 자신이 세상 물정에 어둡다는 것을 실감했다. 최근 들어서는 잡지를 읽지 않기 때문에 그쪽 사정은 까맣게 모른다. 도호쿠에 갔을 때도 같이 간 요시무라가 이것저것 가르쳐주었다.

"이 사람, 여류 조각가하고 약혼한 사이예요."

아내는 흥미로운지 아직도 젊은이의 얼굴 사진을 눈여겨보고 있었다.

"그런 것도 잡지에 실리나?"

"예, 언제였더라? 그라비아*에 그 두 사람이 함께 있는 게 실렸어요. 조각가인 여자도 예뻤어요. 아버지가 전에 대신을 지냈다던데요."

---

* 책이나 잡지 권두·권말 페이지에 실리는 그림이나 사진을 가리키는 용어. 사진이나 그림은 주로 오목판인쇄 기법 중 하나인 그라비아 인쇄 기법으로 찍었기 때문에, 그라비아라는 용어는 사진 페이지를 가리키는 말로 자리잡았다.

"그랬군."

이마니시가 시무룩한 투로 대답했다. 혼자만 시대에 뒤처지는 느낌이 들었다.

"그건 그렇고, 이 사람은 나도 만난 적이 있어."

이마니시는 아내에게 말했다. 그걸로 뒤처졌던 자신이 다시 따라잡은 것 같은 기분이 들었다.

"어머, 그래요? 사건과 관련해서요?"

아내가 의외라는 얼굴로 눈을 동그랗게 떴다.

"아니, 그게 아니고. 저기, 요전에 아키타 현에 갔잖아. 역에 갔을 때 마침 이 사람도 왔었어. 하기야 그땐 누군지 몰랐으니까. 요시무라가 가르쳐줬어."

"아, 그랬군요. 왜 그런 곳까지 갔을까요?"

"우리가 간 데가 이와키라는 마을이었는데, 그 근처에 T대학교 로켓 연구소가 있어. 거기 견학 왔다가 돌아가는 길이었다더군. 그 지방 신문기자들이 나와서는 그 일행에 엉겨붙어 있더라고." 이마니시는 말했다.

"이 사람도 거기에 있었어." 이마니시가 신문을 돌려 세키가와 시게오의 사진을 보여주었다. "역시 젊지만 대단한 사람들인가봐. 지방에 가서도 그렇게 인기가 있고."

"그야 그렇지요. 지금 이 사람들은 젊은 그룹을 결성해서 한창 인기가 높아지는 중인걸요. 잡지에도 이 사람들 이름이 자주 나와요."

"그랬군."

이마니시는 피우던 담배를 마저 피웠다. 아내는 상을 차리러 돌아갔다. 손목시계를 보았다. 슬슬 일어나지 않으면 안 된다. 이마니시는 베개를 베고 누운 채였는데, 어쩐지 그 젊은 그룹이 머릿속에서 떠나지 않았다.

3

와가 에이료는 K병원 특실에 입원해 있었다. 베개맡에는 꽃다발이 가득 놓여 있었다. 과일 바구니와 과자 등도 잔뜩 쌓여 있었다. 병실에 들어선 순간, 그 화려한 색에 눈을 빼앗길 정도였다. 텔레비전도 있고, 호화로운 설비였다. 환자용 침대만 없으면 고급 아파트의 방이라고 착각할 법했다.

와가 에이료는 침대에 파자마 차림으로 앉아 있었다. 그 앞에서 신문기자가 취재를 하고 있었다. 옆에서 사진기자가 와가의 얼굴을 여러 각도에서 찍고 있었다.

"당분간 일은 쉰다는 말씀이시죠?" 신문기자가 질문했다.

"여기 들어온 게 오히려 좋은 휴식이 될 것 같습니다. 얼마간 푹 쉬면서 지낼 생각입니다."

"가슴을 부딪히셨다던데, 통증은 어떠십니까?"

"예, 아직 무지근한 통증은 있습니다만, 심하지는 않습니다."

와가 에이료는 미소를 지으며 대답했다. 안색이 조금 창백했다.

"정말 다행입니다." 신문기자가 말했다. "그렇다면 이렇게 쉬시는 동안에 다음 일을 이것저것 생각하실 수 있겠네요."

"아니요, 심각하게 생각하진 않습니다. 적어도 이러고 있는 동안에는 해방된 기분으로 있고 싶네요."

"하지만 와가 선생님의 예술은 직감적이고 추상적이니까 이렇게 누워 계신 중에도 뭔가 좋은 이미지가 떠오르지 않을까요?"

"예." 와가 에이료는 먼 곳을 보듯이 눈을 가늘게 떴다. 선이 단정한 얼굴이었다. "그렇지 않을 거라고 말씀드릴 수는 없겠네요. 밤 같은 때는, 여기서 저 혼자 있으니까요, 누워서 이런저런 생각을 하다 보면 갑자기 아이디어가 떠오를 수도 있겠지요."

"만약 그게 다음 작업이 된다면 교통사고로 입원한 것이 꼭 나쁘다고만은 할 수 없겠네요."

"그렇지요. 하지만 그렇게 잘 풀릴지는 모르겠네요."

와가는 점잖게 웃었다. 신문기자는 베개맡을 장식하고 있는 꽃다발로 시선을 옮겼다.

"우와, 많은 분들이 멋진 것들을 보내왔네요."

"뭐, 예."

와가의 표정은 꼭 싫지만은 않은 눈치였다.

"아무래도 음악 관계자들이 보내셨겠죠. 아마 여성분들이 많을 것 같은데요."

"그냥 팬분이 가지고 와주셨어요."

"그건 그렇고, 오늘은," 신문기자는 짐짓 주위를 둘러보면서 물었다. "다도코로 사치코 씨는 안 오시나요?"

기자의 눈에는 흥미가 가득했다. 와가의 피앙세에 관해 말을 던져서 놀려볼 심산이었으나, 상대는 미동도 없었다.

150

"아까 전화가 왔으니까 곧 오겠지요."

"아, 이럴 때가 아니군요. 서둘러 철수해야겠습니다. 그런데 와가 선생님, 마지막으로 이 꽃다발을 배경으로 한 장 찍었으면 하는데요."

"예, 괜찮습니다."

사진기자가 어색한 동작으로 꽃을 한데 모은 뒤 카메라를 준비했다.

신문기자들이 나가자마자 누군가가 노크를 했다. 들어온 사람은 베레모를 쓴 키가 큰 남자였다.

"어이."

한 손에 든 꽃다발을 머리 높이에서 흔든다.

"어떻게 된 거야?"

화가인 가타자와 무쓰오였다. 항상 검은 셔츠를 입는 것이 이 남자의 특징이다.

"큰일이었네."

가타자와는 침대 옆 의자에 앉아 긴 다리를 꼬았다.

"고마워. 일부러 와주다니."

와가 에이료는 친구에게 감사 인사를 했다.

"신문 보고 얼마나 놀랐는지. 어떻게 됐는지 걱정했는데 모습을 보니 안심이야. 아니나 다를까 엄청 좋은 방에 있네." 젊은 화가는 호화로운 방을 둘러보았다.

"병원 같지 않은걸. 어이, 제법 비싸지?" 그는 와가 쪽으로 고개를 돌렸다.

"아니, 그렇지도 않아. 하기야, 얼마나 하는지 정확하게는 모르지만."

"그럼 그렇지." 젊은 화가는 손뼉을 치며 소리쳤다.

"자네 수입으론 턱도 없지. 사치코 씨 아버님이 내셨겠지?" 히죽거리며 웃는다.

"그렇지도 않아." 와가는 미간을 약간 찌푸렸다. "나도 체면이 있으니까. 전부 부담시킬 수는 없지."

"뭐, 어때. 돈 많은 사람이 내게 하라고." 가타자와는 그렇게 말하고 파이프에 담배를 넣으며 양해를 구했다. "피워도 되지?"

"상관없어. 병에 걸린 것도 아닌데."

"그런데, 자넨 참 행운아군. 약혼자 아버지가 부르주아잖아. 아니, 빈정거리는 게 아냐. 사치코 씨가 자네의 예술을 높이 평가해서 부러울 따름이야." 가타자와는 거기까지 말하고 고개를 살짝 갸웃거렸다. "애초에 사치코 씨는 자네의 예술만 보지는 않았겠지. 플러스 알파 쪽이 컸을지도 몰라."

"이봐."

"아니, 진심이야. 다도코로 사치코라는 신예 여류 조각가 입장에서 작곡가 와가 에이료를 인정했다는 건 알겠어. 하지만 그뿐만은 아니야. 역시 자네의 인간적인 매력이 한몫했다고 생각해."

"무슨 말이야, 나는 부르주아 따위는 믿지 않아. 그들은 언제 어떻게 될지 모르니까. 뭣보다 현대 자본주의는 몰락 일로를 걷고 있다고. 그런 데에 기대봤자 우리 젊은 예술가들이 앞으로 나아갈 수 있다고 생각해?"

"그런 의지는 좋아. 하지만 나는 가끔 약해져. 그야, 내 그림이 비평가들에게 이래저래 평가받고 있는 건 사실이지. 하지만 돈 없는 비평가가 높이 평가해봤자 그림은 한 장도 안 팔려. 난 말이지, 피카소는 인정하지 않지만 말야. 그 작자의 그림이 막대한 돈이 되는 건 부러워. 나도 빨리 그렇게 되고 싶다고."

"자네다운 말이군." 와가 에이료는 쓴웃음을 지었다.

"그건 그렇고 다들 뭐해?" 이번에는 와가 에이료가 물었다.

"응, 그날 이후 못 봤어. 다들 각자 열심히 하고 있나봐. 만나면 시치미를 떼지만 말이야. 아, 맞다. 다케베가 프랑스에 간다는 소식 들었나?" 가타자와 무쓰오는 동료인 젊은 극작가의 이야기를 꺼냈다.

"오, 그 녀석이?" 와가는 놀란 눈이 되었다.

"저번에 결정한 모양이더군. 프랑스에서 곧장 북쪽으로 돌아볼 생각인가봐. 그놈이 매일 하던 말 있잖아. 북유럽극을 재인식할 필요가 있다던 말. 그 녀석, 한번 더 스트린드베리와 입센을 고찰하고 싶다고 이야기하고 다녔잖아. 거기서부터 미래의 연극을 재구성하겠다고 하더라. 현대는 근대극의 의미를 너무 잊어버리고 말았다면서. 녀석의 지론이지만, 근대극의 자연주의를 추상관념과 바꿔놓는다면 다시 일본의 새로운 연극 방향이 나올 거라더군. 그런 의미에서 드디어 그 친구의 염원을 이룬 거지."

"자네도 마찬가지 아니야?" 와가 에이료는 이야기를 듣고는 되물어보았다. "북유럽 화가들을 동경하는 건 자네잖아. 추상화뿐인 현대 미술을 좀더 북유럽 리얼리즘으로 되돌리고, 새로운 이념을 추구하기 시작한다. 그리고 그것을 지양한다. 그 화가 이름이 뭐였더라, 맞아, 반 다이크와 브뤼헐이 자네 목표였지?"

"내 처지에 아무리 발버둥쳐봤자 외국에는 못 가. 거기에 가는 건,

미해결 153

자네는 되겠지."

"잠깐만."

와가 에이료는 친구 화가에게 손을 저어 보였다.

"그렇게 일일이 다도코로를 끌어들이지 마. 실은, 아직 결정한 건 아니라서 아무한테도 말 안 했는데 말이야. 올가을에 미국에 가게 될지도 몰라. 이전부터 계속 오가는 이야기가 있어. 내 새 음악에 관심을 두던 그쪽 음악 비평가가 꼭 미국에 와서 연주해달라고 했거든."

"그래?" 화가는 눈을 동그랗게 떴다. "그거 정말이야?"

"방금 말한 대로, 아직 구체화되진 않아서 아무에게도 말 안 했어. 이런 일이 새어나가면 매스컴이 곧바로 달려드니까."

"참 운좋은 녀석이야." 화가는 환자의 어깨를 두드렸다. "그 미국행에 자네의 다도코로 사치코 씨도 동행하나?"

"아직 몰라. 지금 말한 대로 아직 구체적으로 잡히지 않아서."

"그렇게까지 신중하게 생각할 거 뭐 있나. 자네 정도 되는 남자가 입 밖에 낸 거 보면 대충 구체적으로 결정됐겠지. 좋겠네. 그게 아마 허니문이 될 수도 있겠는걸. 나는 신경쓰지 마. 다케베도 그렇고 자네도 그렇고, 그렇게 점점 밖으로 나가서 자기 예술을 발전시킬 새로운 자양분을 섭취해야지. 더 크게 활약해줬으면 해. 우리 누보 그룹이 염원하는 일본의 예술 혁명이 가까워지는 게 느껴져."

"그렇게 비행기 태우지 마." 와가 에이료는 말을 끊었다.

"여기서만 하는 말인데." 와가가 목소리를 낮췄다. "내가 미국에 간다는 이야기를 세키가와 녀석이 들으면 또 무슨 생각을 할지 몰라. 아, 세키가와 녀석은 뭐하고 지내?"

"세키가와 말이지," 가타자와 무쓰오는 말했다. "세키가와도 분발하고 있어. 이번엔 큰 신문사 두 곳에 글을 쓰고 있던데."

"아, 그거라면 읽었어." 와가 에이료는 감정 없는 목소리로 말했다. "세키가와다운 말투더군."

"요즘 들어 세키가와 붐이 살짝 일더라고. 여기저기 잡지에 긴 논문이 실리고 있고, 완전 매스컴을 타는 분위기야."

"그러니까 다른 데서 욕을 먹지." 와가 에이료가 뱉듯이 말했다. "우린 매스컴을 인정하지 않잖아. 경멸한단 말이야. 그렇지만 세키가와만큼 매스컴을 이용하는 녀석은 없다고. 그놈, 자기는 시종일관 매스컴을 경멸한다는 식으로 말하는 주제에, 그 녀석만큼 매스컴을 이용하는 놈도 없어. 우리 그룹이 욕을 먹는 것도 세키가와가 그런 식이기 때문이야."

젊은 화가는 와가의 표정에서 무언가를 읽었는지, 그렇다는 듯 고개를 끄덕였다.

"그러고 보면 그 녀석, 조금 교만한 부분이 있어. 최근 들어 정치 관련 발언 같은 것도, 좀 우쭐해져서 말이야."

"그래, 요전번 선언 때도 그 녀석 혼자 대표 같은 얼굴을 하고 모두의 서명을 모아서 어딘가 들고 가지 않았어? 그런 것도 녀석 나름의 제스처라니까. 자기 이름을 매스컴에 내세우고 싶은 꿍꿍이가 빤히 보인다고."

"자네처럼 이야기한 사람이 한둘이 아니야." 화가 가타자와 무쓰오는 동조하며 말했다. "그 회의에서는 그 녀석이 하는 짓이 불쾌해서 도중에 나간 사람도 있어."

"그렇지." 와가 에이료는 고개를 끄덕였다. "어쩌다보니 그놈이 누보 그룹의 대표 같은 꼴을 하고 있어."

와가 에이료는 여기서 확실하게 불쾌한 표정을 보였다. 그 말에 친구 화가가 뭐라고 대답하려고 하는 순간, 문을 두드리는 소리가 들렸다. 문이 밖에서 천천히 열렸다. 젊은 여자의 얼굴이 보였다.

"어머, 손님이세요?"

가슴에 품은 꽃다발 끝이 그녀의 볼에 부딪혀 흔들렸다.

"괜찮아요, 들어오세요." 와가가 눈을 반짝이며 침대에서 일어나 새로 온 손님에게 말을 걸었다.

"그럼 실례하겠습니다."

초여름같이 밝은 핑크색 원피스였다. 도톰한 보조개가 있는 둥근 얼굴이다. 이 사람이 와가의 피앙세, 신예 여류 조각가 다도코로 사치코다. 가타자와 무쓰오가 서둘러 의자를 뒤로 빼며 일어나 외국풍으로 그녀에게 정중히 인사했다.

"먼저 와 있었습니다."

"잘 오셨어요." 다도코로 사치코는 화가를 향해 웃었다. 고른 치아가 드러났다.

"병문안 와주셨군요. 감사합니다." 그녀는 약혼자 대신 인사했다.

"와가의 부상이 가벼워서 다행입니다. 안심했습니다."

가타자와가 붙임성 있게 이야기하는데 와가가 옆에서 끼어들었다.

"이 녀석은 병문안을 늦게 왔으니까 그렇게 정중하게 인사할 필요 없어요."

"어머."

다도코로 사치코는 눈웃음을 치며 가슴에 안고 있던 꽃다발을 와가에이료에게 건넸다.

"와, 예쁘군요." 와가가 꽃다발에 코를 갖다댔다. "향기가 좋네요. 고마워요."

와가가 그 꽃을 머리맡에 두려고 하자 가타자와 무쓰오가 옆에서 나서서 받아들었다. 꽃을 장식하려고 했지만 하필 다른 꽃다발로 자리가 가득차 있어서, 그는 하는 수 없이 다른 꽃을 손으로 치워버리고 사치코가 가져온 꽃다발을 한가운데에 놓았다.

"어머나, 꽃이 예쁘네요." 자신이 가져온 꽃다발이 아니라 무정하게 제쳐진 꽃다발에 그녀의 시선이 꽂혔다. "누가 가져온 거예요?"

와가가 빈정거리며 웃었다.

"뭐, 무라카미 준코가 준 겁니다. 아까 여기로 쳐들어와서 말이죠. 억지로 두고 갔어요. 그 여자, 저한테 작곡해달라며 요전부터 끈질기게 얘기하고 있으니까, 아마 그 꿍꿍이로 왔을 거예요. 순진한 사람이지요. 그런 분야의 가수를 위해 제가 일해줄 거라고 생각하고 있으니까요."

사치코는 웃음을 참는 듯한 표정을 지었다.

"무라카미 준코뿐만이 아니지." 가타자와 무쓰오가 곧바로 말했다. "사리도 모르는 작자들이 우리를 이용하려고 하니까. 구제할 길 없는 통속 예술가들이 득실거리고 있어. 남을 이용할 생각밖에 안 한다고."

"그런가요?" 사치코는 살짝 고개를 갸웃했다.

"그럼요, 자기 이름을 팔기 위해서 남을 이용할 생각만 하고 있어요. 다도코로 씨도 조심하시는 게 좋아요." 가타자와가 사치코에게 말했다.

"어머, 저 같은 게 이용할 가치가 어디 있다고요."

"무슨 말씀이세요." 가타자와 무쓰오가 과장스레 손을 저었다. "다도코로 씨야말로 조심하시지 않으면 언젠가 큰일납니다. 무엇보다 아버님께서 특별한 분이시고, 다도코로 씨의 예술도 새롭고……"

"즉, 집안이 좋아서란 말씀이지요. 하고 싶으신 말이……"

다도코로 사치코는 얼굴을 찌푸렸다가 총명해 보이는 미소를 지어 보였다. 가타자와 무쓰오는 당황했다.

"아니요, 절대 그런 의미는 아닙니다. 다도코로 씨에게는 물론 그런 의식은 없지요. 하지만 세상 사람들은 아무것도 모르니까 꼭 진실이 통하지만은 않아요. 그게 무서운 점이거든요. 저는 당신을 잘 아니까, 배경이니 뭐니 하는 건 하나도 신경 안 쓰지만요."

"저도 과거에는 그런 것들로 많이 고민했어요. 저라는 예술가가 그런 후광을 등에 업고 있는 것 같은 생각이 들어서 많이 괴로웠거든요. 그래도 지금은 그렇지 않아요. 와가 씨는 아빠를 굉장히 경멸하죠. 그래도 와가 씨가 아빠를 경멸하기 때문에, 저는 도움을 받았어요. 뭐랄까, 스스로 눈을 뜰 수 있었던 거예요."

"정말 그렇습니다." 신예 화가는 양손을 활짝 펴고 그 말에 동감했다.

"와가 군 의견은 옳습니다. 우리는 언제나 기존 관념을 타파합니다. 그런 의미에서 현대의 질서도 제도도 결단코 인정하지 않죠." 갑자기 가타자와 무쓰오의 말에 힘이 들어갔다. 그때 노크 소리가 들렸다.

간호사의 안내를 받으며 한 신사가 들어왔다. 간호사가 명함을 건

네주었다. 이 간호사는 이 병실의 간호를 맡고 있었다. 명함을 보니 잡지사 사람이었다.

"안녕하십니까, 이번에 큰일을 당하셨네요." 머리숱이 없는 편집자는 정중하게 인사를 건넸다. 병문안용 과일 바구니를 들고 있었다.

"감사합니다."

와가 에이료가 손님을 맞았다.

가타자와 무쓰오는 한쪽으로 물러났다. 사치코는 환자인 와가가 새로 온 손님을 맞기 위해 일어나 앉는 것을 돕고 있었다.

"그런데, 선생님께서 사고를 당하시기 전에 약속하신, 일전에 그 일 말씀입니다만, 대담 형식이어도 괜찮습니다. 10분에서 20분 정도 이야기를 해주시면 감사하겠습니다. 무엇보다 병중이신데 이렇게 찾아와서 무례하기 짝이 없으나, 마감이 다가와서 부득이 오게 되었습니다."

"아, 그러시군요."

약속을 했기에 와가 에이료는 마지못해 상대의 질문에 대답했다. 이야기하는 내용의 주제는 '새로운 예술에 관해서'라고 했다. 편집자는 하나하나 메모하면서 그때마다 맞장구를 치거나 끄덕이더니 끝나고 와가에게 머리를 숙였다.

"정말 감사합니다. 그런데, 저희가 이 기사란에서 관례로 선생님들의 간단한 약력을 소개하고 있습니다. 선생님께서도 가르쳐주셨으면 하는데요. 아주 간단해도 괜찮습니다. 글 마지막에 작은 활자로 덧붙여 나갈 거니까요."

"아, 그러세요." 와가는 끄덕였다. "그럼 간단하게 말씀드리죠."

"예, 부탁드립니다."

"본적, 오사카 시 나니와 구 에비스초 2의 120. 현주소, 도쿄 도 오타 구 덴엔초후 6의 867. 쇼와 8년(1933) 10월 2일생. 교토 부립 ××고 등학교 졸업, 상경 후 예술대 가라스마루 다카시게 교수님의 지도를 받음…… 이 정도면 됩니까?"

"예, 좋습니다. 그런데 갑작스러운 질문입니다만, 어떤 연으로 교토의 고등학교에?"

"아, 예." 와가가 살짝 웃으며 답했다. "사실 고등학교에 올라갈 즈음에 병이 나서요. 아버지와 사업상 아는 분이 교토에 계셔서 얼마간 거기서 요양을 했지요. 어쩌다보니 그대로 교토에 얼마간 머물게 되어 학교도 교토에서 다닌 겁니다."

"아아, 그러시군요. 그런 인연이었군요. 예, 잘 알겠습니다."

편집자가 크게 끄덕였다.

가타자와 무쓰오는 의자에 앉아 책을 읽다가 그 대화를 듣고는 이쪽을 향해 고개를 들었다.

"참으로 감사합니다."

편집자는 와가에게도 다도코로 사치코에게도 인사하며 일어났다. 특히나 사치코에 대한 태도는 정중했다.

"저도 이만 실례하겠습니다."

화가 가타자와 무쓰오는 벌떡 일어났다.

"어머, 더 계시지 않고요." 다도코로 사치코가 말했다.

"아뇨, 약속이 있습니다. 슬슬 시간이 다 되어가서요."

"저런 녀석이지. 여기는 데이트 전에 시간을 보내러 온 거라니까."

와가 에이료가 침대 한편에 앉아서 말했다.

"어머, 그런 거예요, 가타자와 씨?" 사치코가 화가를 보고 웃으며 밝은 목소리로 물었다.

"아니, 그런 거 아니에요. 그림 그리는 친구들 모임이 있어서요."

"숨기지 않으셔도 돼요. 그쪽이 저희들도 오히려 기쁜걸요."

"아니에요, 아니라니까요."

젊은 화가는 손을 흔들며 문으로 향했다.

"그럼 와가, 몸조리 잘해" 하고 환자를 돌아보았다.

"잘 가." 와가도 손을 들어 인사했다.

사치코가 가타자와를 복도까지 나가 배웅했다. 이윽고 그녀는 돌아와서 문을 굳게 잠갔다.

두 사람의 눈빛이 돌변했다. 몇 초간 서로 바라보다가 사치코가 와가 쪽으로 달려들었다. 와가 에이료는 사치코를 팔 안에 안아들었다. 와가의 입술이 사치코의 얼굴을 누른 채 그대로 오랫동안 있었다. 사치코는 입술을 떼고 핸드백에서 손수건을 꺼내 남자의 입술을 닦아주었다. 여자는 만족스럽다는 듯 한숨을 쉬었다.

"오늘 손님이 많았어요?"

사치코가 황홀한 듯한 눈으로 물었다.

"응, 여기저기서. 가타자와가 오기 전에 신문사에서 와서 이야기를 듣더군요. 그뒤에 가타자와랑, 당신이랑, 잡지사고."

"어머, 저는 다르죠." 사치코는 항의했다. "저는 그 안에 안 들어가요. 날마다 정기적으로 오고 있으니까."

"아, 그런가. 어쨌든 여기 있어도 느긋하게 쉴 수가 없네."

"조금은 거절하는 편이 좋겠어요. 환자인데 못할 말이 어디 있어요. 재미없는 사람들과 만나서 신경을 곤두세우기보다, 푹 자면서 일에 대해 생각하는 게 훨씬 나을 거예요."

"그거야 그렇죠. 이렇게 마음이 약해서야. 이런 일로 바빠지면 곤란한데."

"어머, 그땐 제가 매니저 노릇을 할게요."

"잘 부탁해요."

"당신에게는 좀 둔한 면과 도회적인 면이 함께 있어요. 그게 어딘지 모르게 뒤죽박죽이 돼서 특별한 성격이 되는가봐요."

"둔하다고요?"

"예, 그런 부분이 있어요. 그런데도 도회적인 감각이 골고루 퍼져 있다니까요."

"한마디로 복잡하다는 말이군요."

"맞아요. 그래도 그게 와가 씨 매력이니까요."

"고마운 말이네요, 무슨 소리인가싶었는데."

두 사람은 함께 웃었다. 그때 테이블 위의 전화기가 울렸다.

"괜찮아요, 제가 받을게요."

사치코가 받으려 했지만, 와가 에이료가 한발 먼저 수화기를 들었다.

"예, 와가입니다." 작곡가는 전화를 받았다. "예, 예, 좀."

다도코로 사치코는 눈을 다른 데로 돌리면서 와가의 목소리를 듣고 있었다. 벽에는 꽃을 그린 유화가 걸려 있다.

"그러네요, 제가 이런 상황이라." 와가 에이료는 전화에 대고 이야기하고 있었다. "처음에 예정했던 기일까지는 무리일 것 같지만, 공연까지는 반드시 맞추도록 하지요. 그쪽은 예정대로 진행하셔도 됩니다. 거기에 다른 사람이 있으면 바로 의논해서, 나중에 전화 주십시오. 아시겠죠. 그럼 안녕히."

와가 에이료는 수화기를 놓고 사치코 쪽으로 얼굴을 돌렸다.

"일 이야기?" 다도코로 사치코는 미소지었다.

"맞아요. 전위극단에서 작곡을 부탁해서. 연극에 음악을 붙이려고 궁리중이더군요. 이것도 부상당하기 전부터 약속했던 거라 거절할 수가 없어요. 그 일을 재촉하네요. 무엇보다, 사이에 다케베가 끼어 있는지라 의리상 받아들였어요."

"그래서 구상은 나왔어요?"

"아니, 어렴풋이 머릿속에는 있는데, 그 이후로 전혀 진전이 없어요. 곤란하게 됐네요."

"다케베 씨면 거절할 수 있잖아요?"

"아니, 그 반대예요. 친구가 부탁한 일이니까 더 거절할 수 없죠."

"그렇군요. 그래도 극단 곡을 작곡하는 일이라면 관객을 의식해서 상당히 타협해야 하죠?"

"맞아요. 다케베는 그냥 생각나는 대로 하라고 그러는데, 그럴 수는 없지요. 게다가 극단은 가난하니까 보수도 없고요."

"그런 일들은 되도록 거절하는 게 좋을 것 같아요. 지금은 미국행 이야기가 나오고 있는 참이니까 다른 일들은 될 수 있는 대로 거절하고, 그쪽으로 에너지를 집중하는 게 좋다고 봐요."

"그 말씀대로예요. 제 곡이 미국에 팔리고 미국에서 연주된다. 이건 기회예요. 그러니까 이 일에는 전력을 다하고 싶네요. 앞으로는 음악도 유럽 중심에서 벗어날 테니까요."

"그렇게 생각하신다면 더더욱 그래야겠네요. 그쪽으로 당신 재능을 쏟아주세요. 그런데 미국 쪽 일은 순조롭게 되어가고 있어요?"

"예, 요전에도 연락이 왔고, 이야기는 대충 진행되고 있어요."

"다행이네요. 저, 아빠한테 그 얘기를 했거든요. 무척 기뻐하셨어요. 그리고 미국으로 가는 비용도 내주겠다고 하셨고요."

와가 에이료의 눈이 빛났다.

"그렇군요, 고마운 일이네요. 아버님께 그때는 잘 부탁드린다고 인사 전해주세요. 그렇지만 제가 만든 음악도 미국에서 상당히 비싼 값에 팔릴 거라고 봐요."

"대충 언제 정도가 될까요?"

"글쎄요, 11월 정도에는 미국에 갈 수 있도록 하고 싶군요."

4

가타자와 무쓰오가 K병원을 나와 주차장으로 가는데, 저편에서 택시가 병원 정문으로 들어가려다 걷고 있는 가타자와 무쓰오 옆으로 와서 돌연 멈췄다. 가타자와 무쓰오가 놀라서 눈을 들자 택시 안에서 극작가 다케베 도요이치로가 창문으로 손을 흔들었다.

"야아."

가타자와 무쓰오도 손을 들며 웃었다. 다케베 옆에는 다른 남자가 앉아 있었다.

"자네도 와가한테 갔다가 돌아가는 길이야?"

다케베가 창밖으로 고개를 내밀며 물었다.

"응, 자네는 이제 가는 거야?"

가타자와는 택시 옆으로 다가갔다.

"그래, 이제 병문안 가려는 참이야."

가타자와는 고개를 저었다.

"아서라, 아서."

"왜?"

"지금 다도코로 사치코가 와 있어. 나하고 한창 이야기하는데 오더라고. 가여워서 내가 막 사라져준 참이야. 갈 거면 좀 이따가 가. 지금가면 닭살만 돋을 거야."

"뭐야, 그런 거야?"

젊은 극작가는 혀를 내둘렀다.

"일단 내리자고."

문을 열고 다케베가 내렸다. 이어서 같이 온 남자도 내렸다. 가타자와도 모르는 얼굴이다. 훤칠한 용모에 베레모를 쓰고 있다. 서른쯤 되어 보이는 남자인데, 가타자와에게 눈짓으로 가볍게 인사했다.

"소개하지." 다케베가 말했다. "이 사람은 전위극단에 소속되어 있는 배우 미야타 구니오."

"잘 부탁드립니다."

신극 배우는 가타자와에게 인사했다.

"가타자와입니다. 그림을 그리고 있습니다."

"예, 성함은 알고 있습니다. 다케베 선생님과 와가 선생님께 말씀

많이 들었습니다."

"그러시군요, 와가를 아시나요?"

"얼마 전에 내가 소개한 적이 있어. 세키가와도 같이였지만."

다케베가 대신 대답했다.

그제야 미야타 구니오가 다케베와 같이 와가의 병문안을 온 이유를 알게 되었다. 아마 다케베가 병원에 간다고 하기에 가볍게 따라나서 기로 한 모양이었다.

"여기 이렇게 서 있어도 소용없어. 이 근처에서 잠깐 차라도 한잔 하지?"

다케베는 주위를 둘러보았다. 작은 찻집이 바로 맞은편에 보였다. 세 사람은 걸어서 그 가게로 들어갔다. 대낮이라 가게는 한산했다. 역시나 병원에 병문안 온 것처럼 보이는 손님이 두세 명 있을 뿐이었다.

"와가 상태는 어때?"

다케베가 물수건으로 얼굴을 쓱쓱 문지르며 물었다.

"충돌했을 때 앞좌석에 가슴을 부딪혔다던데, 그렇게 크게 다치진 않았나봐. 괜찮아 보였어."

"그렇군, 뭐하고 있어?"

"변함없이 사람들이 계속 찾아오고, 이번에 미국에 가게 될지도 모 른다면서 상당히 의욕이 넘치던데."

베레모를 쓴 미야타 구니오라는 배우는 두 사람 옆에서 얌전히 기 다리고 있다.

"그건 그렇다 치고, 와가가 택시를 타다니 드문 일인걸." 다케베가 커피를 마시며 말했다. "녀석은 자가용이 있으니까 늘 운전하고 다니더니, 왜 택시 같은 걸 탔지?"

"그러게." 가타자와는 잠시 생각하더니 가볍게 말했다. "고장이라도 났나?"

"그럴지도 모르겠군. 아니면 교통법규 위반으로 면허정지라도 당했나. 그놈 꽤 달리는 편이니까." 다케베가 말하다가 문득 생각난 듯이 물었다.

"그 녀석, 어디서 사고 났대?"

"스가모 역 앞이라던데."

"흠, 그런 데는 왜 지나가고 있었대?" 다케베가 조금 궁금해졌다는 듯 말했다.

"글쎄, 그건 안 물어봤는데. 그러게, 그러고 보니 무슨 일로 그쪽을 지나고 있었던 거지?"

그러나 그 이야기는 거기까지였다.

"그 택시에 손님은 와가 혼자였고?"

"그런 것 같아. 만약에 다도코로 사치코가 같이 있었다면 재미있었을 텐데."

"자네도 바보구먼. 다도코로 사치코가 있었으면 당연한 일이고, 다른 여자랑 있는 편이 훨씬 더 재미있지."

"아, 그런가."

"택시에 탄 여자도 같이 다쳤어봐. 와가 녀석, 보나마나 그 자리에서 다도코로 사치코에게 파혼당했을 거야. 이래야 재미있지. 아쉽네, 혼자 타고 있었다니."

둘은 같이 웃었다. 가타자와가 옆에 있는 배우를 보니, 무슨 생각에 잠겨 있는지 미간을 찡그리고 심각한 표정을 하고 있었다. 그러나 가타자와의 시선을 느끼고 그는 형식적인 미소를 지어 보였다. 뭔가 걸리는 부분이 있는 모양이다. 다케베가 배우를 보며 말했다.

"자네도 조심하는 편이 좋을걸. 뭣도 모르고 여자하고 택시에 탔다가 사고라도 나면 나중에 뒷소리가 나오지 않는다고 장담 못하거든. 이봐, 이 친구 말이지, 꽤 인기가 있어."

"말도 안 되는 이야기는 하지 마세요."

미야타 구니오는 쓴웃음을 지었다. 그러고 보니 피부는 검지만 이목구비가 뚜렷한 얼굴이다. 게다가 배우답게 세련된 분위기다.

"아니, 비록 와가가 다른 여자와 함께 있는 게 발각되어도 다도코로 사치코와의 약혼이 깨지진 않을걸. 오히려 결혼을 앞당길지도 몰라." 가타자와가 화제를 되돌렸다.

"그래? 왜?" 극작가가 반문했다.

"왜긴, 사치코는 와가한테 빠져 있거든. 여자 쪽이 훨씬 열을 올리고 있단 말씀이야."

"오, 그래?"

"여자는 말이지, 좋아하는 남자에게 그런 라이벌이 생기면 오히려 더 불타는 법이야. 사귀는 남자에게 여자가 있는 게 들통나면 화내고 질투하는 건 똑같은데, 문제는 그다음이야. 그걸로 남자보고 불결하다 어떻다 하면서 헤어지는 여자는 열을 올리지 않던 쪽. 반한 쪽은 오히려 더 홀딱 빠진다고."

"이야, 어쩐지 경험에서 우러나오는 이야기 같은데."

가타자와의 설명을 듣고 다케베가 웃었다.

"그런가, 다도코로 사치코는 와가가 그렇게 좋은 건가? 와가 녀석, 복도 많지. 뭣보다, 그 여자 뒤에는 다도코로 시게요시가 있잖아. 그의 세력과 재력을 등에 업으면 뭐든 마음먹은 대로 다 할 수 있다고."

"하지만 와가는 사치코의 아버지를 전혀 인정하지 않고 있어. 이건 사치코 본인이 한 말인데, 와가가 아버지를 경멸하고 있다면서 좋아하더라고."

"다도코로 사치코도 순진하네. 뭐야, 그놈은 입으로만 그렇게 말하는 거라고. 와가는 역시 다도코로 시게요시에게 기대고 있어."

베레모를 쓴 남자는 조용히 듣고 있었다. 이야기는 얼마간 더 계속되었다.

"슬슬 가도 되지 않겠어?"

다케베 도요이치로가 손목시계를 봤다.

"그러게, 시간이 제법 지났으니 슬슬 들여다봐도 괜찮겠지."

둘은 히죽 웃었다.

"자, 그럼 갈게."

"잘 가."

베레모를 쓴 배우도 느릿느릿 몸을 일으켰다.

"오늘 만나서 반가웠습니다." 화가에게 말했다.

"반가웠습니다."

가타자와 무쓰오도 가볍게 인사했다.

세 사람은 햇빛이 밝은 도로로 나왔다. 거기에서 가타자와는 주차장으로 돌아가 주차해놓은 자가용 쪽으로 걸어갔다.

극작가와 젊은 배우는 자가용이 없다. 두 사람은 걸어서 공원 같은

K병원의 정원을 지나 병동으로 향했다.

복도를 지나 특실 앞에 섰다. 병실 번호는 머리 위에 쓰여 있다. 그 번호를 확인하고 극작가 다케베가 노크했다.

대답은 없었다.

다케베가 다시금 문을 두드렸다.

그래도 반응이 없었다. 다케베와 미야타 구니오는 얼굴을 마주보았다.

그때 안에서 문이 열렸다.

"들어오세요."

얼굴을 내민 사람은 다도코로 사치코였다. 방문한 다케베를 보더니, "어머, 어서 오세요" 하고 웃었다. 얼굴이 붉게 상기되어 있었다.

사치코의 입술은 립스틱이 조금 지워져 있었다.

5장
종이 날리는 여자

1

가마타 조차장 살인사건이 새로운 국면을 맞았다.

사건이 일어나고 어느덧 두 달 이상이 지났다. 수사본부가 철수하고 나서도 이미 한 달이 넘었다. 그런 시점에서 갑자기 피해자의 신원이 밝혀진 것이다. 이는 수사당국의 힘은 아니고 제보 때문이었다.

어느 날, 경시청에 한 남자가 찾아왔다. 그는 '오카야마 현 에미초 ××거리, 잡화상 미키 쇼키치'라는 명함을 건넸다. 아버지가 3개월 전에 이세 신궁 참배를 나선 이후 행방불명이 되었는데, 혹시 가마타 조차장에서 살해당한 피해자가 아닐까 해서 왔다는 것이다.

사건은 미궁에 빠졌고 수사본부도 철수했지만, 이 신고를 듣고 수사1과에서는 바로 미키 쇼키치에게 자초지종을 들었다. 지금까지의 사정에 더해, 그 이야기를 들은 것은 수사본부 시절 주임경부였던 계장과 이마니시 에이타로였다. 두 사람이 만나본 미키 쇼키치는 한눈에도 시골 상인 같은, 스물대여섯 살의 성실해 보이는 청년이었다.

"어떻게 된 일입니까? 자세히 설명해주십시오." 계장은 먼저 이야기를 들어보기로 했다.

"예, 사실은 저희 아버지 성함은 미키 겐이치입니다. 올해 쉰하나 되십니다."

젊은 잡화상은 말했다.

"이 명함에 쓰인 것처럼 저는 오카야마 현의 에미라는 작은 마을에서 잡화상을 하고 있습니다. 사실 저는 친자가 아닌 양자입니다. 아버지는 오래전에 어머니와 사별하시고 자식도 없어서요. 저는 점원이었는데 신임을 받아 양자가 되었고, 지금은 그 지방 토박이 아가씨와 결혼한 상태입니다."

"아, 그렇다면 양자를 들여 결혼시킨 셈이군요?"

이마니시는 쇼키치의 소박한 이야기를 들으면서 물었다.

"그런 셈이지요. 그런데 아버지가, 아까 말씀드린 대로 석 달 전에 이 나이 되도록 아직 이세 님께 참배도 못 드렸다, 일생에 한 번은 참배하고 싶다고 진작부터 생각해왔다, 먼저 이세에 갔다가 다음에는 나라, 교토를 구경하고 기분 내키는 대로 여행하고 싶다고 하셨죠. 저희도 꼭 그렇게 하시는 게 좋겠다고 말씀드렸고요."

"그렇군요."

"그렇게 말씀드린 까닭은, 아버지께서는 지금으로부터 이십이삼 년 전에 이 에미초에 잡화점을 열고 무척 고생하신 끝에 겨우 마을에서 제일 큰 가게로 만드셨거든요. 저는 양자이기도 했고 아버지가 얼

172

마나 고생하셨는지 잘 알고 있으니까 그 여행을 적극 권했고요. 출발하실 적에는 따로 계획 없이 느긋하게 여행을 즐기고 돌아오겠다고 하셨어요. 그래서 아버지가 이세, 교토, 나라를 둘러보시는 중이라고 생각했지요. 아니, 실제로 가시기도 했고요. 도착지에서 그림엽서 같은 걸 보내셨거든요."

"그러고는 돌아오시지 않았다는 말씀인가요?"

"예, 그렇습니다. 여유로운 여행에다 계획도 세우지 않았기 때문에 오래 안 돌아오셔도 별로 이상하게 생각하지 않았어요. 그런데 석 달이 지나도 안 오시니까 슬슬 걱정이 돼서요. 그래서 지역 경찰서에 수색원을 낸 겁니다."

오카야마 현 에미초의 잡화상 미키 쇼키치는 말을 이어나갔다.

"그런데 경찰에 그 이야기를 하니까 서류를 작성해주시다가, 그러고 보니 이런 조회가 있었다며 보여주신 것이 바로 경시청에서 보낸 가마타 사건이었어요. 그 인상착의를 보고 저는 깜짝 놀랐습니다. 마음에 걸리는 부분이 분명히 있어서요. 그래서 여기로 달려왔는데, 무척 번거로우시겠지만 피해자 확인을 할 수 없을까요."

그래서 이마니시 형사는 옷가지 등 피해자의 유품을 가지고 와서 보여주었다. 미키 쇼키치는 유류품을 보자마자 얼굴을 일그러뜨리며 입속에서 신음 소리를 냈다.

"저희 아버지 물품이 분명합니다. 아버지는 시골 사람이라 이렇게 낡은, 변변찮은 양복을 입으셨어요."

얼굴이 벌게지더니 목소리도 떨린다.

"그렇습니까. 유감입니다."

그러나 이마니시는 속으로 쾌재를 불렀다. 그렇게나 피해자의 신원을 기를 쓰고 찾았는데, 드디어 실마리가 잡혔다. 처음으로 피해자의 신원이 밝혀진 것이다. 거의 틀림없었다.

"그래도 혹시 모르니까 사진을 보여드리겠습니다. 유감스럽게도 시신은 이미 화장했습니다. 그래도 본인의 특징은 기록되어 있으니까요."

감식계에서 찍은 사진은 피해자의 얼굴을 여러 각도에서 몇 장이나 찍어둔 것이었다. 피해자의 얼굴은 엉망진창으로 찌그러져 있다. 사진을 슬쩍 본 미키 쇼키치는 그 참혹함에 잠시 숨을 삼켰으나, 이내 가까스로 특징을 찾아내 아버지가 틀림없다고 증언하고는 얼굴을 숙였다.

피해자의 신원이 드러났다. 수사1과는 갑자기 술렁였다. 일전에 수사본부가 철수할 때는 마치 초상집같이 우울한 기분으로 해산했으나, 지금은 사건 해결의 서광이 비친 것이다.

미키 쇼키치에게 하는 질문도 더욱 구체적이 되었다.

"아버님이 이세 신궁에 참배를 간다며 나가셨을 때, 현금을 대략 어느 정도 가지고 가셨습니까?"

양자는, 금액을 듣긴 했지만 별로 큰돈은 아니었다, 일단 이세에 참배하고 긴키 지방*을 돌아볼 여비 정도로, 일정 없이 느긋하게 여행을 다니고 싶다고 했기 때문에 숙박비를 포함 대략 한 달 치를 계산한 칠팔만 엔 정도였다고 대답했다.

---

* 간사이 지방. 교토 부와 오사카 부, 그 외 다섯 개의 현이 포함된다.

"아버님이 이세에서 나라로 쭉 여행한다고 하셨지만 돌아가신 곳은 도쿄입니다. 게다가 가마타라는 지역은 시나가와에서 조금 들어간 곳입니다. 거기에 무슨 볼일이라도 있으셨던 걸까요?" 이마니시는 물었다.

"글쎄요. 그 점은 저도 이상합니다. 이세랑 오사카를 둘러본다고 하신 아버지가 왜 도쿄에 가셨는지 전혀 짚이는 데가 없네요."

"도쿄 쪽으로 가신다는 말씀은 있었습니까?"

"아니요. 그런 말씀은 한 번도 없었습니다. 아버지는 예정이 생기면 미리 저희 부부에게 넌지시 말씀하시거든요."

"그러나 가마타 역 근처에서 사망하셨으니 그 부근에 아버님의 지인이 계시지 않을까 생각되는데요."

"아니요. 짐작 가는 바가 없습니다."

"아버님이신 미키 겐이치 씨는 그곳 토박이신가요?"

"예, 계속 오카야마 현 에미초에서 사셨습니다." 미키 쇼키치는 대답했다.

"그러면 계속 그 지방에만 계셨습니까?"

"그렇습니다."

"지금 운영하는 잡화상은 이십이삼 년 전부터 시작하신 것 같은데, 그전에는 무슨 일을 하셨습니까?"

"예, 아까 말씀드린 대로 저는 중간에 양자로 들어왔기 때문에 자세히는 모릅니다. 양어머니도 돌아가셨기 때문에 이건 아버지가 해주신 말씀인데요, 잡화점을 시작하기 전에는 순경이셨다고 하셨습니다."

"순경요? 오호, 어디서인가요? 역시 오카야마 현인가요?"

"아마 그럴 겁니다. 그다지 자세히 들은 이야기가 아니라 잘은 모르겠지만요."

"그러면 순경을 그만두고 바로 잡화점을 여셨다는 말씀이군요?"

계장은 괜히 미소를 지으며 물었다. 순경이라는 전직이 가깝게 느껴졌기 때문이다.

"그럼 지금 하시는 상점은 어떤가요? 잘되시나요?"

"예, 에미초는 작은 시골 마을이고, 게다가 깊은 산골이라서 인구도 얼마 안 됩니다. 그래도 장사는 아버지 대부터 그런대로 순조롭게 되고 있습니다."

"아버님이 누군가에게 원한을 산 일은 없었습니까?"

그러자 양자는 거세게 고개를 저었다.

"절대로 그럴 일은 없습니다. 아버지는 누구에게나 존경받으셨어요. 저를 양자로 받아주신 것도 그렇지만, 다른 사람들을 도와 일하신 적도 많고, 전에는 억지로 추대되는 바람에 마을의회 의원이 되신 일도 있고요. 아버지같이 좋은 분은 또 없습니다. 곤경에 처한 사람을 보면 가만히 못 계셔서, 다들 부처님 같은 분이라고 했어요."

"아아, 그런 분이 도쿄에서 생각지도 못한 사고를 당하신 것은 정말 유감스러운 일입니다. 저희도 반드시 범인을 찾아내도록 최선을 다하겠습니다."

계장은 위로의 말을 건넸다.

"그리고 한번 더 여쭙습니다만, 아버님이 이세와 교토, 나라를 구경하겠다고 나가셨을 때, 도쿄에 가실 예정은 전혀 없었던 거죠?"

"예, 없었습니다."

"아버님은 전에 도쿄에 오신 적이 있습니까?"

"제가 아는 한은 없습니다. 아버지가 도쿄에서 사셨다거나 여행하셨다는 말은 들어본 적이 없네요."

이마니시 형사는 그 문답을 옆에서 듣고 있다가, 계장의 허락을 얻어 질문했다.

"지금 살고 계신 지방에 '가메다'라는 지명은 없습니까?"

"가메다라고요? 아니요, 그런 지명은 없는데요."

미키 쇼키치는 이마니시를 보고 분명하게 대답했다.

"그렇다면 아버님의 지인 가운데 가메다라는 분은 없습니까?"

"예, 그런 이름을 가진 분은 없습니다."

"미키 씨, 이건 중요한 일이니 기억을 잘 더듬어주세요. 정말로 가메다라는 사람에 대해 짐작 가는 데가 없습니까?"

미키는 그 말을 듣고 몇 분간 더 생각해보더니 되물었다.

"글쎄요, 저는 아무리 생각해도 없는데요. 도대체 누구이기에 그러십니까?"

이마니시는 계장과 눈짓을 주고받았다. 수사 기밀 사항이지만 계장은 괜찮다는 신호를 보냈다.

"사실은 미키 씨 아버님과 범인으로 보이는 인물이 현장 근처의 싸구려 술집에서 술을 마셨습니다. 목격자도 있는데, 그 사람들이 말하기를 미키 씨 아버님과 상대 남자 사이에서 가메다라는 이름이 나왔다고 합니다. 가메다가 지명인지 인명인지 지금은 알 수 없지만, 어쨌든 두 사람이 모두 아는 이름이었습니다. 저희는 당시 그 가메다라는 이름을 단서로 수사했지요."

"그렇습니까."

그뒤로도 젊은 잡화상은 곰곰이 생각해보았으나, 결국 나오는 답은 같았다.

"아무리 생각해도 짚이는 데가 없네요."

그 모습을 바라보던 이마니시는 질문을 바꿨다.

"미키 씨, 아버님은 도호쿠 사투리를 쓰셨습니까?"

"예?" 미키는 깜짝 놀란 듯한 표정을 지었다. "아니요, 아버지는 도호쿠 사투리는 안 쓰십니다."

이 대답에 이번에는 이마니시가 놀랐다.

"그게 정말입니까?"

"예, 틀림없습니다. 말씀드린 대로 저는 점원에서 양자가 되었는데, 아버지가 도호쿠 지방에서 사셨다는 얘기는 들은 적이 없습니다. 오카야마 현 에미초가 고향이니까, 도호쿠 사투리를 쓰실 리가 없지요." 미키 쇼키치는 딱 잘라 말했다.

이마니시는 계장과 얼굴을 마주보았다. 피해자가 도호쿠 사투리를 썼다는 점이 지금까지 단 하나 결정적인 실마리였다. 그것이 사실이라 믿고 이마니시는 아키타 현 변두리까지 출장도 다녀온 것이다. 미키 쇼키치의 답변은 이 결정적이었던 실마리를 완전히 뒤집어버렸다.

"그렇다면 하나 여쭙겠는데요." 이마니시가 다그쳤다. "미키 씨 아버님의 양친, 즉 미키 씨의 양조부모 쪽 집안 중에 도호쿠 출신은 안 계십니까?"

미키는 바로 대답했다.

"거기도 없습니다. 아버지의 부모님은 효고 현 출신이라고 하셨어요. 도호쿠 쪽에는 연고가 없어요."

이마니시는 생각에 잠겼다. 그럼 그 술집에서 피해자를 목격한 사람이 도호쿠 사투리라고 잘못 들었다는 것인가. 아니, 그럴 리가 없다. 한두 명이 아니었다. 그 술집에 있던 손님도, 가게 여종업원도, 모두 입을 모아 피해자는 도호쿠 사투리를 썼다고 증언했다. 이마니시는 당혹스러웠다.

"이쪽에서 또 연락을 드릴 일이 있을 것 같습니다. 그때에도 협조 부탁드립니다." 옆에서 계장이 미키 쇼키치에게 말했다.

"그럼 이제 돌아가도 될까요?"

"예, 괜찮습니다. 그리고 고인의 명복을 빕니다." 계장과 이마니시는 조의를 표했다.

"감사합니다. 그런데 아버지를 죽인 범인의 윤곽은 잡혔나요?" 피해자의 양자가 질문했다.

"그게, 지금까지 밝혀지지 않았습니다." 계장이 친절하게 말했다. "하지만 이번에 희생자가 미키 씨의 아버님이라는 것을 이렇게 알아냈으니까, 수사가 참으로 용이해졌습니다. 지금까지와는 다르게 사정이 확실해졌으니, 수사도 거기에 중점을 둘 겁니다. 머지않아 범인을 잡으리라고 봅니다."

양자는 점잖게 머리를 숙였다.

"그런데 아버지는 왜 도쿄에 오셨을까요?"

그 점은 오히려 형사가 묻고 싶었으나, 양자에게도 풀리지 않는 수수께끼인 것 같았다.

"그러네요. 그걸 알아내면 수사가 훨씬 진전될 텐데 말이죠. 하지만 그 점도 곧 알아낼 겁니다." 계장은 위로했다.

미키 쇼키치는 몇 번이나 인사하고 경시청 현관을 나갔다. 이마니시는 그를 현관까지 배웅했다. 돌아왔을 때도 계장은 아직 그 자리에 남아 있었다.

"큰일이 되었는걸." 계장은 이마니시의 얼굴을 보며 말했다.

"난처해졌어요." 이마니시도 쓴웃음을 지었다. "지금까지의 추정은 완전히 뒤집혔네요. 피해자의 신원을 알게 된 것은 다행이지만, 다시 원점으로 돌아왔어요."

"그렇군."

하지만 계장은 이마니시만큼 실망하지는 않았다. 피해자의 신원이 밝혀진 것만으로도 표정이 밝았다.

"아무튼 이걸로 미궁에 빠진 사건의 실점을 만회할 수 있겠구먼."

계장과 상의를 끝냈다. 이마니시는 자기 자리로 돌아갈 생각이었다. 그러나 이대로 저 좁고 북적거리는 형사실에 돌아가자니 영 내키지 않았다. 그는 건물 뒷마당으로 갔다. 은행나무 높은 곳에 잎이 무성했다. 빛을 머금은 여름의 눈부신 구름이 그 위에 걸려 있었다.

이마니시는 나무 꼭대기를 바라보며 멍하니 서 있었다. 그는 아직 '가메다'와 '도호쿠 사투리'에 미련이 남아 있었다.

이마니시 에이타로는 돌아가기 전에 요시무라에게 전화를 걸었다. 요시무라는 사건이 일어난 곳 관할 경찰서에서 근무하지만 바로 전화를 받았다.

"요시무라인가? 이마니시야."

"안녕하세요." 요시무라는 인사했다. "지난번에는 덕분에 잘 먹었습니다."

요시무라는 그날 이후 한번 더 이마니시 집에 놀러왔다.

"요시무라, 자네와 엄청 고생했던 그 가마타 조차장 피해자의 신원이 밝혀졌어."

"그렇다면서요." 요시무라는 이미 알고 있었다. "지금 막 서장님께 들었습니다. 그쪽 계장님이 연락을 주셔서요."

"그래, 들었군."

"오카야마 현 사람이라죠?"

"그래."

"저희 예상이 완전히 빗나갔네요."

요시무라도 이마니시와 팀을 이뤘기 때문에 당연히 도호쿠와의 관련성만 생각하고 있었다.

"예상이 빗나갔어." 이마니시는 침울한 목소리로 대답했다. "그래도 피해자의 신원을 알게 되어 다행이야. 앞으로도 내가 그쪽으로 지원을 나가게 될 테니, 이번에도 자네에게 여러 가지로 신세를 질지 모르겠어."

"저야 감사하지요." 요시무라는 전화 건너편에서 기뻐하고 있었다. "꼭 그렇게 되었으면 합니다. 다시 이마니시 선배와 한 팀이 되면 공부가 될 테니까요."

"무슨 소리야, 이미 글렀잖아. 애초에 이 사건에서는 처음부터 내 예측이 빗나갔으니." 이마니시가 자조적으로 말했다.

"그건 그렇지만, 이제부터 다시 시작하면 됩니다." 요시무라가 위로했다.

"어쨌든 내일이라도 만나고 싶은데. 어차피 나한테 이걸 해결하라는 명령이 떨어질 테니까 말이야."

"알겠습니다. 기다리고 있겠습니다."

이마니시는 곧 경시청을 나섰다.

집에 돌아오고 나서도 아직 밖은 밝았다. 해가 길어졌다. 애당초 평상시보다 일찍 귀가하기도 했다.

"목욕이라도 다녀오면 어때요?" 아내가 말했다.

"그럴까, 그럼 아들 녀석 데리고 갔다 와볼까." 열 살 난 외동아들 다로는 오래간만에 일찍 돌아온 아버지와 목욕 가는 것이 기쁜지 신이 나 있다. 근처 대중목욕탕을 다녀오자 저녁식사 준비가 다 되어 있었다. 아직도 밖은 밝아서 전등 불빛이 희미했다.

집을 비운 사이에 여동생이 와 있었다. 여동생은 가와구치에 산다. 남편은 주물공장 직원인데, 조금씩 저축한 돈을 모아서 작은 아파트를 샀다.

"오빠, 안녕."

작은방에서 외출복을 벗고 아내의 평상복을 빌려 갈아입은 여동생이 얼굴을 내밀었다.

"왔어?"

"응, 조금 전에."

이마니시는 떨떠름한 표정을 지었다. 여동생은 매번 부부싸움 뒤치다꺼리를 싸들고 오곤 한다.

"오빠, 덥지." 여동생은 오빠인 이마니시 에이타로의 옆으로 와서 파닥파닥 부채질을 해댔다.

"응." 이마니시는 흘깃 여동생의 얼굴을 보았다.

부부싸움 끝에 뛰쳐들어왔을 때와 아닐 때는 표정을 보면 알 수 있다. 이마니시는 안심했다.

"무슨 일이야, 또 한판 한 거야?"

부부싸움이 아닐 때, 이마니시는 일부러 이렇게 묻는다. 만일 싸운 게 확실해 보이면 건드리지 않고 넘어간다.

"아니, 오늘은 그런 거 아냐." 여동생은 약간 부끄러워하며 말했다.

"오늘은 그이가 야근이고, 아침부터 이사를 도와주느라 파김치가 되어서 잠깐 쉬러 왔어."

"뭐야, 이사를 도왔다고?"

"우리 아파트에 방 하나가 찼거든."

"해가 잘 안 든다던 그 방?"

여동생은 예전부터 그 방은 사람이 잘 들어오지 않는다고 불평하곤 했다. 그 방을 빌릴 사람이 나타났다는 것이다. 그래서인지 오늘은 동생 기분이 좋았다.

"그거 잘됐네. 그래서 네가 서비스로 도와준 거야?"

"꼭 그런 것만은 아닌데, 이번에 온 사람은 여자 혼자더라고."

"그래? 독신인가?"

"응, 스물네다섯 살 정도. 따로 도와주러 온 사람도 없는 것 같기에 안쓰러워서 좀 도와줬지."

"그랬군. 여자 혼자라고 하면, 설마 첩은 아니겠지?"

"아니야, 물장사하는 사람인 건 맞지만."

"그래? 요릿집 여종업원?"

"아니, 긴자 술집에서 일하는 아가씨래."

"흠." 이마니시는 입을 꾹 다물었다.

햇볕이 계속해서 내리쬐는지라 더위가 기승을 부렸다. 게다가 이 집은 주변을 둘러싼 집들이 벽처럼 사방을 막고 있어 바람이 조금도 들지 않았다.

"가와구치 같은 촌구석 아파트에 살 정도라면, 인기 있는 술집에서 일하는 아가씨는 아니겠군."

"그렇지도 않아." 여동생은 오빠가 트집을 잡는다고 생각했는지 발 끈하며 반발했다. "긴자에서 다니기 편한 걸로 치면 아카사카나 신주 쿠 근처겠지만, 손님들이 굉장히 귀찮게 한대. 가게가 문을 닫으면 이 러쿵저러쿵하면서 데려다주려고 든다잖아."

"호오, 그럼 거기에 질려서 가와구치로 온 건가. 지금까지는 어디 에 있었는데?"

"듣기로는 아자부 쪽이라던가."

"미인이야?"

이마니시가 물었다.

"응, 무척 예쁜 아가씨야. 왜, 오빠도 한번 보러 오게?"

그때 이마니시의 아내가 수박을 잘라 접시에 담아들고 와서, 여동 생은 혀를 살짝 내밀었다.

"자자, 차가울 때 드세요. 다로도 이리 와."

아내는 마당에서 노는 아들을 부르고 쟁반을 놓으며 이마니시에게 말을 걸었다.

"유키 고모네 아파트 방도 이번에 다 나갔대요."

"아아, 지금 들었어."

2

젊은 평론가 세키가와 시게오는 에미코를 택시에 태우고 달렸다.
자정이 가까운 시간이라 나카센도의 주변 집들은 거의 문을 닫았다.
자동차 불빛만이 분주하게 흘러가고 있다.

"지쳤어요." 여자는 말했다. "오늘밤은 가게를 쉴까도 생각했어요.
그래도 당신하고 약속이 있으니까 무리해서 나온 거예요." 에미코는
뒷좌석에서 세키가와의 손을 꼭 잡았다.

"누구한테 도와달라고 부탁했어?" 세키가와는 앞을 보며 물었다.

"아니요. 집안까지 옮기는 건 이삿짐센터에서 해줬는데, 그뒤가 큰
일이었어요. 그래도 아파트 주인 아주머니가 도와주셨어요." 그녀는
세키가와의 어깨에 기대고 있었다.

"이럴 때 당신이 와주셨다면 정말 좋았을 텐데." 그녀는 원망하는
듯도 하고, 응석부리는 듯도 한 말투로 말했다.

"그렇게 할 수는 없지."

"예, 그건 알고 있어요. 그래도 그럴 때는 정말 우울해요."

세키가와는 말이 없었다. 택시는 언덕을 올라가고 있었다.

"멀군." 세키가와가 길을 바라보며 말했다.

"예, 그래도 전차로 가면 의외로 빨라요."

"어느 정도 걸리는데?"

"긴자까지 40분요."

"빠른데." 세키가와가 말했다. "전에 있던 곳보다 나은걸. 통근 시간도 그렇게 다르지 않고, 한적해서 좋네."

"싫어요, 한적하다니요. 시골인데다가 근처에는 주물공장밖에 없는걸요. 그리 '품격' 있는 곳이 아니란 말예요."

"자, 조금만 참아." 세키가와는 말했다. "그러다가 좋은 곳이 있으면 옮기자고."

"어머, 또 이사하라고요?" 여자는 남자의 옆얼굴을 쳐다보았다. "그렇게 자주 옮겨야 해요?"

"그런 말이 아니잖아."

"이번에 이사하면서 전에 살던 아파트가 얼마나 좋은지 알게 됐어요. 뭔가 사러 갈 곳도 가깝고, 도심으로 나가기도 편했고요. 지금 있는 곳은 왠지 모르게 촌스럽고 기분도 우울해지고. 당신이 있으라고 하시니 어쩔 수 없지만요."

"그야 할 수 없잖아. 네 잘못인걸."

"그렇게 말씀하시다니." 에미코는 잡고 있던 세키가와의 손에 힘을 주었다. "제 탓이 아니에요. 당신이 들킨 게 잘못이지. 그것도……"

"그만둬." 세키가와는 턱을 들어 앞을 가리켰다.

운전사는 맹렬하게 속도를 내고 있었다. 헤드라이트 불빛 속에서 나카센도가 휙휙 흘러가고 있었다. 얼마간 조용히 있다보니 전방에 휘황한 불빛에 휩싸인 다리가 다가왔다. 긴 다리를 건넌 곳에서 세키가와는 택시를 세웠다.

"여기서 내려드릴까요?"

운전사는 좌우를 살피더니 캄캄한 둑이 길게 이어져 있는 것을 보고는 히죽 웃었다.

세키가와에 이어 에미코가 내렸다. 세키가와는 말없이 강둑길을 걸었다. 아라카와 강의 검은 수면이 앞에 펼쳐져 있었다. 둑 한쪽 밑은 공장부지인지, 검은 건물들이 줄지어 늘어서 있었다. 눈부신 가로등 불빛이 점점이 빛났다.

세키가와는 둑길에서 강가 자갈밭으로 내려갔다. 여름철 풀이 무성하게 자라 있었다.

"무서워요, 너무 멀리까지 가지 마세요." 에미코는 세키가와의 팔에 손을 얹었다.

세키가와는 무시하고 물이 있는 곳으로 내려갔다.

"어디까지 가시는 거예요, 예?"

아래에 자갈이 깔려 있어서 에미코는 하이힐에 신경쓰며 그에게 기댔다. 멀리 건너편 기슭에서 네온 불빛이 빛났다. 별이 많다.

세키가와는 멈춰 서서 말했다.

"이봐, 쓸데없는 소리 좀 하지 말라고." 갑작스러웠다.

"어머, 무슨 말씀이세요?" 에미코는 놀란 목소리로 물었다.

"아까 택시 안에서 말이야. 운전사가 무슨 말을 들을지 모르잖아. 저래 보여도 등뒤로 가만히 듣고 있다고."

"그렇군요." 여자는 고분고분했다. "잘못했어요."

"전에도 말했잖아. 그런데 네가 얼굴을 들켰다느니 운이 나쁘다느니 하는 쓸데없는 말을 떠들어서 되겠어?"

"죄송해요. 그래도……"

"그래도, 뭐?"

"당신은 혼자 계속 신경쓰고 있지만, 그래도 앞방 학생은 아무것도 눈치 못 챘을 거예요."

세키가와는 주머니에서 담배를 꺼내 손으로 바람을 막으며 불을 붙였다. 순간 얼굴 한쪽이 환히 비쳤다. 언짢은 표정이었다.

"그건 네가 위로한답시고 하는 말이지. 나는 안 믿어." 담배 연기와 함께 메마른 목소리가 흘러나온다. "앞방 학생이 너한테 나에 관해서 물었다고 하지 않았어?"

"당신이라는 건 그 사람은 전혀 몰라요. 그냥 요전날 밤 제 방에 찾아온 손님은 어떤 사람인지 물어봤을 뿐이에요. 그냥 궁금해서요. 다른 깊은 의미는 없다고 생각해요."

"그거 봐." 세키가와는 말했다. "그런 걸 당신에게 물었다는 것은 내가 복도에서 만난 그 친구에게 무슨 이야기를 들었다는 증거야. 돌아서 나를 봤을 때 그 학생 눈초리가 아무래도 내 얼굴을 아는 것 같았어."

"앞방 학생이 저한테 물었을 때는 전혀 그런 느낌은 없었어요."

"나는 가끔 신문에 평론을 쓰니까, 그때 사진이 나가." 세키가와는 캄캄한 강을 보며 말했다.

"상대는 학생이야. 내가 쓴 글을 읽은 게 틀림없어. 사진에 실린 얼굴도 어슴푸레 기억하고 있을 거라고."

어둠 속에서 검은 수면이 희미하게 빛났다. 저멀리 전차가 철교를 건너간다. 빛줄기가 수면에 비치면서 꼬리를 남기고 간다.

"슬퍼요." 에미코는 중얼거렸다.

"뭐가?" 세키가와가 입에 문 담배의 작은 불빛이 뻐끔뻐끔 타들어 갔다.

"보세요, 당신은 여러 가지 일에 너무 신경을 쓰시잖아요. 저라는 여자가 점점 당신한테 방해가 되는 것 같단 말이에요."

어두운 저편 기슭에서 휘파람 소리가 들렸다. 젊은 사람이 걸어오는 듯했다.

"너는 아직도 내 마음을 모르겠어?" 세키가와는 에미코의 어깨에 손을 올리며 말했다. "나는 지금이 중요한 시기야. 이런 때 네가 표면에 드러난다면 무슨 안 좋은 소리를 들을지 몰라. 나는 일 때문에 여러 사람을 비평하고 있어서 그만큼 적도 많아. 네 일이 알려지면, 저놈 뭐냐고들 하겠지."

"제가 술집 여자라 안 되는 거죠. 와가 씨네처럼 제대로 된 집안 아가씨였다면 당신도 그렇게 남을 의식할 필요 없었겠죠?"

"와가와 나는 달라." 세키가와가 갑자기 기분이 상한 듯 말했다. "와가는 출세주의자야. 나는 그놈처럼 말로는 새로운 흐름을 떠들면서 실은 누구보다 낡은 근성을 가진 남자가 아냐. 네가 술집에서 일하는 여자든 아니든, 나는 조금도 상관 안 해."

"그러면…… 그렇다면 어째서 그렇게 남들 시선만 신경쓰시는 거예요? 저는 어딜 가든 좀더 당당히 당신하고 같이 걷고 싶어요." 여자가 말했다.

"아직도 뭘 모르는군." 세키가와는 가볍게 혀를 찼다. "너는 내 입장을 알고는 있어?"

"당연히 알아요. 당신이 보통 직업과는 다른 일을 하신다는 것도

요. 정말 존경하고 있어요. 그래서 저도 당신에게 사랑받는 것을 행복하게 여기고 있고요. 가능하면 친구들에게도 자랑하고 싶을 정도예요. 아니, 결코 누구에게도 말하지 않을 거지만요. 그래도 마음은 그렇다고요. 그건 아는데, 가끔 이런 일들로 슬퍼져요. 이번 일도 그렇고……" 여자는 계속 말을 이어나갔다. "그 아파트에서 학생에게 얼굴이 알려졌다고 바로 이사하라고 하셨잖아요. 뭐라고 할까, 전 언제나 당신의 숨겨놓은 여자인 듯한 기분이 들어요."

"에미코." 세키가와가 불렀다. "그 마음은 나도 너무 잘 알아. 하지만 몇 번이나 말했다시피, 내 입장이 되어봐. 어느 시기까지는 나는 희생을 요구할 수밖에 없어. 나는 지금 겨우 세상에 나가려는 중요한 때야. 여기서 쓸데없는 소문을 일으켜 첫 기세가 꺾여봐. 지금까지 기울인 노력도, 앞으로의 희망도 엉망진창이 돼. 나는 내 동료들에게 지고 싶지 않아. 너는 내 조심성을 경멸할지도 모르겠지만, 내가 있는 세계는 그런 곳이야. 생각보다도 훨씬 더 그런 스캔들 같은 걸로 무너지기 쉬운 세계란 말이야. 좀 참아줬으면 해."

세키가와는 갑자기 여자의 머리와 어깨를 세게 끌어안았다.

3

밤의 긴자 뒷골목을 한 남자가 걸어가고 있었다. 그는 어느 신문사의 문화부 기자였다. 때마침 인파가 가득했다. 그는 술집을 막 나온 참이었는데, 화려한 진열창이 줄지어 선 곳으로 가다가 보도에서 한 젊은 여자와 스치듯이 지나쳤다. 쇼윈도 불빛이 여자의 옆얼굴에 줄무늬가 되어 비쳤다. 그 얼굴을 본 순간, 기자는 고개를 갸웃했다. 어디선가 본 적이 있다싶었다. 그 여자는 바쁜 발걸음으로 순식간에 인파 속으로 섞여들어갔다. 그는 어디 술집에서 만난 여자인가, 하고 생각했으나 기억이 나지 않았다.

그대로 걸어서 4번지 쪽으로 향했다. 서점은 아직 열려 있었다. 그는 가게로 들어가 신간이 진열된 선반을 들여다보았다. 손 가는 책이 바로 눈에 들어오지 않았다. 그는 막연히 책장을 들여다보며 안으로 들어갔다. 『당신을 위한 즐거운 여행』이라는 책이 눈에 띄었다. 최근 들어 빈번하게 나오는 여행안내서였다. 그것을 본 순간, 문화부 기자는 앗, 하는 눈이 되었다. 생각난 것이다. 슬쩍 지나친 옆얼굴은 분명히 본 적이 있었다. 술집에서 만난 여자가 아니었다. 여행길에 기차에서 만난 여성이다.

신슈의 오마치에서 돌아오는 길이었다. 이등석은 거의 비어 있었다. 확실히 승객은 스무 명도 되지 않는 듯했다.

그 여자는 고후에서 올라탔다. 그녀는 그가 앉아 있던 자리의 통로 건너편에 자리를 잡았다. 창가 자리였다. 상당한 미인이었다. 그다지 고급스러운 옷을 차려입지는 않았으나 옷차림이나 맵시에서 감각이 엿보였다.

분명히 그 여자다.

꽤 오래전 일이었다. 맞다, 오마치에 지금 개발중인 구로베 협곡 댐 이야기를 취재하러 갔을 때니까, 5월 18, 19일경이다. 야간열차였고, 아직 창문을 열어 바람을 쐴 정도로 객차가 덥지는 않았다.

그런데 그 여자는 고후를 지나자 창문을 반쯤 열었다. 아니, 그뿐이었으면 그의 기억에 그렇게 남지는 않았으리라. 이후의 행동이 조금 기이했던 것이다.

거기까지 생각났을 때, 뒤에서 어깨를 붙잡는 사람이 있었다.

"무라야마 군."

누가 문화부 기자의 이름을 불렀다. 뒤돌아보자 가와노라는 대학교수가 있었다. 평론도 쓰는 사람이다. 가와노 교수는 베레모를 쓰고 있었다. 숱이 없는 머리를 감추기 위해서다.

"뭘 그렇게 멍하니 있나? 책을 앞에 두고 굉장히 심각한 얼굴을 하고 있는걸."

가와노는 안경 너머 미간에 주름을 지으며 웃었다.

"아, 선생님이세요." 무라야마라고 불린 문화부 기자는 허둥지둥 인사했다. "그동안 격조했습니다."

"아니, 나야말로 오랜만이야."

"선생님도 산책 나오셨나요?"

"어떤가, 오래간만에 만났으니 이 근처에서 커피라도 마실까?" 교수는 술을 마시지 못했다.

"서점에서 심각하게 무슨 생각에 잠겨 있었나?" 밝은 찻집에 들어가서 커피를 마시고, 아직도 궁금했는지 교수가 물었다.

"아뇨, 생각에 잠겨 있었던 게 아닙니다. 어떤 기억이 떠올라서요." 무라야마는 웃으며 말했다.

"그런가. 난 또, 자네가 심각한 표정이기에 어떤 책이 자네를 이렇게 끙끙대게 만들었나싶어 들여다봤는데, 여행 책이지 않나?"

"예, 맞습니다. 사실은 여행과 관련해서 기억난 일이 있어서요. 그게, 아까 여행지에서 만난 여자와 스쳐지나갔거든요. 그때는 기억나지 않았는데 그 책 덕분에 떠올랐습니다."

"이거 그냥 넘어갈 수 없겠는걸." 교수는 말했다. "뭐야, 기차 안에서 작은 로맨스라도 피어난 건가."

"아뇨, 그건 아닙니다. 별 얘기 아니에요."

"심심하던 차였으니, 그 별거 아닌 이야기라도 들어주겠네. 어떻게된 일인가?" 교수는 뻐드렁니를 보이며 무라야마에게 이야기를 재촉했다.

"그러신가요, 그럼, 지루한 얘기지만 그냥 하겠습니다." 무라야마가 말했다.

지루하다고 해서 말인데, 당시에도 무라야마는 긴 기차 여행에 싫증이 나 있었다. 그래서 고후에서 탄 그 젊은 여자에게 신경이 쏠려있었다. 그 여자는 핸드백 말고도 작은 가방을 들고 있었다. 스튜어디스 등이 가지고 다니는, 파란색 천으로 된 작고 세련된 즈크* 케이스였다.

고후를 지난 기차는 한적한 산지에 접어들었다. 그녀는 처음에는 문고판 책인지를 읽고 있다가, 기차가 엔잔 근처를 지날 무렵 창문을 열었다. 아직은 그렇게 더운 날씨는 아니었기에 건너편 열린 창문에서 차가운 바람이 들어왔던 것을 무라야마는 기억하고 있다.

그녀는 창문으로 어두컴컴한 밖을 바라보았다. 밤이라 풍경이 보일

---

* 삼베나 무명실로 짠 두꺼운 직물.

리는 없다. 저멀리 인가의 쓸쓸한 불빛만이 흘러갈 뿐, 그뒤로는 검은 산이 연이었다. 그래도 여자는 창가 쪽으로 몸을 향하고 열심히 밖을 바라보고 있었다.

하하, 기차를 많이 안 타본 여자군, 하고 무라야마는 생각했다. 고후에서 탔다는 것을 알고 있었기 때문에, 지방 사람이 도쿄에 놀러가는지도 모른다고 생각했다.

하지만 그렇다고 보기에는 그 여자의 복장은 어딘지 모르게 세련됐다. 평범한 검은 정장이었지만 맵시가 좋았다. 아무래도 도쿄에서 사는 사람으로밖에 보이지 않았다. 갸름한 옆얼굴에 몸매도 호리호리했다.

무라야마는 읽고 있던 책으로 시선을 돌렸다. 그러다가 한 페이지도 채 읽기 전에 여자의 행동을 눈치챘다.

여자는 소형 케이스를 무릎에 끼고 안을 열더니, 뭔가 하얀 것을 쥐고 창밖으로 버리기 시작했다. 조금 천진난만한 행동이었다. 어라, 하고 생각하며 무라야마는 곁눈질로 슬쩍 지켜보았다.

저 여자는 대체 무얼 버리고 있는 것일까. 작은 케이스에서 끄집어 내는 것은 아무리 봐도 하얀 무언가다.

창밖에는 기차의 움직임 때문에 바람이 일고 있었다. 여자는 창문 밖으로 손을 내밀고 무언가 버리고 있다. 엔잔 근처에서 다음 역인 가쓰누마까지 가는 동안이었다.

처음에는 쓸모없는 종이라도 버리는 줄 알았다. 그런데 그녀는 그러고 나서 얼마간 책을 보다가, 이번에는 하지카노와 사사고 사이에서도 책을 덮고 또 작은 케이스에서 뭔가를 집어 창밖에 버리기 시작했다.

뭘 하는지, 무라야마는 가벼운 흥미가 생겼다. 그래서 화장실에 가는 척하면서 차량 끝으로 걸어갔다. 거기서 무심코 창밖을 봤는데 어둠 사이로 하얗고 작은 종이가 눈보라처럼 바람에 흩날리고 있었다. 대여섯 장 정도였으므로 눈보라라고 하면 조금 과장이지만, 어쨌든 그렇게 느껴졌다. 무라야마는 자기도 모르게 미소를 지었다. 그런 아이 같은 행동이 미소를 불러일으킨 것이다. 그녀도 기차 여행의 무료함을 그런 장난으로 달래고 있는 것인가.

무라야마는 자리로 돌아왔다. 그러고는 책을 들고 읽어나갔으나 아무래도 통로를 사이에 둔 건너편 그녀의 태도가 신경쓰였다. 그후 기차가 오쓰키 역에 가까워지자, 그녀는 또 작은 케이스에 손을 넣고 종잇조각 눈보라를 날리기 시작했다. 보아하니 스물대여섯 살 정도에 상당히 교양도 있어 보이는 여자인데, 그런 장난을 치다니 이상했다.

이윽고 기차는 오쓰키 역에 도착했다. 이등차에 새로이 손님들이 들어왔다. 그중 쉰 가까이 먹은 뚱뚱한 신사가 차량 안을 빤히 둘러보더니 결국에는 그 여자의 건너편 쪽에 앉았다. 고급스러운 연갈색 양복을 입고 같은 색 사냥 모자를 쓰고 있었다. 신사는 주머니에서 반으로 접은 주간지를 꺼내 읽기 시작했다. 넌지시 보고 있자니 그녀는 자기 대각선 앞에 새로운 승객이 와서 조금 당혹스러운 것 같았다. 그래도 창문을 닫으려고 하지는 않았다. 그대로 열차는 나아가기 시작했다.

오쓰키를 출발해 작은 역을 몇 개쯤 지났을 때, 그녀는 다시금 하얀 종잇조각을 어둠 속으로 날려보내기 시작했다. 신사는 차가운 바람이 들어와서 조금 얼굴을 찌푸렸으나 젊은 여자를 슬쩍 봤을 뿐 별로 불평하지는 않았다. 그대로 무라야마는 독서 삼매경에 빠져들었다. 얼마 후에 정신을 차리고 보니, 그녀는 이미 창을 닫은 뒤였다. 딱히 신사가 불평하는 소리는 듣지 못했으므로 그녀가 자발적으로 창문을 닫은 모양이다.

그녀는 작은 책을 손에 들고 읽고 있었다. 검은 치마 아래로 쭉 빠진 다리가 보인다.

조금 시간이 지났다. 열차는 아사카와를 지나 하치오지에 가까워지고 있었다. 아이고, 이제 곧 도쿄구나, 하고 생각하며 무라야마가 고개를 들었는데, 신사가 짧은 목을 빼고 거듭해서 그녀에게 말을 걸고 있었다. 태도가 몹시 능글맞았다.

신사와 젊은 여자는 이야기를 나누고 있었다. 하지만 주로 신사가 말을 걸고 그녀는 짧게 대꾸만 해줄 뿐이었다. 어느새 신사는 그녀의 바로 앞 좌석으로 옮겨 앞으로 몸을 숙이고 이야기에 열중했다. 그녀는 좀 불편해 보였다.

물론 두 사람이 아는 사이는 아니다. 신사가 나중에 탔고 마주보는 자리에 앉았으므로 지루함을 달래기 위해 세상 사는 이야기나 하는 것이었다. 그런데 무라야마가 그 모습을 보고 있자니 아무래도 단순한 잡담만도 아닌 듯했다.

신사의 얼굴은 대단히 진지했다. 담배를 꺼내서 권했지만 그녀 쪽에서 고개를 저었다. 다음에는 추잉검을 꺼내 내밀었으나 그녀는 그것 또한 쉽사리 받지 않았다. 신사는 상대가 예의상 거절했다고 생각했는지 다소 막무가내로 권했다. 결국 그녀도 졌다는 듯이 껌을 받았으나 포장은 뜯지도 않았다.

그러고 나서부터 신사의 행동이 점점 이상해졌다. 그는 여자의 다리 쪽으로 쓱 무릎을 내밀었다. 그녀가 놀란 듯이 다리를 움츠렸다. 그래도 신사는 모른 척하고 뻗은 다리를 그대로 둔 채 계속 뭔가 말을 걸었다.

무라야마는 기차에서 젊은 여성이 중년 남성에게 불쾌한 일을 당하고는 한다는 이야기를 전에 들은 적이 있었다. 긴 여행이라면 몰라도, 오쓰키에서 도쿄까지 오는 사이에 잽싸게도 이런 행동을 하는 신사에게 그는 내심 분개했다. 만약 더이상 그녀를 곤혹스럽게 한다면 당장에라도 자리를 박차고 일어날 생각이었다. 그러다보니 책을 읽어도 집중이 안 됐다. 계속 건너편 좌석의 상황을 관찰했다.

그녀가 확실하게 불쾌함을 얼굴에 드러냈으므로, 신사도 역시나 더이상 노골적인 태도를 보이지 않았다. 그러나 여전히 그녀에게 이것저것 말을 걸었다. 기차가 다치카와를 지나면서 창밖 풍경은 점차 도쿄의 불빛으로 바뀌었다. 차내에는 좌석 위 선반에서 슬슬 짐을 내리는 사람도 있었다.

낯두꺼운 그 남자는 아직도 입을 다물 줄 몰랐다. 오기쿠보 역을 지나고, 나카노 근처를 지나도 일어서려 하지 않았다. 그녀는 그 소형 케이스 외에는 짐이 없으니 소지품 걱정은 없었다. 그런 그녀도 나카노 근처의 불빛이 흘러들어오자, 마음먹은 듯이 신사에게 인사를 하고 일어났다.

그러자 신사도 따라 일어나더니 그녀 쪽으로 다가가 냉큼 뭔가를 속삭였다. 그녀는 얼굴이 새빨개져서는 재빠르게 입구로 향했다. 무라야마가 거기서 보고 있는 것은 안중에도 없는지, 신사는 그녀를 뒤따라갔다. 무라야마도 책을 덮고 일어났다. 열차는 신주쿠 역 플랫폼으로 미끄러져 들어갔다. 입구로 걸어가자, 신사는 그녀의 등에 달라붙을 듯이 바짝 서 있었다. 그리고 거기서도 여전히 작은 소리로 말을 걸고 있었다. 아무리 보아도 그녀를 어딘가로 꼬드기고 있는 것이다. 무라야마는 신사가 더이상 그녀를 귀찮게 하면 자신이 기사 역할을 자청할 작정이었다.

열차는 종착역에 정차했다.

"이런 일이 있어서 저는 그녀를 기억했던 겁니다." 무라야마는 가와노 교수에게 말했다.

"그것참 재미있는 이야길세." 교수는 웃었다. "요즘 그런 놈들이 늘었다지. 젊은이들에게 지지 않으려고 중년들도 적극적이 된 거야."

"좀 질렸어요. 얘기는 들은 적은 있어도 실제로는 처음 봤습니다."

"그러나 그 아가씨가, 아니, 아가씨인지는 모르겠지만, 그 젊은 여성이 창밖으로 종이를 흩날린 일은 흥미로운걸. 자네는 천진난만하다고 했지만, 왠지 나는 시적인 느낌마저 드는데."

"그러네요." 무라야마도 동감했다. "그뒤에 그런 저질스러운 일이 있어서 더 참을 수가 없었습니다."

"그쪽은, 그러니까 젊은 여성 말이야, 처음부터 자네를 의식하지 않았던가?"

"그랬을 겁니다. 지나쳤을 때도, 만약 상대가 의식하고 있었다면 눈인사 정도는 해줬을 테니까요."

"그렇군. 긴자의 밤, 그녀와 자네가 마주치고도 바로 기억해내지 못하다가 서점에서 떠올린 것도 특이해." 교수는 흥미를 느낀 모양이었다.

"무라야마 군." 교수는 그를 불렀다. "음, 내가 잡지에서 부탁받은 원고가 있다네. 수필인데 이야깃거리가 없어서 곤란했거든. 지금 이 이야기를 쓰려고 하는데."

"이런 것도 이야기가 됩니까?"

"적당히 각색하면 대충 다섯 장 정도는 만들어낼 수 있지." 교수는 수첩을 꺼냈다. "한번 더 확인하겠는데, 그게 언젯적 일인가?"

"글쎄요, 5월 18일이나 19일이 아니었을까 싶습니다."

"응응, 그렇군. 아직 창문을 열 정도로 덥진 않았다고 했지." 교수는 날짜를 수첩에 적었다.

"선생님." 무라야마는 조금 걱정이 되었다. "제 이름은 안 나오는 거죠?"

"안심하게나. 자네 이름을 내봐야 무슨 의미가 있겠나. 이건 다른 사람의 이야기라고 하기에는 약해. 내가 직접 겪은 일로 하지."

"그것도 그러네요. 그쪽이 독자들도 좋아하겠어요. 사실은 선생님도 그 여성에게 관심이 있었다는 식으로 가면 어떤가요?"

"막가는 말을 하는 친구구먼." 교수는 웃음을 지었다. "나도 징글맞은 초로의 남자 축에 끼긴 하지. 하지만 이래 봬도 행동파는 아니니까 안심하게. 그건 그렇고 무라야마 군, 자네도 설마 그 기차에서 여성과 단둘이 남았을 때 뭔가 계기를 만들고 싶었던 건 아니었나?"

"그런 거 아닙니다." 무라야마가 조금 수줍게 말했다.

"미인이었나?" 교수가 갑자기 확인했다.

"음, 미인 축에 드네요. 조금 마르고 호리호리한 모습이었습니다. 귀여운 얼굴이었고요."

"응, 응." 교수는 만족스럽다는 듯이 수첩에 연필을 내달렸다.

4

여동생이 집으로 돌아가겠다고 해서 이마니시는 역까지 바래다주기로 했다.

"유키 고모, 자고 가지 그러세요?" 아내가 물었지만, 여동생은 집이 마음에 걸린다며 돌아갈 준비를 했다.

"거봐, 남편이 야근이라 편히 좀 지내러 왔다면서, 역시 여자들은 집이 걱정되는 모양이지?" 이마니시는 말했다.

"아무래도 그러네." 여동생도 웃었다. "평소 같으면 외박 못하지. 부부싸움했을 때가 아니면 그럴 맘도 별로 안 생겨."

여동생을 배웅하기 위해 이마니시 부부는 집을 나섰다. 꽤 늦은 시간이어서 눈에 보이는 집 절반은 문을 닫았다. 좁은 길은 어둑해졌고, 늦은 시간까지 문을 여는 가게들이 길에 드문드문 불빛을 던지고 있었다. 길을 지나가는 사람은 거의 없었다.

이윽고 신축한 아파트 옆을 지났다. 역시나 직업 탓인지 여동생은 멈춰서 그 아파트를 바라보았다.

"나도, 적어도 이런 아파트 절반만한 거라도 있었으면 좋겠어." 그녀는 한탄했다.

"이럴 때 후딱후딱 집세를 모아서 밑천으로 삼아야지." 이마니시는 웃었다.

"무리야, 생활비가 늘어나서. 아무리 해도 돈이 모이지 않는다니까."

세 명은 다시 걷기 시작했다. 그때 저편에서 정장을 입은 여자가 걸어오고 있었다. 가게 등불에 그 앞을 지나가는 그녀의 옆얼굴이 비쳤다. 날씬하고 젊은 여자였다. 이마니시 일행 옆을 조심스레 빠른 걸음으로 지나갔다.

대여섯 걸음쯤 더 걸어갔을 때 아내가 이마니시에게 속삭였다.

"저 사람이에요."

이마니시가 무슨 말인지 몰라 어리둥절해했다.

"저 아파트에 사는 극단 사람 말이에요. 왜, 전에 말했죠? 신극 여배우라고 했는데, 그건 아니고 사무원이라고 하데요."

이마니시는 뒤를 돌아보았다. 그때는 이미 그녀의 모습은 아파트 쪽으로 사라진 뒤였다.

"극단 사람이라고 해서 영락없이 여배우라고 소문이 난 거예요."

"그렇군." 이마니시는 다시 걷기 시작했다.

"무슨 얘기예요?" 옆에서 여동생이 물었다.

"아뇨, 지난달에 저 아파트에 극단 사람이 이사를 왔거든요. 예쁘장하게 생겼기에 다들 여배우인 줄 착각했지 뭐예요."

"어느 극단이래요?"

"글쎄요, 거기까지는 못 물어봤어요."

여동생은 영화나 연극을 좋아했다. 그래서 어느 극단인지 물어본 것이다.

"그러면 방세는 얼마 정도 한대요?" 이번에는 여동생의 관심은 그 아파트로 옮아갔다. 이마니시의 아내가 대답했다.

"글쎄요, 6천 엔 정도라는 것 같아요. 보증금은 따로 있고요."

"6천 엔이면 극단 사무원한테는 힘들겠네요. 누군가 후원자가 있을지도 모르겠어요."

전위극단의 사무원 나루세 리에코는 아파트의 자기 방으로 돌아왔다. 2층 안쪽에 있는 방이다. 주머니에서 열쇠를 꺼내 방문을 연다. 안은 컴컴하지만 공기는 자신이 머무르는 곳의 공기다. 막 이사 온 참이지만, 아무래도 바깥 공기와는 다르다. 그 공기에 닿기만 해도 안심이 된다.

다다미 여섯 장짜리 방 한 칸이지만, 새집답게 편리하게 지었다. 리에코는 라디오 스위치를 켰다. 옆방에 방해될세라 소리를 작게 했다. 음악이 울려퍼진다.

아무도 없는 공간이다보니, 라디오뿐이라 해도 소리를 들으면 고독감이 다소 잦아든다. 방으로 올라올 때 우체통을 살펴보았으나 엽서한 장 들어 있지 않았다. 허기를 느끼고 토스트를 구웠다. 냄새가 콧속으로 흘러든다. 지금까지 아무도 없었던 방이 갑자기 따뜻하게 느껴졌다. 소박하긴 하지만 생활이 시작된 것이다.

홍차를 끓이고 빵을 먹었다. 다 먹고 나서는 잠시 멍하니 있었다. 라디오에서 음악이 흘러나왔지만, 그다지 좋아하는 곡은 아니었다. 하지만 일어나 있는 동안에 유일하게 들리는 소리를 끄는 것은 쓸쓸했다.

리에코는 책상에 앉아 노트를 꺼냈다. 일기 대신에 가끔씩 끼적이곤 했다. 스탠드 불을 켰지만 바로 글을 쓰지는 않았다. 턱을 괸 채 꼼짝 않고 있었다. 뭔가 생각이 정리될 듯하다가도 금방 무너져내렸다. 간단하게 문장으로 정리되지 않았다. 생각이 길어졌다.

복도에서 발소리가 들렸다. 자신의 방 앞에서 멈춰 서기에 무심코 문 쪽으로 시선을 돌리자 문을 두드리는 소리가 들렸다. 대답을 하자 문이 살짝 열렸다.

"나루세 양, 전화 왔어요."

관리인 아주머니였다. 이렇게 늦은 시간에, 하고 눈살을 찌푸렸지만, 관리인의 호의에는 웃는 얼굴로 인사했다.

"죄송해요."

관리인 아주머니 뒤를 따라 복도를 걸어갔다. 전화기는 한 층 아래 관리인 방에 있다. 방문은 모두 닫혀 있었고, 슬리퍼가 단정히 놓여 있었다. 불 꺼진 방이 많았다.

"죄송합니다."

관리인 등에 대고 사과했다. 문을 열자, 관리인 아저씨가 셔츠 바람으로 신문을 보고 있었다. 리에코는 아저씨에게도 고개를 숙였다. 수화기는 테이블 위에 놓여 있었다.

"여보세요. 나루세입니다." 리에코는 수화기를 귀에 대고 작은 소리로 말했다.

"예? 누구시라고요?"

되물었다가 상대방의 이름을 알고 나서는 "어머" 하고 놀랐다. 그러나 결코 유쾌한 표정은 아니었다.

"무슨 일이세요?"

귀를 대고 상대방의 말을 듣고 있다가, "안 돼요, 그러시면 곤란해요" 하고 대답했다. 거기에 관리인이 있어서 소리 죽여 거절하는 목소리였다. 나루세 리에코가 통화하는 상대방은 남자였다. 관리인도 피해주고는 있었지만 워낙 가까이 있는지라 자연스럽게 그녀의 목소리만은 귀에 들어왔다.

"곤란해요."

나루세 리에코는 자꾸 당혹스러워했다. 상대편 남자가 무슨 말을 하는지는 알 수 없지만, 전화하는 모습을 보아하니 무언가 부탁을 거절하는 듯 보였다. 그녀는 다른 사람이 있다보니 확실하게 말하지 못하는 듯했다. 자연히 말수는 적어졌다. 전화에서는 계속해서 뭐라 말하고 있었다. 거기에 그녀가 "안 돼요"라거나 "곤란해요"라고 대답한다. 결국 상대가 포기했는지, 3분 정도 후에 전화는 끊겼다.

"고마웠습니다."

그녀는 관리인에게 인사하고 그 방을 나왔다. 우울한 표정이었다. 같은 아파트에 사는 젊은 남자와 복도에서 마주쳤는데, 그녀의 얼굴을 들여다보며 지나갔다. 이 아파트에는 극단 여배우라는 소문이 퍼져 있어서 그런가, 호기심 어린 눈으로 보는 것 같았다.

그녀는 방으로 돌아왔다. 시무룩한 얼굴로 멍하니 있었다. 창밖으로 밤이 펼쳐져 있었다. 멀리 보이는 네온사인도 거의 꺼져 있었다. 저 근처가 신주쿠였다. 나루세 리에코는 생각에 잠긴듯 창밖을 바라보았다. 멀리 빛의 무리가 물에 번진 듯 밤하늘 아래 펼쳐져 있었다. 별이 적은 밤이었다.

리에코는 커튼을 치고 책상 앞으로 돌아와 앉았다. 노트를 펼쳤다. 펜을 쥐었지만 바로 쓰지 않았다. 턱을 괴고 얼마 동안 궁리했다.

펜이 움직였다. 생각하고 생각하며 적어나갔다. 한 줄 적고는, 그 위에 줄을 그어 지우기도 했다.

사랑이란 고독한 것이라고 운명지어져 있는가.

이렇게 쓰기 시작했다.

3년간, 우리 사랑은 이어졌다. 하지만 쌓아올린 것은 아무것도 없다. 앞으로도 아무것도 없는 채로 계속되겠지. 미래에도 영원히 그러하리라고 그가 말한다. 그 알맹이 없는 헛된 이야기에 나는 손가락 사이로 모래가 흘러 떨어지는 듯한 공허함을 맛본다. 절망이 밤마다 내 꿈을 채찍질한다. 그래도 나는 용기를 내지 않으면 안 된다. 그를 믿고 살지 않으면 안 된다. 고독한 이 사랑을 지켜나가야 한다. 고독을 스스로에게 일러두며, 그 가운데 기쁨을 갖지 않으면 안 되는 것이다. 내가 쌓아올린 덧없는 것에 스스로 매달리며 살지 않으면 안 된다. 이 사랑은 언제나 나에게 희생을 요구한다. 거기에 나는 순교적 환희마저 가져야만 한다. 미래에도 영원히, 라고 그는 말한다. 내가 살아 있는 한, 그는 계속해서 그리할 것인가.

휘파람 소리가 들렸다. 그녀는 노트에서 얼굴을 들었다.

휘파람에는 가락이 있었다. 그 소리는 창밖을 왔다갔다했다.

그녀는 일어섰다. 밖을 내다보지 않고 불을 껐다.

이마니시 에이타로는 여동생을 역까지 바래다준 다음 집으로 돌아
가고 있었다. 마침 역 바로 옆에 야시장이 줄지어 있었다. 역에서 뻗
은 경사면 도로를 따라 올라간 곳에 매일 아침 일용직을 구하는 사람
들이 모이는 곳이 있고, 가까이에 공공직업안정소가 있다. 야시장은
거기에 늘어서 있었다. 늦은 시간이어서 반 정도는 뒷정리를 하고 있
었다. 그 가운데에는 분재를 파는 가게도 있었다.

이마니시는 그 가게가 눈에 들어오자 발걸음을 멈췄다.

"이제 됐잖아요. 마당에 놓을 자리가 없어요."

아내가 옆에서 말렸지만, 그냥 지나칠 수 없는 성격이다.

"보기만 할 거야. 사지는 않아."

이마니시는 아내를 달래곤 진열된 분재 화분 앞으로 가서 섰다. 손
님은 거의 없었다. 주인장은 이제 문을 닫을 참이니 떨이로 드리겠다
고 이마니시에게 권했다. 이마니시는 분재들을 찬찬히 살펴보았으나
다행히 맘에 드는 것이 없었다. 발밑은 나뭇잎과 신문지 등으로 지저
분했다.

이마니시는 다시 길로 접어들었다. 조금 출출했다. 초밥집이 열려
있어서 아내에게 말했다.

"초밥이라도 먹고 갈까?"

아내는 열린 문틈으로 가게 안을 슬쩍 들여다보고는 시무룩한 목소
리로 대답했다.

"그냥 가요. 너무 아까워요, 이런 데다 돈을 쓰느니 내일 다른 거 먹

어요."

배가 고픈 것은 지금이다. 내일 뭘 먹는대봤자 이미 늦다. 하지만
이마니시는 아내의 마음도 모르지 않아서 입을 다물었다. 왠지 불만
스러운 얼굴로 길을 돌아갔다. 참치의 감촉이 생각났지만 그는 참기
로 했다.

길에는 가게가 대부분 문을 닫아 가로등만이 빛나고 있었다. 그 불
빛 아래 한 남자가 휘파람을 불면서 어슬렁거렸다. 무슨 노래라도 흥
얼거리는지 휘파람에 선율이 있었다. 최근 생긴 아파트 바로 앞쪽이
었다.

가로등 불빛으로 멀리서 보니, 베레모를 쓴 남자였다. 여름인데도
멋을 부리는지 검은 셔츠를 입고 있다. 그 남자가 아까부터 휘파람을
불면서 이 주변을 어슬렁거리고 있었다는 걸 알 수 있었다. 이마니시
부부가 가까이 오는 걸 눈치챘는지 그 남자는 휘파람을 멈추고는 얼
굴을 숨기면서 아무렇지 않게 어둠 속으로 걸어갔다.

이마니시는 무심코 남자 쪽으로 눈을 돌리며 지나갔다. 딱히 수상
한 남자는 아니었지만 직업적 습관이라고나 할까, 자연스레 주의해서
보게 된다.

"시장하면 집에 가서 오차즈케라도 할까요?" 초밥값을 굳힌 아내
가 옆에서 물었다.

"응." 이마니시는 왠지 모르게 불만스러워 말수가 줄었다. 별이 적
은 밤이었다. 그대로 길을 걸어갔다.

남자는 계속해서 휘파람을 불다가, 지나가는 부부를 보고는 그만두

었다. 눈앞에 아파트 건물이 있었다. 남자의 시선은 조금 전까지 불 켜진 창을 향해 있었으나, 그것도 지금은 불이 꺼진 상태다.

"시장하면 집에 가서 오차즈케라도 할까요?" 부인으로 보이는 목소리가 물었다.

그 부부가 지나쳐 가자 베레모를 쓴 남자는 방금 불이 꺼진 창문을 향해 또다시 휘파람을 불었다. 어두운 창문에는 커튼이 쳐져 있다. 아파트 옆엔 좁은 길이 나 있고, 한쪽에는 작은 집들이 줄지어 있었다. 지붕 너머로 신주쿠 주변의 밝은 빛이 새벽녘같이 하얗게 빛났다. 어디선가 갓난아기의 울음소리가 들렸다.

남자는 일부러 발소리를 내며 몇 번이나 그 주변을 오갔다. 아파트의 창문은 열리지 않았다. 아까 부부가 지나간 다음부터는 인적도 끊겼다. 좁은 길에 남자만이 어슬렁어슬렁 걸어다니고 있었다.

그후로도 20분 정도를 더 그러고 있었다. 남자는 몇 번이고 아파트 창문을 올려다보았지만 반응은 없었다. 그는 포기했는지 결국 도로에서 뒷길로 나갔다. 그때까지도 미련이 남은 듯 몇 번이고 아파트를 뒤돌아보았다. 그는 기운 없는 발걸음으로 역으로 갔다. 빈 택시를 잡기 위해서 가끔 좌우를 살폈으나 공교롭게도 보이질 않았다. 택시 몇 대를 눈으로 좇았다. 그의 눈은 길 건너편 초밥집에 닿았다. 반쯤 열린 입구로 두세 명의 손님이 앉아 있는 모습이 보였다. 그는 길을 건너서 가게로 들어갔다.

젊은 남녀 손님 셋이 초밥을 먹고 있었는데, 그중 한 명이 막 들어오는 그의 얼굴을 보고 의아한 눈초리를 보냈다. 그는 초밥을 주문했다. 먼저 와 있던 여자 손님이 같이 온 일행에게 속닥이자, 초밥을 주문하는 옆모습을 다 같이 쳐다보았다. 베레모를 쓴 남자는 주문한 초밥이 나오자 차례대로 먹었다. 마르고 이목구비가 뚜렷한 얼굴이었다.

여자 손님이 자기 주머니를 뒤지더니 수첩을 꺼내 들었다. 그러고는 생글생글 웃으면서 베레모를 쓴 남자 곁으로 다가갔다.

"저기……" 조심스럽게 말을 걸었다. "혹시 전위극단의 미야타 구니오 씨 아니신가요?"

베레모를 쓴 남자는 먹고 있던 초밥을 꿀꺽 삼켰다. 그는 순간 망설였지만, 여자의 얼굴을 보고 어쩔 수 없다는 듯이 끄덕였다.

"예, 그런데요……"

"역시, 맞았어." 그녀는 같이 온 두 남자를 돌아보며 웃어 보였다.

"죄송한데 여기에 사인 좀 해주세요." 여자는 구깃구깃한 수첩을 내밀었다. 남자는 마지못해 만년필을 꺼내 자신의 이름을 익숙한 손놀림으로 썼다. 그 남자의 얼굴은, 일전에 다친 와가 에이료에게 병문안을 간 극작가 다케베와 함께 있던, 바로 그 신극 배우였다.

6장
방언 분포

1

이마니시 에이타로는 가마타 조차장 살인사건 피해자의 입에서 나온 '도호쿠 사투리'와 '가메다'를 언제까지고 잊을 수 없었다. 피해자의 신원은 밝혀졌으나, 애초에 그가 생각한 도호쿠 출신 사람은 아니었다. 오히려 정반대인 오카야마 현 거주자였다. 목격자가 도호쿠 사투리라고 잘못 알아들었을 거라는 걱정도 있었지만, 이마니시는 그렇게 생각하지 않았다. 그는 '도호쿠 사투리'에 집요하게 매달렸다.

이마니시는 오카야마 현 지도를 사왔다. 피해자인 미키 겐이치는 오카야마 현 에미초에 살고 있었다. 이마니시는 눈을 크게 뜨고 지도에서 에미초를 중심으로 가메다를 찾았다. 그는 먼저 가메라는 글자를 목표로 지도상의 지명을 골라냈다. 가메, 가메 하고 중얼거리면서 눈으로 찾았다. 그러다가 '가메'를 발견했다. 이마니시는 깜짝 놀랐다.

'가메노코亀甲'라는 글자가 시야에 날아들었기 때문이다.

가메노코는 오카야마에서 쓰야마에 이르는 쓰야마 선에서 쓰야마 근처에 있었다. 이 한자는 가메노코라고 읽는 모양이다.

이마니시는 생각했다. '가메다'와 '가메노코'는 글자 모양이 제법 비슷하다. '다田'와 '코甲'라는 글자만 다르다. 하지만 가마타의 싸구려 술집에서 목격자들은 글자로 본 것이 아니고 귀로 발음을 들었다. '가메다'와 '가메노코'는 어감이 많이 다르다.

그러면 혹시 피해자와 상대 두 사람이 가메노코라는 지명을 가메다라고 잘못 읽었을 수도 있지 않을까. 하지만 그건 말이 되지 않았다. 이마니시는 이 두 사람을 가메다에 연고가 깊은 인물이라고 추정하고 있다. 그러므로 타지 사람이라면 모를까, '가메노코'를 '가메다'라고 잘못 읽는다는 것은 생각할 수 없는 일이었다.

이마니시는 더욱더 꼼꼼하게 오카야마 현 전체 지도를 뒤져보았지만, '가메'라는 글자가 붙은 지명은 그 밖에는 하나도 없었다. 우연히 '가메노코'가 나온 것은 이마니시의 초조한 마음을 비웃는 자연의 장난 같았다.

이마니시는 낙담했다.

그는 지도를 접고 집을 나섰다. 출근할 시간이다. 아침 햇살이 상쾌하게 길에 내리쬐고 있었다. 이마니시는 아파트 앞을 지나면서, 지난밤 이 근처에서 본 휘파람을 불면서 어슬렁대던 베레모 남자를 기억해냈다. 하지만 살짝 머릿속을 스쳤을 뿐 바로 잊었다.

국철은 혼잡했다. 이마니시는 뒤에서부터 밀려 사람들 사이에 끼었다. 잠깐 멍하니 있다보면 한 발로 서 있어야만 한다. 사람들에 가려서 창밖은 전혀 보이지 않았다. 그는 차내에 붙어 있는 포스터를 멍하니 바라보았다. 창문으로 들어오는 바람에 포스터가 날리고 있었다.

포스터는 잡지 광고였다. 그 가운데 '여행 디자인'이라는 글자가 눈에 들어왔다. 여행에도 디자인이 있는 걸까 하는 생각이 들었다. 요새 광고는 기발한 제목을 붙이니까 어떤 내용인지 바로 알 수가 없다. 이마니시는 신주쿠 역에서 내려 지하철로 갈아탔다. 여기에도 같은 광고가 붙어 있었다.

순간, 이마니시의 머릿속에 광고와는 전혀 관계없는 어떤 생각이 번쩍 들었다. 이마니시는 경시청에 가자마자 바로 홍보과로 갔다. 과장은 이마니시의 예전 상사였다.

홍보과란 경시청의 활동 내용을 일반인에게 철저히 주지시키는 게 목적인, 이른바 경시청의 PR 부서다. 그래서 여기서는 팸플릿을 발행하는 한편, 참고자료로 여러 가지 책들을 모아두고 있다.

"어이, 웬일이야." 홍보과장은 인사하는 이마니시를 보고 웃음을 지었다. "자네가 이런 곳에 나타날 줄은 생각도 못했는데."

이렇게 말을 걸고는, 농담을 던졌다.

"아, 맞다. 하이쿠 책이라도 찾으러 왔나?"

과장은 수사계장 시절에 부하였던 이마니시가 취미로 하이쿠를 짓는 것을 알고 있다.

"아니요, 그런 건 아닙니다. 조금 여쭈어보고 싶은 것이 있어서 왔습니다."

이마니시는 조금 딱딱하게 답했다. 일단 앉게, 하고 과장은 이마니시를 옆 의자에 앉혔다. 그런 다음 담배를 꺼내 이마니시에게도 한 대

권하고는 자기도 하나 입에 물었다. 아침의 맑고 투명한 공기 속으로 두 줄기 파란 연기가 피어올랐다.

"무슨 일인가?" 과장은 이마니시를 바라보았다.

"그게, 다름이 아니라 과장님은 워낙 박학다식하시니까 뭐 좀 여쭤보려고 왔습니다."

"박학다식은 무슨." 과장은 피식 웃었다. "내가 알고 있는 거라면 말해줄 수 있네만."

"도호쿠 사투리에 관한 건데요." 이마니시가 말을 꺼냈다.

"뭐? 도호쿠 사투리?" 과장은 머리를 긁적였다.

"안타깝게도 나는 규슈 출신이어서 말이지. 도호쿠 사투리에는 약해."

"아니, 그런 게 아니고요. 도호쿠 사투리를 쓰는 곳이 도호쿠 말고 일본 다른 데에는 없을까 해서요."

"글쎄." 과장은 고개를 갸웃했다. "자네 말뜻은, 개인이 아니라 지역을 말하는 거지? 즉 도호쿠 출신 사람이 다른 곳에 가서 사투리를 쓰는 거 말고, 그 지방 모든 사람이 사용하는 경우 말이지?"

"그렇습니다."

"글쎄, 어쩌려나." 과장은 담배를 피우고 있었지만, 표정은 부정적이었다.

"그건 좀 무리 아닌가?" 과장은 생각 끝에 말했다. "도호쿠 사투리는 그 지방 고유의 것이니까 말이야. 후쿠시마, 야마가타, 아키타, 아오모리, 이와테, 미야기, 이 여섯 현 외에는 없을 거야. 그 밖에 군마랑 이바라키 북쪽, 그러니까 후쿠시마 부근 지방은 그 영향을 받았다고도 볼 수 있지만."

"그렇다면 그 외의 지방에서는 그런 사투리를 안 쓴다는 말씀이시죠?"

"글쎄, 그럴 일은 없을 거라 보네." 박학다식한 홍보과장은 눈을 깜박였다. "애당초 방언의 분포라는 게 정해져 있잖나. 북쪽부터 말하면 도호쿠, 간토, 간사이, 주고쿠, 시코쿠, 규슈, 이렇게 얼추 나뉘지. 그러니까 자네 질문처럼 도호쿠 사투리가, 예를 들면 시코쿠 일부 지방에서 쓰인다든지 규슈 일부 지방에서 쓰인다고 보기는 좀 어려운데."

이마니시는 그 답변에 낙담했다. 그러나 이는 그의 생각과도 같은 의견이었다.

홍보과장이 갑자기 생각난 듯이 "좋은 게 있어" 하며 일어서더니, 뒤에 있는 서가에서 크고 두꺼운 책을 안고 나타났다. 백과사전 중 한 권이었다. 홍보과장은 그것을 영차 하고 들어 책상에 내려놓고, 직접 페이지를 펼쳐보다가 어느 부분을 발견하고는 눈으로 대충 훑어보았다.

"자네, 여기 이 부분을 읽어보게."

그것을 이마니시에게 내밀었다. 그는 그 부분을 읽기 시작했다. 활자가 빽빽하게 들어차 있었다.

메이지 시대 이후에는 먼저 오시마 마사타케가 발음으로 본 동해쪽 일본, 동일본, 서일본의 삼분설을 제창하여 주목을 받았고, 이윽고 문부성의 『어법조사보고서』가 대규모 조사에 앞서 어법에 입각한 동일본, 서일본, 규슈의 삼분설을 내어 한 시기를 구분했다. 현재 가장 권위 있는 것은 이상의 설을 종합하여 도조 미사오가 제기한 설로, 처음으로 『국어의 방언 구획』을 세상에 내놓은 이래 몇 차례 수정을 가했는데, 그 최신판인 『일본 방언학』에서는 다음과 같이 구획하고 있다.

동부 방언
홋카이도 방언, 도호쿠 방언(에치고 북부 추가), 간토 방언(야마나시 현 내부 지방 포함), 도카이 도산 방언(에치고 남부 추가), 하치조 섬 방언
서부 방언
호쿠리쿠 방언, 긴키 방언(와카사 지방 포함), 주고쿠 방언(다지마, 단고 지방 포함), 운파쿠 방언, 시코쿠 방언
규슈 방언
호니치 방언, 히치쿠 방언, 사쓰구 방언

이에 대한 다른 설로는, 도다케 쓰네오의 설과 오쿠무라 미쓰오의 설이 주목을 받았다.

도다케의 설은 전체를 동일본, 서일본, 규슈의 세 부분으로 나눈 점은 도조의 설과 일치하나, 동부는 도카이 도산 방언에 시즈오카, 야마가타, 나가노 세 개의 현만을 포함하고, 아이치, 기후를 서일본에 넣는다. 또한 동부 방언에서는 도호쿠 방언을 기타오우 방언과 미나미오우 방언으로 나누고, 홋카이도 방언은 기타오우 방언에 넣으며, 도치기, 이바라키 방언은 간토 지방 방언에서 빼서 도호쿠 방언에 편입시키고, 에치고 방언을 동부 방언 가운데 하나로 놓는다. 서부 방언은 대개 도조의 설을 따르고 있으나 긴키 방언에서 도쓰

가와, 구마노 방언을 분리하여 독립시켰다.

　오쿠무라의 설에서는, 먼저 서부 방언과 규슈 방언을 포괄해서 한 부류로 보고, 일본어 전체를 동일본 방언과 서일본 방언 둘로 나눈다. 동일본 방언은 도조의 동부 방언과 거의 일치하며, 오우, 간토 북부(이바라키, 도치기), 에치고 동북부 방언과 간토 대부분·도카이 도산 방언의 둘로 나누고 있다. 이 경우 하치조 섬 방언은 후자에 속한다. 다음으로 서일본 방언은 규슈 방언과 간사이 방언의 둘로 나누며, 이 경우 규슈 동북부 방언(후쿠오카 동부, 오이타)은 후자에 편입시킨다.

　……간사이 방언은, 긴키, 시코쿠, 호쿠리쿠 등 각 방언의 대부분과 주고쿠, 단고, 다지마 및 시코쿠 서남부, 규슈 동북부 방언의 둘로 나누고 있다.

　이러한 설 가운데 어느 것이 가장 옳은가 하는 것은 방언 연구가 더 진행된 후 결정될 문제다. 현재로서는 방언의 모든 부문 중에서 연구가 가장 앞서 있는 것은 악센트 분야다. 핫토리 시로, 히라야마 데루오 같은 열성적인 연구자들의 손으로 거의 전국 각 시도읍면 사투리의 성격은 대부분 파악되었으며, 상호 친근 관계도 거의 예측할 수 있는 상황이다. 전국의 방언은 도쿄말과 닮은 방언, 교토·오사카말과 닮은 방언, 그 밖의 유형(예를 들어 규슈 서남부 지방에 분포하는 것), 유형으로 구별할 수 없는 방언으로 나뉘어, 그 분포 상태가 상당히 복잡하다.

이마니시 에이타로는 이상의 내용을 읽고 고개를 들었다. 이 백과

사전에 적힌 내용은 그에게 조금도 도움이 되지 않았다. 이 해설은, 스스로 막연하게 생각하고 있던 것을 과학적으로 권위를 내세우며 설명하고 있는 데 지나지 않았다. 결국 이 자료에서는 이마니시가 기대했던 새로운 발견은 할 수 없었다. 희망이 사라졌다.

"어떤가?" 홍보과장이 이마니시의 실망스러운 표정을 보고 물었다.

"예, 잘 읽어보았습니다." 이마니시는 머리를 숙이며 대답했다.

"뭔가 마땅찮다는 얼굴이구먼. 만족스러운 답이 안 나왔나?"

"그런 것은 아닙니다만, 제가 예상하는 쪽으로 뭔가 실마리가 있지 않을까 해서, 방언에 대해 확인해보고 싶었습니다."

"자네가 만족하려면, 도호쿠 사투리가 다른 지방에서도 쓰인다는 사실이 있어야 하는 건가?"

"그렇습니다." 이마니시는 끄덕거렸다. "하지만 잘 알았습니다. 이걸 읽고 나서 그런 지역은 없다는 걸 납득했습니다."

"잠깐만." 홍보과장이 무언가 생각난 얼굴을 했다. "이 사전은 개략적인 사항밖에 없으니까 말이야. 맞다, 좀더 자세히 쓰여 있는 전문서적을 읽어보는 게 나을지도 모르겠는데. 그 안에서 자네가 찾는 뭔가가 나올 수도 있으니까."

"그런 전문서적을 읽고 이해할 수 있을까요?"

이마니시 에이타로는 그런 책을 읽기도 전에 질렸다. 개략적이라는 이 백과사전도 상당히 어렵다. 전문서적을 읽으면 더 번거로울 텐데 마음이 무겁다.

"여러 책이 나와 있으니까, 어떤 걸 택하느냐가 문제지만. 간단하게 바로 알 만한 책이 있으면 좋을 텐데."

홍보과장은 책상 모서리를 손가락으로 두들기다가 말했다.

"그렇지, 내 대학 동기가 문부성에서 학술연구원으로 일하고 있어. 그 녀석이 국어 쪽을 맡고 있을 테니까, 어쩌면 녀석에게 물어보면 알지도 몰라. 지금 전화 걸어보지."

이마니시가 너무 열심인 것이 안쓰러웠던지 홍보과장은 그렇게 알선을 해주었다. 과장은 전화로 상대와 이야기하다가, 통화가 끝나자 이마니시에게 고개를 돌렸다.

"녀석 말로는, 자기가 있는 곳으로 와서 직접 이야기를 해주었으면 하는 것 같아. 어떻게 하겠나, 소개해놓을 테니 가보겠나?"

"예, 찾아뵙겠습니다." 이마니시는 바로 대답했다.

이마니시는 노면전차로 히토쓰바시에 내렸다. 무더운 여름날이었다. 수로 옆을 따라 걷다보니 낡고 하얀 건물이 나왔다. 작은 건물이었다. '국립국어연구소'라는 간판이 걸려 있다. 접수 데스크에 명함을 건네자, 마흔 정도로 보이는 남자가 계단을 내려왔다.

"방금 전화 받았습니다." 그는 이마니시의 명함을 보면서 말했다. "방언에 대해서 궁금한 게 있으시다고요."

홍보과장과 동기라는 문부성 학술연구원 구와하라였다. 마른 체형에 안경을 쓴 남자다.

"어떤 것이 궁금하신지요?"

응접실이라고도 회의실이라고도 하기 애매한 곳에 이마니시를 안내한 구와하라 연구원이 물었다. 이마니시는 여기서도 홍보과장에게 물어본 것과 같은 질문을 했다.

"도호쿠 사투리가 도호쿠 지방이 아닌 지역에서 쓰이지는 않느냐는 말씀이시죠."

구와하라의 안경에 반 정도 파란 하늘이 비치고 있었다.

"그렇습니다. 혹시 그런 지역이 없는지 궁금해서 여쭈어보러 왔습니다."

"글쎄요, 어떨지." 전문가는 고개를 갸웃거렸다.

"그런 이야기는 별로 들어본 적이 없네요. 도호쿠 출신 사람이 다른 지역으로 이주해서, 거기서 도호쿠 사투리를 쓰는 사례가 없는 건 아닙니다. 예를 들어 홋카이도의 개척 지역에 한 마을을 이주시킨 탓에 지금까지 도호쿠 사투리를 쓰는 곳은 있지요. 하지만 본토에서는 그런 경우가 없잖습니까." 구와하라는 차분한 목소리로 설명했다.

"그렇습니까." 이마니시는 마지막 희망이 사라진 것 같았다.

"대체 어떤 걸 조사중이십니까? 직업이 직업이니만큼 어떤 사건과 관계있는 일인가요?"

구와하라 연구원이 물었다.

"예, 사실은 이런 사건이 있어서 여쭈어보는 것입니다."

이마니시는 사건 개요를 설명하고 가마타의 싸구려 술집에서 들었다는 도호쿠 사투리에 대해 설명했다. 연구원은 잠시 생각에 잠겼다가 물었다.

"그게 도호쿠 사투리가 확실했습니까?"

"목격자라고 할까요, 옆에서 들은 사람들 말로는 도호쿠 사투리 같았다고 하더군요. 짧은 대화였기 때문에 확신할 수는 없지만, 다섯 명이 모두 도호쿠 사투리 같다고 말했습니다."

"그렇습니까. 도호쿠에서 온 사람이 그 술집에서 이야기를 나눈 건 아니고요?" 연구원은 당연한 질문을 했다.

"한때 그러한 경우도 생각했습니다. 하지만 이후에 여러 가지를 조사해봤더니 아무래도 도호쿠 쪽이 아닌 느낌이 들어서요. 실제로 그 두 사람 가운데 한 명이 피해자였는데, 신원이 밝혀지고 나서 보니 도호쿠가 아니고, 예상외로 오카야마 현 사람이었습니다."

"예? 오카야마 현?" 연구원은 혼잣말로 중얼거렸다. "오카야마 현에서 도호쿠 사투리랑 비슷한 말은 안 쓸 텐데."

그는 잠시 생각에 잠겼다가, "잠깐만 기다려보세요"하고 일어섰다. 구와하라 연구원은 선반 쪽으로 걸어가서 책 한 권을 뽑아 들었다. 그는 선 채로 얼마간 내용을 읽어보았고, 이마니시가 있는 곳으로 돌아올 때는 무척이나 기쁜 얼굴을 하고 있었다.

"주고쿠 지방 방언에 대해 쓴 책입니다." 연구원은 두꺼운 책을 이마니시에게 보여주었다. "오카야마 현이라고 말씀하셨는데요, 여기에 오카야마 현은 아니지만 좀 흥미로운 이야기가 있습니다. 자, 여기를 읽어보세요."

이마니시는 공무원의 표정을 보고 그가 뭔가를 발견했다는 것을 직감했다. 그래서 손가락으로 가리키는 부분을 기대를 품고 읽었다.

주고쿠 방언이란, 산요, 산인 두 도道* 가운데 오카야마, 히로시마, 야마구치, 돗토리, 시마네 다섯 현의 방언을 통칭하는 말이다. 이 방언을 다시 둘로 나누어볼 수 있다. 하나는 이즈모, 오키, 호키

---

* 일본의 옛날 광역 행정구역에서 유래한 명칭. 산인은 주고쿠 지방 중에서 우리나라의 동해와 접해 있는 지역, 산요는 그 남쪽 지역을 가리킨다.

세 지역의 방언으로 이를 운파쿠 방언이라 이름 붙이고, 그 외의 지방에서 쓰이는 방언을 일단 주고쿠 혼부 방언이라고 이름 붙이도록 한다. 애당초 이나바 방언은 산요도 여러 지역 방언과 다른 점도 있지만, 편의상 오카야마, 히로시마, 야마구치 현과 이와미, 이나바 두 지역의 방언을 한데 묶어 생각하도록 한다.

그 이즈모 지역을 자세히 나누자면 끝이 없지만, 이시 군 남부는 전형적인 주고쿠 계통으로 이즈모 방언에 속하지 않는 데 비해, 이와미의 안노 군 같은 경우는 오히려 이즈모 계통이다. 호키에서 도하쿠 군은 오히려 이나바에 가깝고, 사이하쿠와 히노 두 지역은 이즈모 계통으로 보아도 무방하다.

이즈모의 음운이 도호쿠 방언과 비슷한 것은 예로부터 유명하다. 예를 들어 '하' 행 순음이 존재하는 점, '이에' '시스' '지쓰'의 음이 애매한 점, '쿠' 음이 존재하는 점, '셰' 음이 우세하다는 점 등을 내세울 수 있다. 그러므로 학자들 사이에서는 이 두 지역 음운현상의 유사성을 설명하기 위해 여러 가지 가설을 주장하고 있다. 예를 들어, 해안 일대가 원래 동일한 음운 상태를 유지하고 있었는데 교토 방언이 진출하면서 그 현상을 중단시켰다고 보는 것도 하나의 설이다……

이마니시는 여기까지 읽고 가슴이 두근거렸다. 다른 지방에서도 도호쿠 사투리를 쓰고 있었던 것이다. 게다가 도호쿠 지방과는 전혀 동떨어진 주고쿠 지방 북쪽이었다.

"이런 것도 있네요."

구와하라 연구원은 책을 한 권 더 보여주었다. 『이즈모 오지의 방언 연구』라는 책이었다.

이즈모는 에치고 및 도호쿠 지방과 같이 즈즈 사투리를 쓴다. 세간에서는 이를 이즈모 사투리라고 해서 이즈모 지역 방언 혹은 즈즈 사투리라고 부르며 발음을 알아듣기 어렵다면서 경시해왔다. 이 즈즈 사투리의 연원에는 다음과 같은 설이 있다.

(1) 즈즈 사투리는 일본 고대 음운이라는 설
일본 고대 음운은 즈즈 사투리였다고 한다. 즉 고대에는 일본 전국에서 이것을 사용했으나, 도시에서 경쾌한 언어음이 발달하여 펴짐에 따라 즈즈 사투리를 사용하는 구역은 점차 감소했고, 남아 있는 구역이 이즈모, 에치고, 오우 지방 벽촌에 한하게 되었다.
(2) 지형 및 기후 조건에 따른 설
이즈모 지방은 벽지로, 결혼도 거의 근친끼리 이루어져, 부락 단위에서 통하는 말만으로도 충분하다보니 이야기를 불분명하게 하는 습관이 굳어졌다. 또한 비가 많이 내리고 맑은 날이 적었기 때문에 사람들이 활기를 잃고 겨울철 서풍이 거세 입을 열기 싫어했던 것이, 즈즈 발음이 나오는 계기가 되었다.

이마니시는 이 내용을 천천히 두 번 읽었다. 도호쿠 사투리와 같은 말이 이즈모 오지에서 쓰이고 있다. 이마니시는 그 논문 투 문장을 머릿속에 새겨넣었다. 구와하라는 어느 사이엔가 책 한 권을 더 찾아서

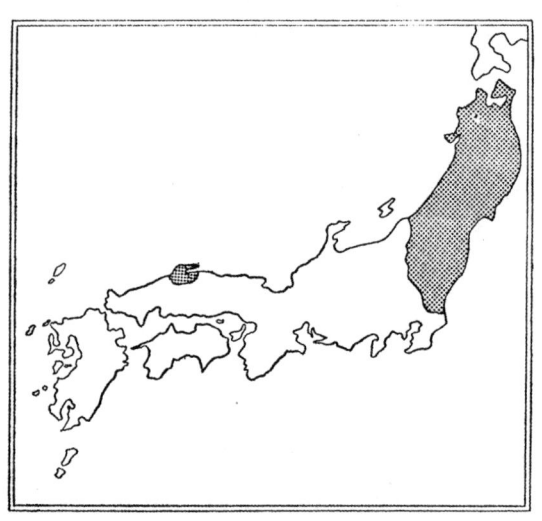

음운 분포도(도조 미사오가 편찬한 『일본 방언 지도』에서)

가져왔다. 도조 미사오가 편찬한 『일본 방언 지도』였다.

"이걸 봐도 그 설명을 알 수 있네요." 연구원은 한 부분을 손가락으로 가리켰다.

거기에는 일본 각지의 방언이 구역에 따라 빨강, 파랑, 노랑, 보라, 초록 등으로 나뉘어 칠해져 있었다. 도호쿠 지방은 노란색이었다. 주고쿠 지방은 파란색이다. 그런데 주고쿠 지방 가운데서도 이즈모 일부분만 도호쿠와 같은 색이었다. 즉 이즈모 일부분이 도호쿠와 같은 색으로 파란색 바탕 가운데 점처럼 콕 박혀 있었던 것이다. 그 밖의 지역에 도호쿠처럼 노란색인 부분은 없었다.

"신기한 일이네요." 이마니시가 크게 숨을 내뱉으며 말했다.

"이즈모의 이런 지역에서 도호쿠와 같은 즈즈 사투리를 쓸 줄은 꿈에도 몰랐습니다." 이마니시는 기쁨을 누르며 말했다.

"그러네요, 사실은 저도 처음 알았습니다. 형사님이 질문하신 덕분에 저도 배웠네요." 연구원은 웃었다.

"정말 감사드립니다." 이마니시는 정중하게 인사하고 일어섰다.

"도움이 되셨나요?"

"크게 참고가 되었습니다. 여러 가지로 신세를 졌네요."

이마니시는 연구원의 배웅을 받고 국어연구소를 나왔다. 여기까지 온 보람이 있었다. 아니, 기대 이상의 수확이었다. 이마니시의 가슴이 쿵쾅거렸다. 피해자인 미키 겐이치는 오카야마 현 사람이다. 이즈모와 이웃한 지역이다.

이마니시는 전철을 타기 전 가까운 서점에 들러 시마네 현 지도를 샀다. 경시청으로 돌아가려면 시간이 꽤 걸리기 때문에 서점 바로 옆에 있는 찻집으로 뛰어들어갔다. 당기지도 않는 아이스크림을 주문하고, 지도를 테이블에 펼쳤다. 이번에는 이즈모부터 '가메亀'라는 글자를 찾기 시작했다.

지도에는 벌레가 기어가듯 글자들이 한 면 가득 들어차 있었다. 그 글자들을 하나씩 읽는 것은 슬슬 노안이 오기 시작한 이마니시에게는 고역이었다. 창가에 앉아 작은 글자들을 하나하나 읽었다. 그는 오른쪽부터 순서대로 신중하게 살펴보았다. 그러다 도중에 저도 모르게 숨을 삼켰다.

'亀嵩'가 있는 것이 아닌가.

'가메다카'라고 읽는 걸까. 이마니시는 순간 멍해졌다. 기대했던 것이 너무나 쉽게 나왔기 때문이다. 돗토리 현 요나고에서 서쪽으로

신지라는 역이 있다. 거기에서 지선인 기스키 선이 남쪽 주고쿠 산맥
으로 뻗어 있는데, '가메다카'는 그 신지에서 세었을 때 열번째로 나
오는 역에 위치했다.

가메다카의 지형은 완전히 이즈모의 두메산골이다. 방금 전, 국어
연구소에서 보여준 자료 속 즈즈 사투리가 쓰이는 지방 한가운데에
있었다. 지도상으로 보면, 가메다카는 주고쿠 산맥에 뒤가 가로막히
고 동서로는 산지 사이에 끼어 신지 방면으로 평지가 겨우 펼쳐져 있
는 협소한 지역이었다. '龜嵩'는 '가메다카'라고 읽을 것이다. '가메다'
와 '가메다카', 매우 비슷하다. 뒤에 붙는 '카'는 발음이 불분명해서 목
격자들의 귀에 들리지 않은 모양이다.

이즈모 사투리와 지명인 '가메다카'. 게다가 피해자인 미키 겐이치
가 살던 오카야마 현의 바로 이웃 현이다. 조건은 맞아떨어졌다. 이마
니시는 피해자의 양아들이 했던 증언을 떠올렸다.

"아버지는 순경으로 근무한 적이 있다고 합니다."

그렇다면 미키 겐이치는 시마네 현에서 순경으로 재직했던 것이 아
닐까? 이마니시는 두근거리는 가슴을 진정시킬 수 없었다. 이번에야
말로 진짜다. 그는 전신에 기력이 넘쳐흐르는 것을 느꼈다. 경시청으
로 돌아가는 전철에서도 그의 머릿속은 이 새로운 발견으로 가득했
다. 좁은 객차 안은 무척 북적거렸으나 주위 사람들 이야기조차 귀에
들어오지 않았다.

경시청에 돌아가자마자 그는 바로 계장에게 달려갔다. 계장에게 지
도를 보이고 자신의 수첩에 적은 방언 전문서적의 문구를 보면서 상
세히 설명했다.

"이거, 대단한 걸 발견했는걸." 계장은 눈을 반짝였다. "자네 예상이 맞을 거야. 그래서 이제부터는 어찌할 셈인가?"

"제 생각에는," 이마니시가 흥분을 가라앉히며 입을 열었다. "피해자인 미키 겐이치는 오카야마 현 에미초에서 잡화상을 하기 전에 순사로 근무했다고 양아들이 말했습니다. 제가 추측하기에 이 피해자는 아마 순경 시절에는 시마네 현의 파출소를 돌며 근무했을 테고, 이 가메다카에도 한때 있지 않았을까 생각합니다. 겐이치와 역 앞 술집에서 만났던 남자는 그 시기에 알게 된 인물로 추정됩니다. 그러니까 상대 남자는 한때 가메다카에 산 적이 있었던 사람으로 보입니다."

계장은 크게 숨을 들이마셨다.

"그럴 수도 있겠군" 하고 수긍한다.

"좋아, 그렇다면 바로 시마네 현 경찰에 미키 겐이치라는 인물이 순경으로 근무했는지 조회해보자고. 그게 우선이겠어."

"꼭 그렇게 해주십시오." 이마니시는 머리를 숙이고 진심으로 부탁했다.

"오래된 이야기군." 계장이 중얼거렸다. "피해자가 순경으로 있었을 때라면 벌써 20년도 더 전이겠지. 그때의 인연이 이번 사건의 원인이 되었다니."

"아직 거기까지는 알 수 없습니다만, 어쨌든 그가 순경이었을 시기에 이 사건을 푸는 열쇠가 있을지도 모릅니다."

"좋아. 오래전 일이니까 현경에서도 시간이 걸릴 거야. 경찰전화가 아니라 공문상으로 문의하겠네. 나는 바로 과장님에게 가서 이야기해보겠어."

2

시마네 현 경찰에서 회답이 온 것은 사흘 후였다. 아침에 이마니시가 경시청에 출근하자마자 계장이 바로 그 내용을 보여주었다.

"이봐, 낭보야." 계장은 이마니시의 어깨를 두드렸다. 이마니시는 급히 내용을 살펴보았다.

경찰조사1 제626호.

문의하신 사항에 대해 답변드립니다.

미키 겐이치에 관하여 이편에서 조사한 결과, 위 인물은 쇼와 3년 (1928)부터 쇼와 13년(1938)까지 시마네 현 경찰부 순경으로 봉직한 것이 판명되었습니다.

또한 위 인물의 소속은 다음과 같습니다.

쇼와 3년(1928) 2월 시마네 현 순경으로 임명, 마쓰에 경찰서에 배속됨.

쇼와 4년(1929) 6월 오하라 군 기스키 경찰서로 전속.

쇼와 8년(1933) 1월 순사부장으로 승진, 같은 해 3월 니타 군 니타초 미나리 경찰서에 배속되어 같은 마을 가메다케 파출소 근무.

쇼와 11년(1936) 경부보로 승진. 미나리 경찰서 경비계장이 됨.

쇼와 13년(1938) 12월 1일 본인 의사에 따라 퇴직함.

이와 같이 조사 결과를 보고합니다.

이마니시 에이타로는 저절로 한숨을 토해냈다.

"자네가 생각한 대로지?" 계장이 옆에서 말했다. "역시 피해자는 오랜 기간 이즈모 오지에서 순경으로 근무했군."

"그러네요." 이마니시는 반은 꿈을 꾸는 것 같았다. 이번에야말로 틀림없었다. 처음으로 캄캄한 미로에서 나와 눈앞이 갑자기 밝아진 느낌이었다.

이마니시는 바로 주머니에서 지도를 꺼냈다. 기스키 경찰서든 미나리 경찰서든 모두 가메다케 근처로, 같은 이즈모 오지다. 즉 도호쿠 사투리와 닮은 즈즈 사투리인 이즈모 사투리가 쓰이는 지역인 것이다.

피해자 미키 겐이치는 이 지방에서 십 년간 순경으로 지냈다. 피해자 미키 겐이치가 그 지역의 사투리를 쓴 것은 이상하지도, 부자연스럽지도 않았다. 덧붙여 공문서에는 亀嵩에 '가메다케'라고 주가 달려 있었다.

亀嵩는 '가메다카'가 아니라 '가메다케'라고 읽는다. 목격자들이 들었던 '가메다'는 실제로는 '가메다케'였을 것이다. 연구소에서 읽은 자료에서도 이 지방 사람들은 말끝을 분명하게 발음하지 않는다고 했다.

이마니시 에이타로는 전화로 요시무라를 불러냈다.

"자네에게 할 얘기가 있는데. 오늘밤 퇴근하고 잠깐 보지 않겠어?" 이마니시는 밝은 목소리로 말했다.

"알겠습니다. 어디서 뵐까요?"

"음, 역시 요전에 만났던 어묵집으로 갈까?"

"예, 알겠습니다. 들을 만한 정보라도 있는 건가요?"

"조금 있지." 이마니시는 무심코 전화에 대고 웃었다. "만나서 이야기하자고."

여섯시 반에 두 사람은 시부야 역에서 만났다.

"도대체 무슨 일인가요?" 요시무라는 이마니시의 얼굴을 보자마자 물었다.

"자, 천천히 얘기하자고."

이마니시 자신도 매우 기뻤다. 이 발견을 지금까지 같이 고생한 요시무라에게 꼭 이야기해주고 싶다. 웃음을 참으려고 해도 자연히 미소가 나왔다.

"왠지 즐거워 보이시네요?" 요시무라는 술잔을 쥐고 이마니시에게 말했다.

"실은 말이지, 피해자와 도호쿠 사투리 사이의 관계를 알아냈어. 그것뿐만이 아니야, 가메다도 나왔어."

"예? 정말이에요?" 요시무라는 눈을 동그랗게 떴다. "어서 이야기 좀 해주세요."

이마니시는 국어연구소에서 얻은 자료를 기초로 도호쿠 사투리의 분포에 대해 설명했다. 그러고 나서는 일부러 챙겨온 지도를 요시무라 앞에 펼치고 가메다케의 위치를 보여주었다.

"자네, 여기야, 여기. 한자를 잘 읽어봐." 그는 지도에 원을 그렸다.

"봐, 이 지역 일대가 지금 말한 도호쿠 사투리인 즈즈 사투리를 쓰는 곳이야. 우리는 착각하고 있었어. 가마타의 싸구려 술집에서 이야기했던 두 사람은 이 지방 사람이었던 거야."

이마니시의 목소리에 힘이 들어가 있었다.

"그걸 목격자들이 의심 없이 도호쿠 사투리라고 착각해버린 거지. 게다가 피해자인 미키 겐이치는 시마네 현에서 순경을 지낸 적도 있어. 그뿐만이 아니야." 이마니시는 한층 더 목소리를 높였다. "그는 이 가메다케를 중심으로 10년이나 순경으로 봉직했다는 거야."

요시무라는 눈동자를 가만히 고정하고, 이마니시의 설명을 듣고 있다가, 결국에는 선배의 손을 꼭 잡았다.

"굉장해요." 그가 외쳤다. "정말 굉장합니다, 이마니시 선배."

"자네도 그렇다고 생각해?" 이마니시는 들고 있던 컵을 놓고 요시무라의 손을 잡았다.

"이번에 나는 이 지방에 다녀올 거야. 자네와 같이 갔으면 좋겠지만, 범인을 잡으러 가는 게 아니라 조사하러 가는 거라서 말이야."

"저도 가고 싶습니다. 하지만 할 수 없지요. 이마니시 선배가 좋은 소식을 가져오시길 기다리고 있겠습니다. 그나저나 정말 잘되었네요." 요시무라의 목소리가 들떠 있었다.

"응, 하지만 말이야, 이제부터가 큰일이지." 이마니시는 크게 숨을 들이마셨다.

3

이마니시 에이타로는 도쿄발 하행선인 급행 '이즈모'에 탔다. 22시 30분 출발이었다. 보통은 누군가와 함께 가지만, 이번에는 혼자서 가는 여행이었다. 잠복이나 범인을 데리러 가는 일이 아니었기 때문에 마음이 가벼웠다. 꼭 그래서는 아니지만 아내가 역까지 배웅하러 나왔다.

"그쪽에는 몇시쯤 도착해요?" 아내 요시코가 플랫폼을 걸으면서 물었다.

"내일 밤 여덟시 정도가 될 것 같아."

"그럼 스물한 시간 이상 걸리잖아요. 무척 머네요."

"응, 엄청 멀어."

"힘들겠어요, 그렇게 오랫동안 기차를 타야 한다니, 고생이네요." 아내는 안쓰러워했다.

"이마니시 형사님." 그때 갑자기 뒤에서 누가 말을 걸었다. 돌아보자 얼굴을 아는 S신문사의 젊은 기자였다.

"어디 가세요?" 신문기자는 이마니시 형사가 기차에 타는 것을 알고서 의미심장하게 눈을 반짝였다.

"아, 오사카까지." 이마니시는 아무렇지도 않은 척 말했다.

"오사카라고요, 거긴 무슨 일로요?" 신문기자는 얼굴빛을 바꿨다.

"친척 결혼식이 있는데, 아무래도 가봐야 해서 말일세. 보다시피 아내가 배웅하러 왔어."

신문기자는 이마니시의 아내를 보고는 당황하며 머리를 숙였다. 덕분에 이마니시의 핑계에 속아넘어갔다.

"저는 또 어디 범인이라도 잡으러 가시는 줄 알았습니다." 신문기자는 웃었다.

"형사가 기차라도 타면 자네들은 매번 그런 억측을 하더구먼. 사람인지라 가끔은 이렇게 개인적인 일도 있다네."

"그렇군요. 다녀오십시오." 신문기자는 손을 들어 인사하고 플랫폼을 걸어갔다.

"마음을 놓을 수가 없네요." 요시코가 말했다.

"오늘밤은 나 혼자라서 다행이었어. 지난번처럼 요시무라와 함께 였다면 귀찮을 뻔했네."

이마니시는 떨떠름한 표정을 지었다.

기차가 플랫폼을 빠져나갈 때 아내는 손을 흔들었다. 이마니시도 창문으로 고개를 내밀고 거기에 답했다. 다른 때와 달리 정말 여행을 가는 기분이 들었다.

좌석은 비어 있었다. 이마니시는 요시코가 사준 휴대용 위스키를 꺼내 두세 잔 마셨다. 앞에 어린아이를 데리고 온 중년 여성이 있었으나, 좌석을 뒤로 젖히고 늘어지게 잠들어 있었다. 이마니시도 신문을 조금 보았지만 곧 졸음이 오기 시작했다. 옆에 아무도 없어서, 좌석에 옆으로 누워 팔짱을 끼었다. 팔걸이를 베개 삼아 누웠으나 뒷머리가 아팠다. 방향을 바꿔도 소용없었다. 국철 이등차는 손님들이 편안하게 잘 만한 좌석이 아니었다.

그래도 어느 사이엔가 그는 잠 속으로 빠져들어갔다. 잠결에 나고 야라고 역 이름을 외치는 소리가 들렸다. 비몽사몽중에 다시 몸이 저려서 한번 더 돌아누웠다.

이마니시 에이타로는 일곱시 반에 눈을 떴다. 마이바라를 지나고 있었다. 창밖을 보니 아침해가 넓은 논밭을 비추고 있었다. 밭 저편에 물이 반짝반짝 아른거렸다. 비와 호수였다. 이곳에 온 것도 몇 년 만이었다. 전에 오사카까지 범인을 잡으러 온 적이 있다. 여행 하면 떠오르는 기억이라곤 온통 일과 관련된 것들뿐이다. 그 당시 범인은 강도 살인범으로, 오사카로 도주해서 잡으러 왔다. 스물두세 살에 아직

앳된 얼굴을 한 남자였다.

교토에서 도시락을 사서 아침을 해결했다. 지난밤에 불편한 자세로 자서 그런지 목뒤가 뻐근했다. 이마니시는 목덜미를 잡기도 하고 어깨를 두드리기도 했다.

그 이후부터 긴 여행이었다. 교토를 지나 후쿠치야마가 나올 때까지 산만 보여서 지루했다. 도요오카에서 점심을 먹었다. 한시 십일분이었다. 돗토리 두시 오십이분, 요나고 네시 삼십육분. 다이센大山이 왼쪽 창밖으로 보였다. 야스기 네시 오십일분, 마쓰에 다섯시 십일분. 이마니시 에이타로는 마쓰에 역에서 내렸다.

이대로 가메다케까지 가도 세 시간 이상 걸린다. 거기까지 가봤자 이미 경찰서 담당자는 퇴근한 뒤일 것이다. 오늘 안으로 간다 한들 소용없다.

이마니시는 마쓰에에 처음 와봤다. 역 앞 여관에서 묵기로 하고 싼 방을 얻었다. 형사의 출장비는 넉넉지 않다. 호사스럽게 지낼 수는 없다.

저녁밥을 먹고 동네로 나왔다. 긴 다리가 있었다. 신지 호수가 밤 가운데 펼쳐져 있었다. 호숫가는 쓸쓸해 보이는 등불들이 에워싸고 있었다. 다리 바로 아래에서 불을 켠 보트가 나와 있었다. 처음 온 곳에서 갑자기 한밤중에 물가의 풍경을 바라보고 있자니 객수에 젖었다.

이마니시는 지쳐 있었다. 어젯밤은 잠자리가 편치 않아 충분한 수면을 취하지 못한데다, 오늘은 계속해서 기차를 타고 오느라 온몸이 쑤셨다. 이마니시는 곧장 여관으로 돌아가서 안마사를 불렀다. 형사의 출장비로 안마사를 부르는 것은 사치였지만, 큰맘 먹고 돈을 쓰기로 했다. 젊었을 적에는 아무리 무리를 해도 이렇지 않았는데, 역시 나이는 속일 수 없는 모양이었다. 안마사는 서른 정도 되어 보이는 남자였다. 이마니시는 요금을 미리 치르며 말했다.

"안마해주는 동안에 잠들어버릴지도 모르겠네. 그러면 적당히 하고 돌아가도 돼."

이불 위에 팔다리를 뻗고 누워 안마를 받고 있자니 정말 잠이 쏟아졌다. 피곤했던 것이다. 안마사가 뭐라고 이야기하는 소리가 들려서 적당히 맞장구를 치려는데, 자기가 들어도 이상한 목소리가 나왔다. 그는 그대로 깊은 잠에 빠져들었다.

잠깐 눈을 뜬 것은 네시경이었다. 머리맡에 희미한 불이 켜져 있었다. 이마니시는 엎드린 채로 담배를 피우고 나서 수첩을 꺼낸 후 생각에 잠겼다. 하이쿠를 생각하는 동안 또다시 잠들어버렸다.

이마니시 에이타로는 신지에서 기스키 선으로 갈아탔다. 시대에 뒤떨어진 구식 열차일 줄 알았는데, 디젤차라서 의외로 새로운 느낌이었다. 하지만 그후의 풍경은 이마니시가 어렴풋이 예상했던 대로였다. 산은 빽빽하고 밭이 적었다. 강이 계속해서 보였다 안 보였다 했다. 디젤차의 승객은 대부분 이 지역 사람들이었다. 이마니시는 그 사람들이 나누는 말에 귀를 기울였는데 역시 악센트가 달랐다. 말꼬리가 올라가는 억양이 귀에 들어왔다. 그러나 기대만큼 뚜렷한 즈즈 사투리는 들리지 않았다.

여름의 강한 태양이 산을 뒤덮은 수풀을 새하얗게 말리고 있었다. 도중에 몇 개의 역을 지났는데, 민가는 역 근처에 조금 모여 있을 뿐이었다. 곧장 산속으로 들어간다.

이즈모 미나리 역에서 내렸다. 이곳은 니타 군 니타초로, 가메다케 는 이 미나리 경찰서의 관내에 있고 현지에는 파출소가 하나 있을 뿐 이었다. 그래서 먼저 미나리 경찰서에 가볼 필요가 있었다.

역은 작았다. 하지만 니타초는 이 지방의 중심지인지 상점가도 즐 비했다. 역 앞 완만한 언덕을 내려가 상점가로 들어서자, 잠들어 있는 듯한 가게 앞에서 가전제품과 잡화, 포목 등을 팔고 있었다. '명주銘酒 야치요'라는 간판이 눈에 들어왔는데, 이 주변에서 주조하는 술인 모 양이다.

다리를 건넜다. 집들이 아직도 줄줄이 이어져 있다. 기와지붕도 있 었지만 노송나무 껍질로 만든 지붕이 의외로 많다. 우체국을 지나고 초등학교를 지나자, 미나리 경찰서 앞이 나왔다. 건물은 이런 시골이 라고는 생각할 수 없을 정도로 훌륭했다. 도쿄의 무사시노나 다치카 와 경찰서 정도의 크기였다.

이 하얀 건물의 배경으로 역시나 산이 둘러싸고 있었다. 경찰서로 들어가자, 안에는 겨우 다섯 명이 앉아 있었다. 이마니시가 접수대의 제복 경관에게 명함을 내밀자, 안에 있던 노타이셔츠를 입은 살찐 남 자가 일어나 다가왔다.

"경시청에서 오신 분이시죠." 생글생글 웃고 있다. "제가 서장입니 다. 자, 이쪽으로 오세요."

가장 안쪽에 있는 서장 책상 앞으로 안내받아 갔다. 이마니시는 거 기서 인사를 했다. 아직 마흔 정도로밖에 보이지 않는 통통한 서장은 먼 길을 온 이마니시의 노고를 위로했다.

"이야기는 현경 쪽에서 들었습니다." 서장은 서랍에서 서류를 꺼냈다. "미키 겐이치 씨 건으로 조사하러 나오셨지요?"

이마니시는 고개를 끄덕이며 말했다.

"그렇습니다. 서장님도 대강 내용을 아시리라 생각합니다만, 그 미키 겐이치 씨는 도쿄에서 살해당했습니다. 저희가 그 사건을 맡아 조사하던 중에 미키 씨가 이 미나리 서에서 경찰로 봉직했다는 사실을 알게 되었습니다. 그래서 우선 여기 계셨을 때의 미키 씨에 대해 조사하러 찾아온 겁니다."

경찰서 직원이 차를 내왔다.

"오래전 이야기네요." 서장이 말했다. "벌써 20년도 더 지난 일이라 지금은 서에 미키 씨를 아는 사람이 없습니다. 하지만 최대한 조사는 해두었습니다."

"바쁘신데 죄송합니다." 이마니시 에이타로는 머리를 숙였다.

"아니, 그게 별로 자세한 건 모릅니다. 방금 말씀드린 대로 너무 옛날 일이라."

서장이 설명하기 시작했다.

"도움이 될지는 모르겠지만 대략적으로 말씀드리겠습니다. 미키 겐이치 씨는 쇼와 4년(1929) 6월에 기스키 서에 배속되었고, 쇼와 8년(1933) 3월에 이곳 미나리 서로 옮겨와 가메다케 파출소에서 근무했습니다. 그때는 이미 순사부장이었고, 쇼와 11년(1936)에는 경부보로 승진하여 이곳 경비계장이 되었고 쇼와 13년(1938)에 퇴직했습니다."

이마니시가 도쿄에서 출발하기 전에 시마네 현 경찰에게서 보고받은 내용이다.

"서장님, 그 약력을 듣고 느꼈습니다만 미키 씨가 굉장히 빨리 승진한 것 같은데요." 이마니시가 말했다.

"그렇습니다. 좀 드문 사례인지도 모르겠네요." 서장도 수긍했다. "미키 씨는 일에도 열심이었지만, 인품이 상당히 훌륭했다고 할까, 선행을 많이 베풀었습니다."

"아, 예."

"예를 들어 미나리 서에 와서도 표창을 두 번이나 받았습니다. 여기 복사본이 있으니까 그걸 보면서 말씀드리죠."

서장은 서류로 시선을 옮겼다.

"먼저 첫번째인데, 이 주변에 수해가 있었어요, 요즘 말하는 몇 호 태풍 같은 거였는데요, 그 때문에 강이 범람했습니다. 그렇지, 형사님도 오다가 보셨을 텐데요, 그게 히가와 강입니다."

이마니시는 건너온 다리 아래로 흐르던 강을 떠올렸다.

"그 강이 범람하고, 거기다 산도 무너져내려서 사상자가 꽤 나왔어요. 그때 미키 씨는 구조 활동을 해서 세 명이나 구했습니다. 한 명은 강에 떠내려가는 어린아이를 구한 거고, 그다음에 무너진 산에 깔린 집 안으로 몸을 던져서 노인과 아이, 두 사람을 구해 나온 거지요."

이마니시는 메모했다.

"또하나는, 이 근처 일대에 큰불이 났었는데요. 그때도 미키 씨는 몸을 아끼지 않고 불타는 집으로 뛰어들어 갓난아기를 구해냈어요. 일단 도망쳐나온 아기 엄마가 다시 집안으로 들어가려는 것을 미키 씨가 막고 불속으로 구하러 간 겁니다. 이 일로도 현의 경찰부장에게 감사패를 받았지요."

"그렇군요." 이마니시는 그것도 메모했다.

"평판도 아주 좋은 사람이었고, 그 외에도 미키 씨를 기억하는 사람들은 모두 그 사람을 칭찬하더군요. 그런 좋은 사람 또 없다고……이마니시 형사님, 저는 그쪽에서 조회를 부탁받고 사실을 처음 알게 되었습니다만, 이렇게나 선량한 미키 씨가 도쿄에서 불행한 죽음을 맞으셨다는 게 도무지 이해가 가지 않습니다."

이마니시는 미키 겐이치가 살해당한 원인을 그의 경찰 시절에서 찾고 있었다. 그렇기에 필연적으로 어두운 과거가 나오기를 기대하고 있었던 것이다. 지금 들은 미키 겐이치에 관한 훈훈한 미담들은 기대에 조금 어긋난다.

"미키 겐이치라는 분은 들으면 들을수록 훌륭한 분이더군요. 그런 분이 우리 서에 계셨다니 저희의 자랑입니다만, 어떤 인연으로 그런 불행한 사건에 얽히셨는지, 안타까운 마음을 금할 길이 없습니다." 서장이 말했다.

"그러네요." 이마니시 에이타로는 미키 겐이치의 양자가 말했던, 아버지는 부처님같이 좋은 분이었다는 말을 떠올렸다.

"그건 그렇고, 제 이야기만으로는 참고가 안 되시겠죠." 서장이 덧붙였다. "미키 씨에 관해서 여러 가지를 더 조사하고 싶으실 것 같아서요. 좀 더 적합한 사람이 있습니다. 이 마을은 아니고, 미키 씨가 파출소 근무를 했던 가메다케인데. 그쪽 사람에게 형사님이 오신다고 말해놓았으니까 오늘쯤 기다리고 있을 겁니다."

"그렇습니까, 어떤 분인지요?"

"아실지도 모르겠지만, 가메다케는 주판 생산지입니다." 서장이 설명했다. "고급 주판은 여기 가메다케에서 만들어지는데 이즈모 주판이라고 하면 전국적으로 유명하지요. 그 사람은 이 주판 제조업을 하는 기리하라 고주로 씨라고 합니다. 가장 전통 있는 가게지요. 이 기리하라 씨가 미키 씨와 전에 사이가 좋았던 모양입니다. 제가 이야기를 듣고 전해드리는 것보다도, 도쿄에서 일부러 여기까지 오셨는데 직접 만나보시는 게 좋을 것 같아서요."

"그러네요. 그럼 기리하라 씨를 만나게 해주시겠습니까?"

"가메다케는 여기서 더 가야 합니다. 버스도 다니기는 하지만 몇 대 없어서 서에서 지프차를 준비해두었습니다. 그걸 타고 가시지요."

"정말 감사합니다." 이마니시가 감사의 말을 건네고는 물었다. "좀 이상한 질문일지 모르겠습니다만."

"예, 뭔가요?"

"아뇨, 서장님 말씀하시는 걸 들으면 표준어하고 똑같아서요. 이 지방 출신이시라고 들었는데요. 실례지만, 그렇게는 생각되지 않을 정도로 사투리를 안 쓰시네요."

"아아, 그건 말이지요." 서장은 웃으며 말했다. "일부러 이쪽 말을 안 쓰는 것뿐입니다. 요즘 젊은이들은 시골말을 점점 안 쓰는 것 같고요."

"그건 왜 그런 겁니까?"

"이쪽 지방 사람들은 자기네 시골 사투리를 좀 부끄러워합니다. 그래서 타지 사람과 이야기할 때에는 되도록 표준어에 가깝게 말하고, 저 디젤차로 신지에 나갈 때도 읍내에 점점 가까워지면 시골 사투리를 안 쓰게 되더군요. 뭐, 그 정도로 열등감이 있다는 뜻이겠지요. 교통이 편리하게 된 것도 하나의 이유가 되겠고요, 뭣보다 이쪽 사투리를 그대로 쓰면 심한 즈즈 사투리가 되어서요. 지금은 웬만한 산골 노인들 아니면 그런 사투리는 잘 안 쓰지요."

"가메다케는 어떻습니까?"

"글쎄요. 가메다케는 여기보다는 사투리를 쓰겠지요. 형사님께 소개한 기리하라 씨도 연세가 지긋하신 분이라, 저희보다는 사투리가 심하실 겁니다. 그래도 형사님이 가시면 사투리를 그대로 쓰시지는 않겠지요."

이마니시 에이타로는 실은 그 이즈모 사투리가 듣고 싶었다.

4

이마니시는 서장이 호의로 내준 지프차를 타고 가메다케로 향했다. 길은 줄곧 선로를 따라 이어졌다. 양옆으로 골짜기가 가깝고 논밭이라 할 만한 것은 거의 없었다. 그 때문인지 가끔 보이는 마을들은 가난해 보였다.

이즈모 미나리 역에서 4킬로미터 정도 가자 가메다케 역이 나왔다. 길은 여기에서 두 갈래로 갈라지고, 선로를 따라 난 길로 가면 요코타라는 곳이 나온다고 운전하는 경찰이 말했다. 지프차는 강을 따라 산골짜기로 들어갔다. 이 강은 가운데서 두 줄기로 나뉘는데, 여기서부터 가메다케가와 강이 된다고 했다. 가메다케 역에서 가메다케 마을까지는 4킬로미터 정도 더 들어가야 했다. 가는 길에 집 같은 건 없었다.

가메다케 마을로 들어서자 생각보다 크고 오래된 마을 거리가 나왔다. 이 근처 집들도 노송나무 껍질로 만든 지붕이 많았고, 개중에는 북쪽 지방처럼 돌을 올려두기도 했다. 주판의 명산지라고 서장이 설명했는데, 실제로 마을을 지나가보니 주판 부속품을 가내수공업으로 만드는 집이 많았다. 지프는 마을 안을 달려서 으리으리한 저택 앞에서 멈췄다. 이곳 식으로 말하자면 (돈 많은) 대장의 저택이었다. 서장이 말한, 주판으로 유서 깊은 기리하라 고주로의 집이었다.

운전한 경관이 먼저 일어나 문으로 들어갔다. 아름다운 정원이 집 옆으로 보였다. 이마니시가 조금 놀랄 정도로 풍아하게 꾸민 정원이었다. 현관을 열자 안에서 기다리고 있었는지 예순 정도로 보이는 남자가 여름용 직물로 짠 하오리*를 입고 나왔다.

"이분이 기리하라 고주로 씨입니다." 순경은 이마니시에게 소개했다.

"이런 더운 날씨에 고생하셨습니다." 기리하라 고주로가 공손하게 인사했다. 백발에 얼굴이 갸름하고 눈은 작은, 두루미처럼 마른 노인이었다.

"자, 너저분하기 짝이 없지만, 어서 올라오십쇼."

"폐 좀 끼치겠습니다." 이마니시는 집주인을 따라 반질반질한 복도를 걸어갔다. 복도는 녹색이었고, 그곳에서도 정원석과 샘물로 아름답게 꾸며진 정원이 보였다. 주인은 이마니시를 다실로 안내했다. 여

---

* 일본 전통의상에서 위에 입는 짧은 겉옷.

기서 이마니시는 의외라고 생각했는데, 이런 산골에 이런 정통 다실이 있으리라고는 상상조차 못했을 정도로 상당히 훌륭했기 때문이다. 지프차를 타고 오는 도중에 가난한 농가만 봤던 터였다.

주인은 이마니시를 상석에 앉히고 먼저 차를 내왔다. 더운 날씨였지만, 달곰하면서 씁쓸한 말차의 맛이 이마니시의 피로를 조금 녹여주었다. 도구도 꽤 공들인 물건이었다. 차에 대한 지식이 없는 이마니시조차 자신도 모르게 칭찬의 말이 나왔다.

"요런 것들은 칭찬받을 만한 것은 아닙니다만." 기리하라 고주로는 성실히도 예를 차렸다. "요런 촌구석이 되어놔서 아무것도 없는 곳인디, 차 마시는 습관만은 옛적부터 조금 있어서 말이지요. 뭐냐, 이즈모 영주님이 마쓰다이라 후마이* 공이었던 인연으로 여태까지 이런 풍습이 남아 있지요."

이마니시는 고개를 끄덕거렸다. 이런 산골과는 어울리지 않게 정원이 교토풍인 이유도 알 것 같았다.

"도쿄에서 오신 손님에게는 내기 민망하지만…… 뭐, 이런 시골이고요."

기리하라 고주로는 거기까지 말하고 나서 생각났다는 듯이 이마니시의 얼굴을 보았다.

"아, 그렇지, 쓸데없는 이야기만 잔뜩 했는디, 미키 겐이치 씨 일로 저한테 뭐 물어보실 거라고 서장님에게 들었는데 말이지요……"

이마니시 에이타로는 아까부터 슬며시 귀를 기울이고 있었는데, 역

---

* 에도 시대 대표적인 다도 명인. 다기에 대한 책도 여러 권 썼으며, 다도 유파 중 하나인 후마이류를 세웠다. 그가 지은 다실 중 하나는 국가문화재로도 지정되어 있다.

시나 노인이라 기리하라 고주로의 말에는 사투리가 있었다. 도호쿠 사투리와는 조금 억양이 다르지만 즈즈 사투리와 닮은 것은 틀림없었다.

"서장님에게 전해 들으셨겠지만, 미키 겐이치 씨가 최근 도쿄에서 불의의 사고로 돌아가셨습니다." 이마니시는 말했다.

"아이고, 어쩌나!" 노인의 고상한 얼굴에 어두운 표정이 드리워졌다. "그렇게 좋은 사람이 무슨 원한을 샀는지는 모르겠지만, 다른 사람 손에 죽을 거라고는 생각도 못했는데 말이지. 그래서 범인에 대한 단서는 잡으셨는가요."

"유감스럽게도 아직 실마리가 잡히지 않아서요. 미키 씨가 경찰이셨으니만큼 저희도 하루빨리 범인을 잡으려고 온 힘을 다하고 있습니다. 그래서 이렇게, 우선 피해자인 미키 씨의 과거를 알고 싶어서 찾아뵙게 되었습니다."

기리하라 고주로는 크게 끄덕였다.

"필시 그 원수를 갚아주셔야 합니다요. 그렇게나 좋은 사람을 죽인 놈은 아무리 미워해도 모자라단 말씀이요."

"기리하라 씨와 미키 씨는 예전에 사이가 좋으셨다고 들었습니다."

"그거 말인가, 그 뭐냐, 요 앞에 말인디, 지금도 옛날부터 있던 파출소가 있는데 말이지요. 미키 씨는 거기서 3년 정도 근무했습니다요. 그렇게 훌륭한 순경은 찾아보기 힘들지, 암, 그렇고말고요. 미키 씨가 경찰 일을 그만두고 사쿠슈 쓰야마 근처에서 가게를 한다고 들어서, 내 오래전에 서신을 보낸 적은 있지요. 요 사오 년간은 어쩌다보니 소원하게 지내고 있었는디. 요번 사건 얘기를 듣고 이게 웬 아닌 밤중에 홍두깨인가 싶었단 말요. 나는 미키 씨가 이제껏 가게가 번창해서 잘 지내고 있다고 철석같이 믿고 있었는데 말이지."

"솔직히 말씀드리자면." 이마니시는 숨김없이 말했다. "저희는 미키 씨가 단순 강도가 아니라 원한에 의해 살해당했다고 보고 있습니다. 미키 씨는 살해당하기 전에 이세 신궁에 참배를 간다고 하고 집을 나왔다가, 그후에 도쿄에 와서 그런 불행한 일을 당하신 것으로 보입니다만, 미키 씨의 양자분께 여쭤보니 지금 사는 마을에서는 그런 일을 당한 이유에 대해 짐작 가는 바가 없다고 했습니다. 말씀하신 대로 굉장히 덕망 있는 분이라 다른 사람들에게 존경을 받을지언정 원한을 살 만한 일은 없었다는 것이 그 양자분의 말입니다."

이마니시는 열심히 듣고 있는 노인에게 계속 설명해나갔다.

"하지만 저희로서는 이 살인사건은 원한관계에서 빚어진 일이라는 추정을 버릴 수가 없습니다. 미키 씨의 최종 거주지인 에미초에 그럴 만한 이유가 없다면, 혹시 그전에, 즉 이 지방에서 경찰로 근무할 당시에 오래된 원인이 있지 않을까, 그렇게 생각했습니다. 설마 20년도 더 된 일 때문에 그럴 리가 있느냐고 생각하실지도 모르지만, 현시점에서 이렇다 할 단서가 나오지 않았기 때문에 일단 확인해보려 합니다."

"이것참, 고생 많으시구먼요." 기리하라 고주로는 가볍게 머리를 숙였다. "그렇대도 지금 미키 씨 이야기가 나왔지만, 나도 완전히 똑같은 말을 할 수밖에 없습니다요."

"아뇨, 딱히 어떤 이야기를 들으려는 건 아닙니다. 미키 씨에 관한 일을 생각나는 대로 이야기해주시면 됩니다." 이마니시는 기리하라 노인에게 부탁했다.

"아아, 그렇다면야 얼마든지 이야기해드립지요."

기리하라 고주로의 표정이 조금 밝아졌다. 검은 하오리를 입은 채로 바르게 앉았다.

"미키 씨가 여기 파출소에서 일할 땐 아직 젊었지요. 나랑 나이도 그리 차이 안 나서 그냥 친구로 지냈고요. 내가 변변찮은 하이쿠를 지으면 미키 씨도 거기에 맞춰서 하이쿠를 짓곤 했습죠."

이마니시는 반사적으로 눈을 반짝 빛냈다.

"호오, 그건 처음 듣네요. 하이쿠를 지으셨다고요?"

"아니, 이 동네는 원체 하이쿠가 성한 곳이라서요. 해마다 마쓰에랑 요나고, 거기다 하마다 근처서까지 일부러 시인들이 여기로 모여들 정도라니까요. 왜냐하면 옛적에 시킨이라고 하는, 바쇼* 계통을 잇는 하이쿠 시인이 여기 이즈모에 와서, 우리 선조대에 이 집에 오래도록 머무르셨다는 거 아닙니까. 그런 인연에 더해 마쓰에 번의 문화적인 관습도 있어서, 여기 가메다케는 하이쿠로도 잘 알려져 있지요."

"아아, 그렇군요."

이마니시는 갑자기 흥미가 일었다. 그도 취미로 하이쿠를 짓고 있기 때문이다. 그런 개인적인 이야기보다는 중요한 이야기를 먼저 들어야 했다. 그러나 이제 막 입을 열기 시작한 노인의 말을 자르기 뭐해서 그대로 이야기를 듣기로 했다.

"당시는 시킨이 묵으러 오면, 이 두메산골 가메다케에 주고쿠 지방 시인들이 전부 다 모였습지요. 그때 사용했다는, 뽑기용 시제詩題를 넣

---

* 에도 전기의 시인. 하이쿠를 예술의 경지로 높여 하이쿠의 명인이라 불림.

어둔 상자가 아직도 우리한테 가보로 남아 있다니까요. 그 상자는 무라카미 기치고로라는 목수의 작품인데, 마치 지혜의 상자*처럼 잘 모르는 사람에게는 상자가 안 열리게 해놨지요. 알고 계시다시피, 이 가메다케는 운슈 주판 생산지인디, 이 기치고로가 주판 제작의 원조란 말요. 어이쿠, 이거 이야기가 딴 길로 새버렸구먼."

기리하라 노인은 혼자 쓴웃음을 지었다.

"아무래도 노인네 말은 중간이 길어져서 말이지요. 나중에 이 지혜의 상자도 보여드릴 테니까요. 어쨌든 그러다보니 미키 씨도 하이쿠다 뭐다 해서 자주 오다보니 각별한 사이가 되었습니다요. 그래서 미키 씨하고는 가족처럼 알고 지냈지요. 그렇게 사람이 좋을 수가 없었다니까요."

"파출소에 근무할 때에는 미키 씨에게 부인분이 계셨나요?"

"있었지, 후미 씨라고 있었어요. 안타깝게도 미키 씨가 미나리 서로 전근 간 사이에 세상을 뜨고 말았지만서도요. 이분도 사람이 참 좋았어요. 부부가 똑같이 부처님 같았다니까요. 순경이라 하면 다들 꺼리기 마련인데 미키 씨만은 모두가 따랐습니다요. 실제로 그렇게까지 남에게 베푸는 사람은 없었지요."

노인은 당시를 회상하는 듯 눈을 감았다.

잉어가 뛰어노는지 샘에서 물소리가 났다.

"미키 씨는," 노인이 말을 이었다. "그렇게 겸손할 수가 없었어요. 지금은 경찰도 옛날하고는 다르겠지만, 그때는 특히 파출소에서 일한

---

* 여러 모양의 다면체 여러 개를 조합해서 하나의 다면체(주로 입방체)를 만드는 놀이. 구조가 복잡하기 때문에 분해하거나 재조립하는 것이 쉽지 않다.

다고 뻐기는 사람도 있었는디, 미키 씨는 조금도 그런 마음 없이 그저 남을 보살피기만 했다니까요. 형사님도 보셨겠지만, 여기 가메다케는 밭이 거의 없어요. 해서 사람들이 다 가난하지요. 생업이라고 해도 숯을 굽거나 표고를 기르거나 나무를 하거나 그런 것밖에 없습지요. 그 밖에는 주판 공장에서 일하는 정도인데. 그 정도로 가계가 풍요로워 지진 않고 말입니다."

정원의 나무들 위로 강렬한 햇볕이 쏟아지고 있다. 바람은 조금도 들어오지 않았다.

"뭔 병이라도 걸리면야 의사 선생님한테 진료비 내기도 힘들다니 까요. 그래서 맞벌이가 많고, 아이가 많은 집은 힘들지. 미키 씨는 그런 데다 눈을 돌려선, 친구들에게 기부금을 모아다 절에 탁아소 같은 걸 만들었어요. 요새야 민생위원이다 뭐다 있지만 그땐 그런 제도도 없으니, 미키 씨는 가난하게 지내면서도 거기에 매달린 겝니다. 그 덕분에 모두가 얼마나 큰 도움을 받았는진 말도 못하죠."

이마니시는 하나하나 메모했다.

"순경 급료란 게 어떤지는 내 모르지만, 미키 씨는 어려운 사람이나 병에 걸린 사람이 있으면 그 쥐꼬리만한 급료에서 몰래 약값을 대거나 했습니다요. 미키 씨는 아이가 없었으니까, 유일한 즐거움이라야 반주 2홉 정도 마시는 정도인디, 그 간에 기별도 안 가는 반주도 때때로 절약해서 남을 돕고 그랬다는 거 아닙니까."

"역시 훌륭한 분이셨군요."

"그렇지요. 그렇게 훌륭한 사람이 없어요. 내가 친구라서 특별히 더 칭찬하는 게 아니라, 참말로 보기 드문 사람이었어요. 그래그래,

그게 언제더라. 이 마을에 문둥병 걸뱅이가 왔을 적이었는데요."

"걸뱅이가 뭔가요?"

"거지 말입니다. 이 동네선 그렇게 부르지요. 애까지 데리고 이 마을에 들어온 적이 있었는데요. 미키 씨는 그걸 보고는 직접 나병 걸린 거지는 격리하고 아이를 데려다 절의 탁아소에 맡겼습니다요. 그렇게 귀찮은 일도 마다치 않는 사람이었어요. 화재로 타죽을 뻔한 갓난애를 살리기도 하고, 홍수 때 떠내려가는 사람을 구하기도 하고, 서장님에게 들으셨겠지만, 이 가메다케 파출소에 왔을 때도 비슷한 일이 많았지요. 언제였지, 이 산속으로 나무를 하던 사람이 들어왔다가 급환으로 쓰러진 때가 있었는데, 의사 선생님을 데리고 올라 쳐도 워낙 험한 산속인지라 여의치 않은 거라, 미키 씨가 병난 사람을 업고 험한 산골짝을 넘어서 의사 선생님에게 데리고 간 적도 있었단 말요. 이 마을에 뭔 일이 나건 미키 씨가 얼굴만 내밀면 편안하게 해결되고, 가정에 뭔 일이 나도 미키 씨에게 상담하러 가고 그랬지요. 인품이 워낙 훌륭해서, 그렇게나 모두가 따르는 순경은 없었을 거요. 그래서 미키 씨가 미나리 서로 전근가게 되었을 때는 마을 전체가 가지 말라고 운동을 벌일 정도였습지요. 미키 씨가 3년이나 여기 파출소에 있었던 것도, 그렇게 모두가 막아섰던 적이 있어서일 겝니다."

기리하라 고주로의 긴 이야기는 끝났다.

요컨대 미키 겐이치는 훌륭한 사람이라는 내용으로 이야기는 결론났다. 하지만 여기서도 이마니시는 다시금 실망하지 않을 수 없었다. 미키 겐이치가 죽은 원인이 그가 순경이었던 시절과 뭔가 관계가 있으리라고 추측했는데, 기리하라의 이야기에서는 그럴 만한 실마리를 찾을 수 없었다.

미키 겐이치에게서 원한관계는 찾을 수 없었다. 원한은커녕, 들으면 들을수록 그는 훌륭한 인물이었다. 이런 산골짜기에 그런 경관이 있었다고 생각하니, 같은 길을 걷고 있는 이마니시는 은근히 자부심을 느끼지 않을 수 없었다. 그는 거기에 만족감과 동시에 심한 공허함을 느꼈다. 이런 모순된 마음은 스스로도 이해가 되지 않았다.

"정말 감사합니다." 이마니시는 노인에게 감사의 말을 건넸으나 그 표정은 어쩐지 쓸쓸해 보였다.

"아뇨, 뭐라도 도움이 됐다면야." 기리하라 고주로는 정중하게 회답했다.

"경시청 분이 일부러 이런 시골까지 와주시고 고생하셨지만, 그렇다 해도 미키 씨에 한해서는 원한을 샀다든가, 그가 이중인격이라든가 하는 일은 절대로 없었습니다요. 그 사람은 근본부터 선한 사람이에요. 그건 그 사람을 아는 사람이라면 누구한테 물어봐도 다 똑같이 말할 겁니다."

"잘 알겠습니다. 경찰로서 미키 씨가 훌륭한 분이라는 이야기를 들어서 저도 기쁩니다." 이마니시는 그렇게 대답했다. "제가 잘못 생각했는지도 모르겠네요."

"이런 더운 날에 욕보셨습니다요." 노인은 안쓰러운 듯이 이마니시의 얼굴을 보았다.

"마지막으로 여쭈어보겠습니다만, 이 가메다케 사람 중에 현재 도쿄에 사는 분은 안 계신가요?" 이마니시가 물었다.

"글쎄요." 노인은 고개를 갸웃거렸다. "그야 어쩔는지요? 원체 이런 마을이다보니 다른 데로 나간 사람도 꽤 있는디. 도쿄에 간 사람도 대략적으로는 알지요. 시골이니까 부모, 형제, 친척에게 서신이 오면 서신이 왔더라고 자연히 귀에 들어와서, 누구누구는 도쿄에 있다고 말이 나오지요. 땅이 좁으니까, 그런 게 없더라도 보면 나한테는 짐작 가는 것들도 있고요."

"서른 살 전후로 젊은 남자입니다. 그 정도 연배의 사람은 도쿄에 없습니까?"

"들어본 적이 없네요. 나는 이 동네에서는 오래된 사람이고 이런 가게도 하고 있고 해놔서 웬만한 일은 귀에 들어오는데요."

"그렇습니까. 실례했습니다." 이마니시가 인사를 하며 일어서려고 했다.

"뭐, 모처럼 여기까지 이렇게 오셨는데 조금만 더 있다 가시지요. 미키 씨 이야기는 말한 거 외에 더는 없지만, 아까 이야기한 하이쿠 시제 뽑기 상자나 좀 보고 가시지요. 이마니시 형사님이라셨던가요? 형사님은 하이쿠를 좀 읊으십니까?"

"아뇨, 흥미가 없는 건 아니지만요."

"그럼 됐네요. 지금 가져오라 할 테니 보고 가시지요. 그게 희귀한 상자랍니다요. 역시 옛적 명인이 만들어놔서, 요새 사람으로는 아무리 비슷하게 흉내내려 해도 안 되고말고요. 어렵게 오셨는데 여행 와서 이야깃거리 하나는 보고 가셔야지 않겠습니까."

기리하라 노인은 손뼉을 쳤다.

이마니시는 기리하라 노인의 집에서 두 시간 정도 보냈다. 돌아가기 전에 기리하라가 소장한 하이쿠 시제 뽑기 상자와 옛 시인들이 남긴 하이쿠를 쓴 종이 등을 보았다. 실력은 별로지만 원체 하이쿠를 좋아하기에 이런 귀중품을 보는 사이 시간이 가는 줄도 몰랐으나, 이마니시의 마음은 무거웠다. 여기까지 온 목적을 달성했다면 훨씬 즐거웠을 것이다. 하지만 주목적에 관한 수확이 없었다.

살해당한 미키 겐이치가 훌륭한 사람이었다는 사실을 알게 되어 기대가 어긋났다고 하면 이상한 이야기가 되지만, 수사 선상에서 보면 피해자는 아무 실마리도 남기지 않았다는 말이 된다. 피해자는 너무나도 훌륭한 인품의 소유자였다.

이 마을에서는 기리하라 노인만큼 미키 겐이치를 잘 아는 사람이 없으므로 달리 더 알아볼 데도 없었다. 이마니시는 정중하게 인사하고 기리하라 씨 집을 나왔다.

다시 지프차에 탔다. 마을 거리로 나오자 파출소가 보였다. 이마니시는 차를 세워달라고 했다. 파출소를 들여다보자 젊은 순경이 책상에 앉아 무언가 적고 있었다. 연결된 숙직실에는 푸른색 발이 늘어진 채 바람에 흔들리고 있었다. 미키 겐이치가 근무했던 파출소였다. 낡은 건물을 보아하니, 그때와 변한 게 없는 듯했다. 이마니시는 기념물을 보는 기분이었다. 미키 겐이치라는 사람에 대해 너무 자세히 알아버려서인지 이런 곳도 일종의 감개를 불러일으켰다.

다시 원래 길로 돌아왔다. 가메다케 마을에서 나와 강을 따라 난 외길을 달렸다. 아키타 현의 가메다에서는 뭔가 실마리 같은 것이 있었다. 하지만 이 가메다케에서는 무엇 하나 남아 있는 것이 없었다. 이마니시는 아키타 현의 가메다에서 들었던 수상한 남자에 대한 이야기를 떠올렸다. 그 남자는 대체 어떤 사람인가. 사건과는 관계가 있는

가, 없는가.

지프차는 논도 밭도 없는 산골짜기를 달려 돌아갔다.

그건 그렇고, 미키 겐이치는 훌륭한 사람이었다. 그런 사람이 어째서 얼굴까지 뭉개지는 참혹한 방법으로 살해당해야만 했는가. 범인은 미키 겐이치를 보통 원망한 게 아닌 모양이다. 인격자가 원한을 샀다면 이쪽에서 알아낼 수 없는 특별한 이유가 따로 있단 말인가. 그런 식으로 살해한 범인은 상당한 피를 뒤집어썼을 텐데, 어떻게 처리했을까. 범인은 피가 묻은 옷을 자기 집에 은닉했을까. 지금까지 여러 사건을 해결해왔지만 그런 경우 대개 범인은 천장 위에 숨기거나 마루 아래에 묻어서 처리한다.

이번에는 어떻게 했을까. 이마니시는 이전에도 요시무라에게 말한 적이 있다. 범인은 차로 도망갔을 것이다. 집에 곧장 돌아가지 않고, 도중에 중간 지점이 있어서 거기서 피 묻은 옷을 벗고 다른 옷으로 갈아입은 후 돌아간 게 틀림없다고 말이다. 지금도 그 생각에는 변함이 없다.

그 아지트는 어디에 있는가. 역시 처음에 추측한 대로, 가마타 근처인가. 그 아지트는 범인의 애인이 사는 집인가.

가메다케 역이 보이고 길이 선로와 만났다. 경종이 달린 화재감시대가 보였다.

7장
혈흔

1

이마니시 에이타로는 허무한 마음으로 도쿄로 돌아왔다. 허무하다
는 말이 이렇게까지 적절했던 적은 없다. 기대가 컸던 만큼 실망도 깊
었다.

피해자 미키 겐이치의 과거에 살인사건의 원인이 있을 거라고 확신
하고 이즈모까지 갔지만, 실마리 하나 얻지 못했다. 들은 것은 미키가
훌륭한 인물이었다는 이야기뿐이다. 평소 같으면 그런 이야기는 마음
을 훈훈하게 해주었을 터였다. 하지만 이런 이야기를 쉬이 인정하고
받아들일 수 없는 것은 형사라는 직업이 가진 숙명일지도 모른다.

경시청으로 돌아간 이마니시는 계장에게도 과장에게도 출장 보고
를 했다. 기운이 없었다. 오히려 상사들이 이마니시를 위로해주었다.

'가메다'와 '도호쿠 사투리'에 지나치게 집착한 자신에 대해 반성했

다. 이 두 가지에 지나치게 휘둘렸다는 느낌이 든다. 수사에 임할 때는 항상 냉정하고 객관적이어야 한다. 이번 사건에서는 어느 사이에 선입관이 생겨서 방향을 잃어버린 느낌이 들었다.

하루하루가 우울했다. 새로운 사건은 끊임없이 밀려든다. 이마니시는 기분전환을 위해서라도 새로운 사건 수사에 마음을 쏟으려 했다. 하지만 한번 생겨버린 허무감은 쉽게 사라지지 않았다. 착안은 좋았다. 그러나 현실과는 달랐다. 사실은 이마니시가 생각했던 것 어느 하나도 증명해주지 않았다.

이마니시는 돌아오고 나서 요시무라에게도 전화로 그 사실을 알렸다. 요시무라는 안타까워했다.

"먼 곳까지 고생이 많으셨습니다. 하지만 이마니시 선배의 생각은 틀리지 않았다고 생각해요. 곧 분명히 뭔가가 나올 겁니다." 그는 그렇게 위로해주었다.

분명 뭔가가 나온다…… 그 당시에는 그 말이 젊은 동료가 하는 위로의 말이라고만 받아들였다.

한정된 수사 예산에서 도호쿠와 이즈모로 두 번이나 출장비를 쓴 것도 그의 마음을 괴롭혔다.

시무룩한 나날이 이어졌다. 사건 발생 이후 어느 사이엔가 석 달이나 지나 있었다. 아침저녁으로는 다소 가을 정취가 풍겨왔으나 한낮에는 햇볕이 뜨거운 더위가 이어지고 있었다.

그러던 어느 날, 이마니시는 경시청에서 귀가하는 길에 주간지를 사서 노면전차에서 펼쳐보았다. 주간지에는 수필이 실려 있었고, 이마니시는 아무 생각 없이 거기에 시선을 주었다. 다음과 같은 글이었다.

여행을 하다보면 여러 가지 희한한 장면들과 부딪치게 된다. 올 5월의 일이다. 용무가 있어서 신슈에 갔다가 돌아오는 길이었다. 야간열차였다. 아마도 고후 근처였던 것 같은데, 내 건너편 측에 젊은 여자가 올라탔다. 상당한 미인이었다.

그뿐이었으면 단순히 미인이라는 인상만 남았을 텐데, 그 젊은 여성이 열차 창문을 열고 무언가를 날려보내기 시작했다.

대체 뭘 하나 싶어 살펴보았는데, 작게 자른 종이를 창밖으로 날리고 있는 것이었다. 그것도 한 번만이 아니라, 기차가 오쓰키 역을 지났는데도 몇 번이나 날려댔다. 그 아가씨는 핸드백 안에서 종잇조각들을 꼭 쥐고 꺼내서 조금씩 밖으로 버렸다. 그러자 종잇조각들은 바람에 날려 눈보라처럼 흩날렸다.

나도 모르게 웃음이 나왔다. 요즘 같은 시대에 합리적일 거라 생각되는 젊은 여성이 그런 애들 같은, 그러면서도 로맨틱한 행위를 할 줄은 몰랐다. 나는 아쿠타가와 류노스케의 「밀감」*이라는 단편을 떠올렸다.

이마니시 에이타로는 집으로 돌아갔다. 최근에는 큰 사건도 없어서 수사본부를 만들 일도 없었다. 시민 생활의 평화를 위해서는 기뻐해야 할 일이지만 이마니시로서는 왠지 허전하다. 아무래도 형사라는 직업이 팔자인가보다.

집에 돌아와서 바로 아들 다로를 데리고 대중목욕탕으로 갔다. 아

---

* 단편에서 '나'는 기차를 타고 도시로 일하러 나가는 소녀가 배웅하는 동생들에게 감사의 표시로 밀감을 던져주는 모습을 본다.

직 이른 시간이라 그다지 붐비지 않았다. 다로는 동네 친구들과 만난 덕에 신나게 노느라 여념이 없다. 어린애들이 수도꼭지에 바가지를 놓고 장난을 치고 있었다.

탕에 몸을 담그며 이마니시는 오늘 돌아오는 길에 읽은 수필의 문장을 떠올렸다. 좀 재미있었다. 그런 어린아이 같은 행동을 하는 아가씨도 있구나. 그 수필에 의하면 그 아가씨는 고후에서 도쿄까지 홀로 여행을 했다는데, 그런 식으로 허전한 마음을 잊어보려 했는지도 모른다. 이마니시는 수필의 필자가 인용했던 아쿠타가와 류노스케의 작품을 읽어보진 못했지만, 아가씨의 그런 마음을 왠지 알 것 같은 느낌이 들었다.

야간열차의 캄캄한 창밖으로 종이를 날리는 여자. 어둠 속에서 종잇조각이 여기저기 흩어져 춤추며 선로 위로 쏟아지는 풍경이 그려졌다.

이마니시는 어푸어푸 얼굴을 씻었다. 그러고는 흐르는 물에 몸을 씻었다. 그런 후 다로를 붙잡아 씻기고, 바로 탕으로 들어갈 생각도 않고 그대로 앉아 있었다. 개운했다. 종이를 날리는 여자가 아직 머릿속에 남아 있었다.

10분 정도 그렇게 있었다. 이마니시는 한번 더 탕으로 들어갔다. 어깨에 따뜻한 물을 끼얹을 때였다. 이마니시의 머리에서 뭔가 번뜩였다.

그는 깜짝 놀랐다. 자기도 모르게 시선이 한 점에 고정된 채 탕 속에서 움직일 줄 몰랐다. 그의 표정이 바뀌었다. 그때까지 여유롭던 표정에 긴장감이 돌았다. 젖은 몸을 닦는 것도 무의식중에 했다. 아직 친구들이랑 뒤엉켜 노는 아들을 데리고 서둘러 집으로 돌아왔다.

"이봐." 아내를 불렀다. "오늘 내가 산 주간지 어디 있어?"

부엌에서 아내 목소리가 대답했다.

"어머, 지금 내가 보고 있어요."

이마니시는 음식을 불에 올려놓고 기다리는 아내의 손에서 주간지를 낚아챘다. 그는 서둘러 목차를 찾아 수필란을 펼쳤다.

「종이 날리는 여자」라는 제목이 붙어 있다. 필자는 가와노 히데조라는 사람이었다. 이 이름이라면 이마니시도 알고 있다. 대학교수로 종종 잡지에 잡다한 글을 쓰는 사람이었다.

이마니시는 시계를 보았다. 일곱시가 조금 넘었다. 하지만 잡지사에는 아직 누군가 있을 터였다. 그는 집에서 뛰쳐나가 근처 공중전화를 찾았다. 잡지에서 메모해온 번호로 전화를 걸었다. 편집부에는 사람이 남아 있었다. 그의 질문에 상대는 친절하게 답해주었다. 가와노 히데조 교수의 자택이 세타가야 구 고토쿠지라는 것을 알아냈다.

다음날 아침, 이마니시는 가와노 히데조 교수의 자택인 고토쿠지를 방문했다. 지난밤 전화를 걸었을 때 교수에게 이 시간에 오라는 답을 들었다. 가와노 교수는 경시청 형사의 방문을 조금 의아하게 여기면서 맞아주었다. 역시나 학자의 응접실답게 벽 세 면이 책장으로 빽빽하게 차 있었다.

교수는 평상복 차림으로 나와 곧 이마니시의 용건을 물었다.

"실은 주간지에서 교수님 수필을 읽었습니다. 제목이 아마 「종이 날리는 여자」였던 걸로 기억합니다."

"아아, 그거 말입니까."

이마니시의 말에 교수는 수줍게 웃었다. 하지만 그 수필과 경시청이 어떤 관계인지 묻고 싶어하는 눈치는 여전했다.

"사실은 교수님께서 그 열차에서 보셨다는 젊은 여성 일로 이렇게 찾아뵙게 되었습니다."

"그 말씀은, 수필에 쓴 여자 말입니까?"

"그렇습니다. 어떤 사건과 관련해서 조금 마음에 걸리는 부분이 있어서요. 그 여성의 인상착의를 여쭤보러 왔습니다."

이마니시가 그렇게 말하자 교수의 얼굴에 당혹감이 스쳤다.

"아, 조금 놀랐는데요." 교수는 머리를 긁적였다. "경시청에서는 그런 것까지 조사하십니까?"

"지금 말씀드린 대로 어떤 사건과 관련이 있어서요."

"이거 참 난처하네요." 교수는 곤란하다는 표정으로 웃었다. "사실은 말이죠, 제가 만난 여자가 아닙니다."

이번에는 이마니시가 깜짝 놀랐다.

"무슨 말씀이신지, 그럼 교수님이 쓰신 수필은요?"

"아뇨, 그게 말이죠." 교수는 손을 저었다. "예상치 못한 데서 딱 걸렸네요. 사실은요, 그건 아는 사람에게서 들은 이야기입니다. 그런데 아는 사람에게 들었다고 쓰면 아무래도 이야기가 재미없어지니까, 제가 실제로 겪은 이야기처럼 해서 쓴 겁니다. 설마 이런 복병이 있을 줄은 몰랐습니다. 참 낭패군요." 가와노 교수는 머리를 손으로 감싸며 말했다.

"그러시군요." 이마니시도 쓴웃음을 지었다.

"잘 알겠습니다. 그런데 교수님," 이마니시는 원래의 진지한 표정으로 돌아왔다. "그 지인이 한 이야기는 진짜입니까?"

"아, 그건 정말입니다. 그 친구는 거짓말하는 친구가 아니라서요, 저는 실화라고 생각합니다. 설마 그 친구까지 저처럼 엉성하게 다른 사람한테서 들은 이야기를 했다고는 생각할 수 없네요."

"교수님, 혹시 그분을 소개해주실 수 있으십니까? 아니, 저로서는 어떻게 해서든 그 일을 조사하고 싶어서요."

"그렇습니까. 뭐, 이렇게 된 데는 저도 책임이 있으니까요. 알려드리죠. 무라야마라고, ××신문사 문화부에 있는 사람입니다."

"감사합니다." 이마니시는 이른 아침에 방문한 무례를 사과했다.

그날 오후, 이마니시 에이타로는 ××신문사 문화부 무라야마 기자에게 전화를 걸었다. 전화를 하자 무라야마 쪽에서 신문사 근처 찻집으로 나가겠다고 했다. 이마니시는 그 장소에서 기자를 기다렸다. 무라야마 기자는 머리가 덥수룩하고 마른 남자였다.

"그 여자 말입니까?" 무라야마는 이마니시의 이야기를 듣고 웃었다. "그건 확실히 가와노 교수님이 말씀하신 대로입니다. 한 서점에서 교수님을 만나서, 별생각 없이 제가 겪은 일을 이야기했어요. 그러자 교수님이 무척 기뻐하셨지요. 바로 주간지에 쓰셨고요. 원고료가 들어오면 제게 한턱낸다고 약속하셨는데, 그게 설마 경시청에 걸릴 줄은 몰랐습니다."

"그게 말이죠, 저희 쪽에서는 가끔 잘 안 풀리던 사건이 묘한 곳에서 해결되는 때도 있어서요. 무라야마 씨가 가와노 교수님께 이야기하시지 않으면 그 수필이 쓰일 일도 없었고, 저도 어떤 사실을 알 수 없었을 겁니다. 기자님이 가와노 교수님께 이야기를 해주셔서 감사하게 생각합니다."

"아뇨, 별말씀을." 무라야마는 머리를 긁적였다.

"그 일은 가와노 교수님이 수필에 쓰신 그대로입니다. 그 여자는 고후에서 타서 엔잔 근처부터 그 하얀 종잇조각을 창문에서 날리기 시작했어요."

"인상은요?" 이마니시는 물었다.

"그게요, 스물대여섯 살 정도에 몸집이 작고 얼굴이 귀여운 여자였습니다. 그다지 요란하게 화장을 하진 않았고요. 옷도 세련된 느낌이었어요."

"어떤 옷을 입고 있었습니까?"

"글쎄요, 제가 여자 옷은 잘 몰라서요, 평범한 검은 정장에 하얀 블라우스를 입고 있었습니다."

"그렇군요."

"정장도 그렇게 고급 같지는 않았는데, 맵시가 있다고 할까, 잘 어울렸습니다. 그리고 검은 핸드백에다가 파란색 천으로 된 케이스를 가지고 있었어요. 그렇게 크지는 않고 세련된 모양이었습니다."

"이거, 아주 충분합니다. 상세히 기억하시네요." 이마니시는 만족했다. "어떻게 생겼는지 좀더 자세히 말씀해주시겠습니까?"

무라야마는 눈을 감는 듯했다.

"눈이 좀 크고 입매는 야무진 얼굴이었습니다. 가만있자, 여자 얼굴을 설명하는 게 꽤 어렵네요, 요즘 나오는 여배우로 치면 오카다 마리코하고 닮은 느낌이었습니다."

이마니시는 그 여배우 얼굴을 잘 몰랐지만, 나중에 사진을 찾아보기로 했다.

"그 종잇조각을 보신 곳은 가와노 교수님이 수필에 쓰신 장소지요?"

"그렇습니다. 그건 틀림없습니다. 저는 희한한 짓을 하는구나 하고 보고 있었거든요."

"언젯적 일이었습니까?"

"제가 신슈에서 돌아오는 길이었으니까, 분명 5월 19일이었을 겁니다."

2

이마니시 에이타로는 주오 선을 탔다. 목적지는 엔잔이다. 가는 길에 오른쪽 창문을 열어서 어린애처럼 고개를 내밀었다. 사가미 호수를 지날 무렵부터는 선로 주변을 응시했다. 산골짜기는 여름풀이 무성했고, 논에는 파란 벼가 부쩍 자라 있었다. 이마니시는 집중해서 보았지만 눈 깜짝할 사이에 스쳐지나가는 창밖 풍경에서 목표했던 것이 눈에 들어올 리 없었다.

아침 일찍 신주쿠 역을 출발했다. 오늘은 종일 주오 선을 왕복하며 보낼 참이었다. 갈 때는 준급행이었지만, 돌아올 때는 역마다 정차하는 완행을 타기로 했다. 그것도 몇 번이나 기차를 갈아타야 한다. 신문기자 무라야마가 목격한 여자가 종잇조각을 날려보냈다는 지점은 대충 다음과 같았다.

엔잔 — 가쓰누마
하지카노 — 사사고
하쓰카리 — 오쓰키
사루하시 — 도리사와
우에노하라 — 사가미코

성가시고 힘든 일이다. 게다가 말도 안 되는 이야기였다. 그 여자가 종이를 날린 것은 이미 석 달도 더 전의 일이다. 무라야마의 이야기에 따르면 작은 종잇조각이었다고 하니까, 현재 그 상태 그대로 남아 있을지는 모른다. 유일한 희망은 보통 길이 아니라 선로 옆이라는 조건 덕에 의외로 풀숲 사이에 숨어 남아 있을지도 모른다는 가능성이었다. 하지만 그렇다 해도 그날 이후로 백 일 가까이 지났다. 작은 조각이니 다른 데로 날아갔을지도 모른다는 생각도 들고 또한 그 이후 비가 몇 차례나 내렸으니 거기에 휩쓸렸을지도 모른다는 생각도 들었다.

이마니시는 엔잔에 내려서 역장을 만나 선로를 따라 걷는 데 대해 허가를 요청했다. 수사를 위해서라고 말하자, "어이쿠, 수고하십니다. 하지만 열차가 자주 지나가니까 조심하시기 바랍니다"라며 승낙해주었다.

엔잔에서 가쓰누마까지는 거의 산이었다.

이마니시는 선로 옆 작은 길을, 시선을 땅 위로 떨어뜨린 채 천천히 걸어갔다. 더운 날이었다. 선로 침목 사이에 박아놓은 작은 돌도, 바로 옆 경사면에 자란 풀숲도 주의해서 보지 않으면 안 된다. 힘들 거라고 예상은 했지만, 실제로 해보니 자신의 계획이 얼마나 절망적인 일인지를 깨달았다. 철저하게 그 종잇조각을 찾을 생각이라면 인부라도 불러서 선로 옆을 벌초라도 해야 했다. 그렇게 해도 범위가 넓어, 사막에서 다이아몬드 한 알을 찾는 것과 같았다. 단지 희망이 있다면 종잇조각이 하얗다는 것뿐이었다. 푸른 풀 가운데 흩어져 있다면 그 흰색이 바로 눈에 띌 거라고 생각했다.

하지만 걸어가면서 보니 선로 옆에는 여러 가지가 떨어져 있었다. 종잇조각이 있는가 하면 낡고 부서진 조각들, 빈병, 도시락 용기 등 온갖 것이 있었다. 이마니시는 5백 미터도 못 가 일찌감치 질려버렸다.

그러나 일부러 여기까지 왔다. 포기하고 돌아갈 수는 없었다. 어떻게 해서든 한 조각만이라도 찾아내고 싶었다. 걸어가는 이마니시 앞을 도마뱀이 푸른 등을 반짝이며 지나갔다.

이마니시는 걸었다. 엄청나게 힘들었다. 뜨거운 직사광선 아래서 쨍하게 비치는 지면을 바라보며 걷자니 마지막에는 눈앞이 침침해질 정도였다. 선로도 달궈져 있다.

엔잔에서 가쓰누마 역 사이에서는 고생이 이만저만 아니었다. 이마니시는 가쓰누마 역에 도착해서는 바로 물을 마셨다. 얼마간 쉬고 나서 다시 걷기 시작했다. 가쓰누마와 하지카노 사이도 꽤 먼 거리였다. 이윽고 하지카노도 지나갔다.

선로 옆 둑에는 마찬가지로 여름풀이 무성했다. 그 아래로 작은 도랑이 있고 푸른 논밭이 펼쳐져 있었다. 이마니시는 땀을 훔치며 걸어갔다. 눈을 크게 뜨고 지면을 뚫어져라 보지 않으면 깜빡하는 사이에 놓쳐버릴 것 같다. 찾으려고 하는 것이 작은 종잇조각이다보니 그럴 수밖에 없었다. 그러는 동안 상하행 기차가 몇 번이고 지나갔다. 기차가 지나간 직후에는 바람이 불었으나, 곧 다시 녹아내릴 듯한 더위로 변했다.

선로 옆 경사면을 덮은 여름풀 사이에도 잡다한 것들이 버려져 있었다. 이것들이 그의 시선을 방해하여 눈을 어지럽혔다. 몸도 지쳤으나 제일 먼저 눈이 지쳤다. 이래서는 안 된다고 기합을 넣고는 다시 걷기 시작했다. 선로에서 멀리 떨어진 곳에 고슈 가도가 뻗어 있었다. 트럭이 먼지를 일으키며 하얀 가도를 달려가고 있었다.

이마니시는 터벅터벅 걸어갔다. 걸어도 걸어도 찾는 것은 눈에 들어오지 않았다. 그는 절망했다. 너무 오래전 일이라 그걸 찾는 게 오히려 기적에 가까운 일이었다.

선로가 산으로 접어들었다. 저멀리 터널 입구가 보였다. 사사고 터널이었다. 양옆으로 절벽의 경사면이 선로를 향해 떨어지고 있었다. 토사가 무너져내리는 것을 방지하기 위해 세워둔 흰색 콘크리트에 눈이 부셨다.

터널 안까지 수색할 수는 없다. 게다가 손전등도 들고 있지 않았다. 이마니시가 터널 바로 옆까지 갔다가 되돌아가려 했을 때였다. 문득 그의 눈이 바로 옆 풀숲 사이에 멈췄다.

작고, 조금 때가 탄 갈색의 무언가가 풀 무더기 가운데 두세 개 흩어져 떨어져 있었다. 이마니시는 허리를 굽혔다. 손가락으로 신중하게 그 종잇조각의 끄트머리를 잡고 집어들었다. 눈앞으로 가져와 들여다본 순간, 이마니시의 가슴이 채찍을 맞은 듯 심하게 쿵쾅거리기 시작했다.

'찾았다!'

그것은 거의 3센티미터 정도 되는 천조각이었다. 변색되었지만 틀림없이 면으로 된 셔츠 조각이다. 비도 맞고 날도 지나 거무스름하게 변색되었으나, 그 위에 아주 조금이지만 다갈색으로 물들인 듯한 반점이 있었다. 이마니시는 한 장을 더 주웠다. 다갈색 반점이 더 커서, 조각의 거의 반을 덮고 있었다.

그는 차례로 주웠다. 전부 해서 여섯 장이었다. 천조각들은 하나같이 거무스름한 색이었으나, 다갈색 부분의 크기는 제각각이었다. 이마니시는 가지고 있던 빈 담뱃갑에 수집품을 정성스레 넣고 뚜껑을 닫았다.

'찾았다, 찾았다, 찾았다!'

이마니시는 무의식중에 계속 중얼거렸다. 지금까지의 괴로움이 싹 날아갔다.

이 천조각은 아무리 봐도 가위로 자른 것처럼 조각나 있었다. 천 재질은 그가 보기에도 고급품이었다. 잘은 모르지만 면과 테토론의 혼방 같다. 이마니시는 가마타 술집에 나타났던 남자가 연회색 폴로셔츠를 입고 있었다는 증언을 떠올렸다. 천조각은 더러워져 있었으나 원래 연회색이었음이 분명했다.

어쨌든 이걸로 용기가 생겼다. 이마니시는 하지카노 역에서 다음 기차를 기다렸다가 타고, 터널을 지나 사사고 역에 내렸다. 여기서부터 또 선로를 따라 움직였다. 주운 천조각으로 색의 특징을 분명하게 파악했기 때문에 이번에는 찾을 때 목표가 확실했다.

이마니시는 걸었다. 이 주변은 첩첩이 겹친 산과 좁은 논들이 교차

하고 있었다. 그는 풀숲만 집중적으로 살펴보았다. 방금 전에 발견한 조각이 떨어진 상태를 봤을 때, 그 천조각들은 풀숲 가운데 걸려 있을 공산이 컸다. 열차의 진행 방향과 바람 탓에 그렇게 됐으리라는 것을 확실히 알 수 있었다.

이마니시는 5백 미터를 간 뒤 쉬었다가 3백 미터를 더 가서 쉬었다. 이렇게라도 하지 않으면 눈앞이 너무 침침해질 것 같다. 푸른 논 건너편으로는 작은 산들이 겹쳐서 자리했고, 한쪽 산 사이로 열차가 달리는 모습이 보였다. 후지 산 기슭으로 가는 선로였다.

계속 걸어갔다. 하지만 이번에는 기운이 났다. 이마니시는 희망과 용기를 되찾은 상태였다.

천 미터쯤 걸어갔을 때, 몇 번쯤 가볍게 쉬고 난 후였는데, 풀숲에 버려진 도시락 용기 바로 옆에 눈 속에 깊이 새겨져 떠나지 않던 천조각 두세 장이 같이 떨어져 있었다. 꽤 깊은 풀숲 가운데여서 상당히 주의를 기울이지 않으면 찾기 어려웠다.

이마니시는 경사로를 조금 내려가서 조심스레 집어올렸다. 이번에는 거의 하얀 천조각뿐이었으나, 담뱃갑 안에 들어 있는 것과 같은 종류임이 틀림없었다. 이마니시는 이후로도 한 시간 정도 더 그 주변을 중점적으로 뒤졌다. 그러나 다른 천조각은 날아가버렸거나 훨씬 더 깊은 곳에 숨어 있는지, 찾아낼 수 없었다.

신문기자 무라야마의 이야기는 거짓이 아니었다. 그가 말한 대로 정확하게 '종이 눈보라' 조각들이 남아 있었다.

마침내 오쓰키 역까지 걸어왔다. 떠들썩한 거리가 늘어나고 선로와 건널목이 교차했다. 이마니시는 역 앞 음식점에 들어가 머리에서부터

물을 적셔 열기를 식혔다. 이대로 조금만 더 했다가는 일사병으로 쓰러질 것 같았다.

이번에는 사루하시에서 도리사와까지였다. 기차를 타고 갈 정도의 거리는 아니었다. 다음 기차를 기다리느니 걸어가는 게 빠르다. 히로시게*의 그림에도 있는 사루하시의 다리를 좌우로 살피면서 철로를 건너자, 다시 숨이 막힐 듯 후끈한 풀숲 길이 나왔다. 작열하던 태양은 겨우 서쪽으로 기울었지만, 더위는 조금도 수그러들지 않았다. 지면이 반사하는 빛은 이마니시의 눈과 코를 압도할 정도였다.

그래도 그는 계속 걸었다.

'찾았다, 찾았다, 찾았다!'

이마니시는 걸었다.

활처럼 굽은 선로는 햇살에 빛나고 있었다. 이마니시의 수사도 기나긴 여정이었다. 하지만 드디어 그의 눈에도 수사의 궤도가 보이는 것 같았다.

이마니시는 경시청으로 돌아갔다. 주오 선의 엔잔 역과 사가미코 역 사이에서 습득한 천조각은 결국 다 해서 열세 장이었다. 모두 같은 재질의 같은 천을 잘게 자른 것이었다.

상당히 고된 일이었지만, 그래도 석 달 이상 지난 오늘 이걸 발견할 수 있었다는 것은 기적에 가까운 일이었다. 바람이 불면 어디로 날아갈지 모르는 작은 천조각들이다. 문화부 기자가 종이 눈보라라고 생각했던 그것은 이마니시가 추측했던 대로 천조각이었다.

---

* 에도 시대의 화가. 일본 우키요에의 대가 중 한 사람으로 꼽힌다.

이마니시가 천조각일지도 모르겠다고 생각한 것은 목욕탕에 들어가 있을 때, 피를 뒤집어썼을 범인의 옷이 생각났기 때문이다. 피해자의 피를 뒤집어쓴 범인은 그 옷을 어떻게 처리했을까. 자기 집 아무도 모르는 곳에 숨기든지, 불에 태우든지, 땅에 묻든지, 바다나 강에 버리든지, 처리할 방법은 얼마든지 있다.

하지만 범인 입장에서 생각해보자면, 그 형태를 없애는 것이야말로 이상적이다. 땅에 묻어도, 바다에 버려도 누군가가 발견할 우려가 있다. 여기까지 생각하면 역시 태우는 것이 가장 좋은 방법이다. 하지만 옷을 태우는 일은 사람들 눈에 쉽게 띄는 작업이다. 몰래 숨어서 한대도 헝겊이 타는 냄새까지 숨길 수는 없다. 게다가 범죄자의 심리라는 게 그런 일을 실제 이상으로 신경쓴다는 사실을 이마니시는 경험으로 잘 알고 있었다.

가마타 조차장 살인사건의 범인은 상당한 피를 뒤집어썼다. 이마니시는 범인이 집으로 가는 도중에 어딘가에서 옷을 갈아입었으리라 추정했으나, 그러기 위해서는 당연히 범인을 돕는 사람이 있어야만 한다. 범인이 피로 물든 옷을 처분하려 한다면, 조력자가 그 일을 맡지 않을까.

거기까지 생각이 미쳤을 때 이마니시는 그 조력자가 여자라고 생각했다. '종이 눈보라' 이야기를 들었을 때, 어쩌면 그게 종이가 아니라 하얀 천조각 아니었을까 하는 생각이 퍼뜩 들었는데, 실제로 증거를 없앤 방법이었다.

이마니시는 그 착상에 따라 수필에 나온 주오 선 선로를 따라 종일 염천 더위에 시달리면서 수색하며 걸어갔던 것이다. 다행스럽게도 그 노력에는 보람이 있었다.

분명히 이 천조각은 3개월 이상 현장에 버려져 있었다고 증명이라도 하듯이 비에 젖은 흔적도 있고, 하얀 부분도 거무스름하게 변색되어 있었다. 뿐만 아니라 가장 중요한 것은 열세 장의 천조각 가운데 일곱 장에 혈흔으로 보이는 다갈색 부분이 있다는 점이었다. 그러나 과연 그것이 사람의 피인지는 감식과로 보내 화학검사를 해봐야 알 수 있다.

이마니시는 감식과를 찾아갔다. 사건이 있을 때마다 항상 신세를 지는 요시다 연구원에게 천조각을 부탁했다.

"이거 정말로 피네요." 요시다 연구원은 천조각을 손바닥에 올려놓고 들여다보면서 말했다. "혈액 예비시험에는 벤지딘과 루미놀이 있습니다만, 이번에는 루미놀 시험을 하도록 하지요."

요시다 연구원은 이마니시가 건넨 천조각을 가지고 암실로 들어갔다. 이마니시는 벤지딘 시험을 몇 번 본 적이 있었다. 면에 혈흔을 묻히고 그 위에 벤지딘 시약을 떨어뜨리면 하얀 면이 피스 담뱃갑처럼 짙은 남색으로 물든다. 또한 사건이 밤중에 발생해 어둠 속에서 시험해야 할 경우는, 루미놀을 분무하면 혈흔이 형광을 발해서 판별하게 된다.

이마니시가 가져온 천조각을 시험했다. 그러자 암실의 어둠 속에서 천조각은 돌연 형광을 내뿜었다.

"역시나, 혈흔이네요." 요시다 연구원은 이마니시에게 말했다.

하지만 혈액의 흔적이라는 것까지만 알 수 있을 뿐 사람의 피인지 동물 피인지는 아직 판별할 수 없었다. 2차 시험을 해야 했다. 실험하기 위해서 생리식염수를 시험관에 넣고 천조각을 그 안에 담근다. 생리식염수는 무색투명한 액체다.

요시다 연구원은 이마니시가 보는 앞에서 실험에 들어갔다.

"하룻밤 정도는 돼야 알 것 같아요. 내일 저녁쯤에 이리로 와주시죠."

하룻밤은 긴 시간이다. 이마니시는 기다리기 까마득했으나 어쩔 수 없는 일이다. 하지만 이쯤 되자 그는 이미 사람의 피라는 확신이 들었다.

혈흔이 있는 천조각을 담근 생리식염수는 하루 정도 지나면 화학작용을 일으켜 침출액이 된다. 이렇게 혈흔이 환원된 액체에 항인혈색소라는 혈청을 사용하고 시험관 안에 넣으면, 동그랗고 흰 원이 생긴다. 그러면 확실하게 사람의 피인지 판단할 수 있다. 이마니시가 초조하게 기다리던 하룻밤이 지났다. 다음날 밤, 그는 감식과로 달려갔다.

"역시 사람의 피였습니다."

요시다 연구원은 환하게 웃는 얼굴로 이마니시를 시험실로 안내했다. 줄줄이 나열된 시험관 가운데 하나를 꺼내 이마니시에게 건네주었다. 밝은 광선에 비춰보자 시험관 속 액체에 마치 달걀 흰자위에 뜬 노른자같이 하얗고 둥글고 반투명한 게 보였다. 이것은 사람의 피에서 볼 수 있는 특징이었다.

"그렇군요."

이마니시는 바라보며 자기도 모르게 기쁜 목소리를 냈다. 확신은 있었지만, 역시 불안했던 것이다.

"자, 그러면 이제는 혈액형이군요." 연구원은 말했다.

"잘 부탁합니다. 한시라도 빨리 결과를 알고 싶습니다."

"이마니시 형사님의 노력을 생각하면 저희도 열 일 제쳐놓고 빨리 결과를 내고 싶지요."

이 시험은 ① 혈흔인가 아닌가, ② 혈흔이라면 사람의 혈액인가 아닌가, ③ 사람의 혈액이라면 혈액형은 무엇인가, 의 3단계로 구성된다. ①의 경우 루미놀이나 벤지딘 시험을 하고, ②의 경우 인혈人血 반응을 본다. 이제 혈액형을 검출하는 마지막 단계가 남았다.

항A와 항B 각각의 혈청을 사용하여 먼저 침출한 액체에 ABO식 응집흡착시험을 시행하는 것이다. 그 외에 MN식*이나 Q식** 등의 혈청을 사용하여 응집흡착시험을 하는 경우도 있다.

요시다 연구원은 신중하게 시험을 시행했다. 먼저 A형을 넣었는데 응집반응이 있었다. 다음으로 B형과 AB형도 같은 결과였다. 순차시험 결과 O형이라는 결과가 나왔다.

"이마니시 형사님. 이 천조각에 있는 혈액은 O형입니다." 요시다 연구원이 말했다.

이마니시는 살해당한 미키 겐이치의 혈액형을 수첩에 적어놓았다. OM대문자Q. 이것이 미키 겐이치의 시신에서 알아낸 혈액형이었다. A, B, AB, O 4개의 혈액형은 추가로 다른 감별법으로 구분할 수 있다. 천조각에서 검출한 혈액형이 피해자와 같은 OM대문자Q였다면

---

* 1927년에 발견된 혈액형. 특정 대립유전자에 의해 결정되는 혈액형이며 동물에게 인간의 혈액을 주입한 후 생기는 항체에 반응하는지 반응하지 않는지에 따라 M, N, MN형으로 분류한다. 1947년 이후 또다른 대립유전자에 의해 생성되는 응집원이 발견됨에 따라 MNSs식 혈액형이라고도 불린다.
** 일본에서 혈액형을 분류하는 방식. 돼지의 혈액에 있는 항체에 반응하는지 반응하지 않는지에 따라 Q형과 q형으로 분류한다.

완벽했겠지만, 요시다 연구원은 불가능하다고 설명했다.

"거기까지는 검출할 수 없습니다. 애초에 너무 오래된 혈흔인데다 이런 천조각에 묻은 소량으로는 세밀하게 분석하기는 아무래도 어려워서."

하지만 이마니시는 그 피가 O형이라는 것만으로도 충분히 만족했다. 뜨거운 태양 아래, 달궈진 선로를 따라 엔잔 역에서 사가미코 역까지 약 36킬로미터를 터벅터벅 하루종일 걸어다닌 보람이 있었다. 이마니시는 이 내용을 계장과 수사1과 과장에게 보고했다. 상사들은 크게 격려했다.

이렇게 되면 이마니시의 추정대로, 5월 19일 밤에 열차의 창문에서 천조각을 날려보낸 여자야말로 범인의 조력자가 틀림없다. 이마니시는 신이 났다. 이번에는 그 여자가 누구인지 밝혀내야 한다.

그 여자를 목격한 ××신문사 무라야마 기자의 말에 의하면, 검은 정장을 입었고 눈이 크며 예쁘장한 얼굴이었다고 했다. 인상을 물어보자, 영화배우 오카다 마리코와 닮은 얼굴이라고도 했다.

이마니시는 19일 밤 신주쿠 역 개찰구에서 근무했던 담당자를 찾아 만났지만, 신주쿠 역이 워낙 혼잡한데다 오래전 일이라 기억을 못하는 것도 당연했다. 그래서 그는 그 여성이 고후 역에서 기차를 탄 것을 기억해내어, 고후 역 역무원에게도 물어봐달라고 고후 경찰서에 부탁했다. 하지만 그 회답도 이마니시가 예상한 대로 절망적이었다. 기억이 나지 않는다는 것이다.

어렵게 여기까지 도달했는데 당사자가 누군지 알 수 없다니 분하기 그지없는 이야기다. 하지만 이마니시는 선로변에서 작은 천조각을 찾았던 것처럼 반드시 자신의 노력으로 그 여자를 찾아내겠다고 결심했다.

3

'종이 날리는 여자'의 행방을 찾기는 거의 절망에 가까웠다. 3개월 도 전에 주오 선 상행선 야간열차에 탔다는 것 외에는 다른 실마리가 없었다. 외모도 옷차림도, 그와 비슷한 젊은 여성은 도쿄에 몇십만 명이나 있을 터였다.

하지만 이 여자가 미키 겐이치를 살해한 범인의 조력자임은 틀림이 없었다. 차창 밖으로 뿌린 천조각의 혈액형이 피해자와 일치했기 때문이다.

생각해보면 범인은 미키 겐이치를 가마타에서 살해하고, 거기에서 그다지 멀지 않은 곳으로 도망쳐 피로 물든 의복을 벗었을 것이다. 여자는 범인의 피로 물든 옷을 잘게 잘라 5월 19일 열차에서 날려보낸 것이다. 범행이 5월 11일 한밤중이었고, 열차 창밖으로 옷을 버린 것이 19일이므로 약 일주일의 공백이 있다. 그사이 피로 물든 범인의 의복은 여자가 맡아두고 있었다는 말이 된다.

한편 발견된 것은 당시 범인이 입고 있었을 거라 추정되는 폴로셔츠다. 그렇다면 피가 묻은 것은 티셔츠뿐일까. 당연히 바지에도 피가 묻었을 터. 폴로셔츠는 가위로 작게 잘라서 처리할 수 있었지만, 바지는 어떻게 했을까. 보통 같으면 셔츠 조각과 함께 열차 창밖으로 버렸을 테지만 실제로는 그러지 않았다. 셔츠에만 피가 묻었다고 보기에는 부자연스럽고, 역시 바지도 피를 뒤집어썼을 것이다. 그 바지는 아직 어딘가에 숨겨져 있거나, 아니면 그 형태를 잃었음이 틀림없다.

어찌되었든 간에 범인에게는 애인이 있었다. 바로 열차에 타고 있던 여자다.

이마니시 에이타로는 여기까지 알아내고도 실제로 여자를 찾아내기가 불가능하다는 사실을 깨달았다. 처음 추정대로 다시금 가마타역을 중심으로 메카마 선과 이케가미 선 주변을 형사들에게 수색하게 했지만 헛일이었다. 여자의 인상착의를 알리고 셋방이나 아파트에 사는 여자를 목표로 잡았지만 단서는 나오지 않았다. 또 그 여자가 카바레나 술집 종업원이라는 가설도 세우고 그쪽으로도 조사 범위를 넓혔다. 신문기자 무라야마가 야간열차에서 본 여자의 특징 가운데, 재질은 그다지 고급스럽지 않았지만 정장을 맵시 있게 입었다는 점에서 생각해낸 것이었다. 범인에게 협조하여 증거 인멸 공작을 할 만한 여자라면, 평범한 사람으로 보기는 어렵겠다는 생각도 있었다.

수사 선상에서도 딱히 범인의 윤곽을 알 수 없는 현시점에서 이 여자를 유일한 목표로 삼을 수밖에 없었다. 하지만 이쪽도 이렇다 할 실마리가 잡히지 않았다. 이마니시에게 전보다도 더 우울하고 괴로운 나날이 이어졌다. 모처럼 수사가 궤도에 오른 듯이 보였는데, 다시금 환상처럼 사라져버렸다. 뜨거운 태양 아래 선로를 따라 하염없이 걸어서 겨우 찾아낸 피 묻은 천조각도, 그 고생도, 다 부질없어진 것 같았다.

이마니시 에이타로가 하루하루 무거운 마음으로 보내던 어느 날 아

침이었다. 아침을 먹고 출근까지 잠깐 시간이 남아 차를 마시고 있는
데, 심부름으로 담배를 사러 갔던 아내 요시코가 당황해하며 뛰어들
어왔다.

"여보, 큰일났어요."

이마니시는 마시던 잔을 내려놓았다.

"무슨 일인데?"

"저 앞 아파트에서 자살사건이 일어났어요. 지금 그거 때문에 경찰
서에서 사람들이 나와 있어요."

자살 따위에는 별로 관심이 없었다. 그러자 아내가 눈초리를 치키
며 말했다.

"그게 있잖아요, 당신, 요전에 우리도 만났잖아요, 아파트에 산다
는 신극 사무원이래요."

"뭐?"

이마니시는 그 말을 듣고 깜짝 놀랐다.

"그 여자가 자살했다고?"

이마니시의 눈에는 순간적으로, 길에서 마주쳤던 갸름한 얼굴에 키
가 호리호리했던 여자의 모습이 떠올랐다.

"그래? 이거 놀랐는데."

"그렇죠? 저도 듣고 얼마나 놀랐는데요. 설마 그 사람이 자살하리
라고는. 세상사 알 수가 없네요."

"언제 죽었대?"

"오늘 아침 일곱시에 같은 아파트 사람이 방에서 발견했대요. 수면
제를 2백 알이나 먹었다나봐요. 지금 아파트 앞에 사람이 굉장히 많

이 모여 있어요."

"흠."

이마니시의 눈앞에 불빛 흐린 가로등 아래서 만났던 젊은 여자의 얼굴이 다시 떠올랐다.

"어째서 자살 같은 걸 했을까?"

"글쎄요, 잘 모르겠지만 젊은 사람이었으니까 연애 문제가 아닐까요?" 아내는 여자다운 의견을 말했다.

"그런가. 쯧쯧, 이제부터가 꽃다운 나이인데 안타깝게 됐네."

이마니시는 옷을 벗고 양복으로 갈아입었다. 와이셔츠를 입고 단추를 채우는데 문득 머릿속에 스치는 것이 있었다.

"어이." 이마니시는 아내를 불렀다. "그 여자 얼굴, 당신 자세히 본 적 있어?"

"예."

"어떤 얼굴이었지?"

"그게요, 갸름한 얼굴에 눈이 크고 귀여웠어요."

"오카다 마리코하고 닮았던가?"

"글쎄요." 아내는 하늘을 쳐다보았다. "그러고 보니, 어딘지 오카다 마리코하고 닮은 데가 있네요. 그래그래, 전체적인 인상이 그런 느낌이에요."

이마니시는 갑자기 불쾌한 듯 심각한 얼굴이 되더니 서둘러 상의를 입었다.

"다녀올게."

"다녀오세요." 아내는 출근하는 남편을 배웅했다.

이마니시 에이타로는 아파트 옆으로 성큼성큼 걸어갔다. 근처 이웃들이 열네댓 사람이나 서서 아파트 쪽을 바라보고 있었다. 관할 경찰서 자동차가 입구에 서 있었다.

이마니시는 아파트 쪽으로 걸어가 아파트 계단을 올라갔다. 자살한 사람의 방은 2층 5호실이었다. 방 앞으로 가자 관할 경찰서 사람이 서 있었다. 마침 안면이 있는 사이여서 가볍게 인사를 주고받았다.

"수고하십니다."

이마니시는 사망자의 방 안으로 들어갔다. 경관이 두세 명 서 있었고, 감찰의*가 웅크리고 앉아 자살한 사람을 살펴보고 있었다.

"고생하십니다."

경관들은 모두 이마니시가 얼굴을 아는 사람들이었다.

"사망자를 좀 살펴보게 해주셨으면 해서요."

자기가 맡은 사건이 아닌지라 이마니시는 정중하게 양해를 구했다. 경관은 흔쾌히 그를 시신이 있는 곳까지 안내해주었다.

이마니시는 시신을 내려다보았다. 시신은 이불 안에 누워 있었다. 머리도 가지런하게 손질했고, 얼굴에는 진한 화장을 했다. 사후에 다른 사람들에게 얼굴이 보일 것을 의식한 듯 보인다. 입고 있는 옷도 외출복이었다. 방은 깨끗하게 정리되어 있다.

이마니시는 사망자의 얼굴을 물끄러미 바라보았다. 아름다운 얼굴이었다. 그가 길에서 만났던 여자가 틀림없었다. 갸름한 얼굴에, 모양이 예쁜 입술을 조금 벌리고 있다. 눈은 감고 있지만 눈두덩 모양으로

---

* 변사체 등을 조사하고 경찰과 함께 행정해부를 시행하는 의사. 우리나라의 검시관에 해당된다.

보건대 눈을 뜨면 분명 클 것이다. 감찰의는 조수에게 소견을 기록하게 하고 있었다. 이마니시는 그 작업이 끝나기를 기다렸다.

"수면제입니까?" 이마니시는 작은 목소리로 경관 한 명에게 물었다.

"그렇습니다. 2백 알 정도 먹은 것 같아요. 오늘 아침에 발견되었는데, 사망 시각은 어제 열한시 정도로 추정됩니다." 경관은 대답했다.

"유서는요?"

"딱히 없네요. 하지만 유서인가 싶은 일기 같은 게 적혀 있더라고요."

"이름은요?"

"나루세 리에코입니다. 스물다섯 살. 전위극단 사무원이었다네요." 경관은 수첩을 보고 말했다.

이마니시는 방을 둘러보았다. 손님을 맞이하듯, 모든 것이 꼼꼼하게 정돈되어 있었다. 그는 방구석에 있는 작은 옷장에 눈이 멈췄다.

"실은 조금 마음에 걸리는 부분이 있어서요. 옷장을 열어보아도 될까요?" 이마니시는 경관에게 말했다.

"예, 그러세요." 경관은 흔쾌히 허락해주었다. 살인사건이 아니라 명백한 자살이었기 때문에 그렇게까지 엄격하지는 않았다. 이마니시는 가만히 옷장으로 가서 열어보았다. 정장 네다섯 벌이 옷걸이에 걸려 있었지만 이마니시의 시선은 그중 하나에 머물러 있었다.

검은색 정장이었다.

이마니시의 눈은 얼마간 거기로 빨려들어간 듯이 달라붙어 있었지만, 곧 잠자코 옷장을 닫았다. 그는 방 이곳저곳을 살펴보았다. 책상과 작은 책장 사이에 파란색 슈트케이스가 놓여 있는 것이 눈에 띄었다. 스튜어디스가 들고 다닐 만한 작은 가방이었다.

이마니시는 수첩을 꺼내어 슈트케이스의 특징을 메모했다.

그즈음 겨우 검시가 끝났다. 일어선 감찰의와 이마니시는 그제야 얼굴을 마주했다. 지금까지 사건이 있을 때마다 이마니시도 신세를 진 감찰의였다.

"선생님, 수고하십니다." 이마니시는 감찰의에게 머리를 숙여 인사했다.

"뭐야, 자네인가. 여긴 웬일이야?" 감찰의는 미심쩍다는 눈으로 이마니시를 보았다. 경시청 형사가 나올 만한 사건이 아니기 때문이다.

"아니, 이 근처 살아서요. 좀 들여다보러 왔습니다."

"그런가, 자네 이 근처 사는가?"

"사망자도 몇 번 만난 적이 있어서, 다소 인연이 있습니다."

"거참 기특한 일이구먼. 자, 명복이나 빌어주게나." 감찰의는 자리를 비켜주었다.

이마니시는 무릎을 꿇고 시신의 얼굴에 합장했다. 창문에서 들어오는 햇빛이 나루세 리에코의 한쪽 얼굴에 닿아 밝고 청정하게 보이게끔 했다.

"선생님." 이마니시는 감찰의 쪽으로 돌아보았다. "아무래도 자살이겠지요?"

"그건 틀림없네. 수면제를 2백 알 정도 먹었어. 빈병이 머리맡에서 발견되었고."

"부검할 필요는 없고요?"

"그럴 필요 없네. 정황이 확실하니까."

이마니시는 일어섰다. 이번에는 관할 경찰서 경관 쪽으로 다가갔다.

"아까 유서는 없지만 그것과 유사한 일기가 있다고 그러셨는데, 잠깐 볼 수 있을까요?"

"예, 여기요."

경관은 책상 쪽으로 갔다. 책상 위도 깨끗하게 정리되어 있었다. 경관은 서랍을 열었다.

"이겁니다."

대학노트처럼 생긴 공책이었다. 그게 펼쳐진 채로 놓여 있었다.

"가끔 감상 같은 걸 적어놓았더군요."

이마니시는 잠자코 끄덕이고는 글자를 눈으로 좇았다. 여자치고는 달필이었다.

사랑이란 고독한 것이라고 운명지어져 있는가.

3년간, 우리 사랑은 이어졌다. 하지만 쌓아올린 것은 아무것도 없다. 앞으로도 아무것도 없는 채로 계속되겠지. 미래에도 영원히 그러하리라고 그가 말한다. 그 알맹이 없는 헛된 이야기에 나는 손가락 사이로 모래가 흘러 떨어지는 듯한 공허함을 맛본다. 절망이 밤마다 내 꿈을 채찍질한다. 그래도 나는 용기를 내지 않으면 안 된다. 그를 믿고 살지 않으면 안 된다. 고독한 이 사랑을 지켜나가야 한다. 고독을 스스로에게 일러두며, 그 가운데 기쁨을 갖지 않으면 안 되는 것이다. 내가 쌓아올린 덧없는 것에 매달리며 살지 않으면 안 된다. 이 사랑은 언제나 나에게 희생을 요구한다. 거기에 나는 순교적 환희마저 가져야만 한다. 미래에도 영원히, 라고 그는 말한다. 내가 살아 있는 한, 그는 계속해서 그리할 것인가.

이마니시는 노트를 휙휙 넘겼다. 어느 페이지를 보아도 구체적인 것은 하나도 적혀 있지 않았다. 이런 식으로 추상적인 감상만 적혀 있다. 상황에 따라서는 자신만이 알고 남들에게는 비밀로 할 수 있는 방식이었다. 이마니시는 한번 더 경관에게 부탁하여 아까부터 눈여겨보던 핸드백을 집어들었다. 핸드백을 열어보았다. 안은 깨끗하게 정리된 듯 보였고 물건은 아무것도 들어 있지 않았다. 이마니시는 구석구석 뒤졌다. 하지만 그가 기대한 천조각은 한 장도 없었다.

"아무래도 이 아가씨는 실연으로 자살했나보네요." 관할 경찰서의 경관이 이마니시에게 말했다. "노트에 쓰인 글을 봐도 알겠어요. 이 나잇대 여자들은 외골수인 데가 있으니까요."

이마니시는 끄덕였다. 그도 같은 의견이었다. 하지만 이마니시는 관할 경찰서 경관이 한 말과는 다른 생각도 하고 있었다. 아무래도 이 젊은 여자는 실연으로 자살한 것 같다. 하지만 그것뿐만이 아니다. 이 여자에게는 다른 죄의식 같은 것이 있었고, 그것이 그녀를 죽음으로 내몬 하나의 원인이 되진 않았을까. 이마니시의 눈에는 야간열차의 창문을 열고 가위로 잘게 자른 피 묻은 남자의 티셔츠를 바람에 날리는 정경이 떠올랐다.

이마니시는 방에서 살그머니 나왔다. 계단을 내려갔다. 관리인 아주머니의 얼굴이 새하얗게 질려 있었다. 생각지도 못한 사건 탓에 얼굴이 굳었다. 이마니시와는 오래전부터 아는 사이다.

"이런 일이 일어나서 놀라셨겠네요." 이마니시가 위로했다.

"정말이지 상상도 못한 일이······" 아주머니는 떨리는 목소리로 말했다.

"불쌍하게도, 저는 잘 몰랐지만 괜찮은 아가씨였나보네요. 평소에 침울한 사람이었나요?"

"아니요, 그렇진 않은 것 같았어요. 여기에 이사 온 지 얼마 안 됐고 말수가 적어서 잘은 모르겠지만, 얌전하고 고상한 아가씨였는걸요."

"극단 사무원이었다고요?"

"맞아요."

"그러면 저 여자분 방에 자주 남자 친구들이나 젊은 친구들이 찾아오지는 않았나요?"

"아니요." 아주머니는 고개를 저었다. "그런 일은 한 번도 없었어요. 저 아가씨가 여기로 이사 오고 두 달 반 정도 되었는데요. 아무도 놀러온 적이 없어요."

"호오." 이마니시는 잠시 생각하다가 물었다. "방에 들어가지 않았어도 이 아파트 근처에서 젊은 남자들과 함께 있는 모습을 보신 일은 없으시고요?"

"글쎄요." 아주머니는 고개를 갸웃거렸다. "그런 일은 없었던 것 같은데요."

"베레모를 쓴 젊은 남자와 어딘가에서 이야기하는 것을 보신 적은 없으세요?"

"베레모요?"

"그, 다이코쿠텐*이 쓴 두건 같은 거 말이에요."

"글쎄요, 그런 사람은 본 적이 없는데요."

이마니시의 기억 속에는 언젠가 늦은 밤 베레모를 쓴 젊은 남자가 아파트 그녀의 방 바로 아래를 어슬렁거리던 모습이 남아 있었다. 그 남자는 분명히 어떤 노래의 한 소절을 휘파람으로 불고 있었다.

"아주머니, 휘파람을 부는 남자가 어슬렁거리지는 않았나요? 저 아가씨와 약속한 암호라든가, 나오라는 신호라든가, 그런 느낌의 휘파람 말이에요."

"글쎄," 이 질문에도 아주머니는 부정적이었다. "아무리 생각해도 그런 기억은 없네요."

그렇다면 휘파람을 분 것은 그날 밤뿐이었나. 밤마다 그랬다면 분명 이 아주머니 귀에 들어가 기억에 남았을 것이다.

이마니시 에이타로는 밖으로 나왔다. 그토록 찾아 헤매던 여자가 바로 코앞에 있었다. 등잔 밑이 어둡다는 말은 바로 이런 거다. 설마 '종이 날리는 여자'가 전에도 몇 번 마주쳤던, 이웃 아파트에 사는 신극 극단 사무원일 줄이야. 그야말로 꿈 같은 이야기였다.

게다가 그 여자가 자살했다. 이마니시는 이중으로 경악했다. 이마니시의 눈에는 그녀의 방 바로 아래에서 어슬렁거리던, 키가 크고 베레모를 쓴 남자가 강하게 새겨졌다. 그때는 별생각 없이 지나쳤는데, 지금 와서 보니 좀더 그의 정체를 살폈더라면 하는 후회가 밀려왔다. 하지만 이미 지나간 일이다.

아파트 관리인 아주머니에게 물어보았지만, 그녀는 언제나 혼자 다니고 방문객도 없었다는 말로 보아, 그때 베레모를 쓴 남자는 휘파람

---

* 일본 전통 신앙인 신토에서 복을 가져다준다는 신인 칠복신(七福神) 중 하나로, 음식과 재물을 관장하는 수호신.

을 불어 그녀를 밖으로 불러내려 했던 것이리라. 이마니시는 그때 문득, 일전에 아키타 현 가메다에 갔을 때 보고받았던, 거동이 수상한 남자의 일을 떠올렸다. 하지만 그저 생각이 났을 뿐, 베레모를 쓴 남자와 가메다의 남자가 동일 인물이라고는 판단할 수 없다.

가와구치에 사는 여동생을 역까지 바래다주고 돌아오던 길이었으니까 열한시를 넘긴 시간이었다. 이마니시는 베레모를 쓴 남자를 본 사람이 있는지 주변에서 찾아볼 생각이었다. 하지만 늦은 시간이었던데다 이 근처는 일찍 문을 닫기 때문에 목격자를 찾기는 어려울 듯했다.

그는 생각에 잠겨 걸었다. 어떻게든 그 남자를 찾을 방법이 없을까. 자살한 여자가 극단의 사무원이므로, 어쩌면 그 남자는 극단 관계자, 그러니까 배우가 아니었을까 하는 생각이 들었다. 배우들은 베레모를 곧잘 쓰고 다닌다. 일단 지금부터 전위극단에 찾아가서 자살한 나루세 리에코의 생활이나 대인관계를 물어보면서, 베레모를 쓴 남자를 슬쩍 찾아보자고 생각했다.

이마니시는 골목을 지나 조금 넓은 길로 나왔다. 거기서 왼쪽으로 꺾으면 노면전차가 지나가는 길이 나온다. 골목을 나온 지점에서 그의 눈이 정면의 초밥집에서 멈췄다. 초밥집은 문을 열 준비를 하고 있다. 젊은 사람이 나와 문 앞에 노렌*을 걸고 있었다. 그렇다, 그날 밤은 열한시가 지난 시각이었으므로 혹시 베레모를 쓴 남자가 이 초밥집에 들러서 초밥이라도 먹고 가진 않았을까. 그런 생각이 들어서 이

---

* 가게 이름을 써서 상점 입구에 드리우는 천.

마니시는 초밥집으로 향했다.

"안녕하세요."

노렌을 걷던 젊은이가 돌아서서 이마니시의 얼굴을 보더니 머리를 숙였다. 이 가게는 이마니시를 알고 있었고 가끔 배달도 해주었다.

"아직 준비가 안 되어서요." 젊은이가 말했다.

"아니, 초밥을 먹으러 온 게 아니야." 이마니시는 미소지었다. "좀 물어보고 싶은 게 있어서 말이지. 주인장은 계시나?"

"예, 안에서 생선을 씻고 계세요."

이마니시는, 미안하군, 하고 말하고는 가게 안으로 들어갔다. 초밥집 주인은 이마니시가 들어오는 것을 보고 회칼을 내려놓았다.

"어서 오세요."

"안녕하신가." 이마니시는 아직 청소중인 가게 안 의자에 앉았다. "바쁜데 미안하네. 좀 물어보고 싶은 게 있어서 왔어."

"오, 무슨 일이신가요." 초밥집 주인은 머리띠를 풀었다.

"좀 오래전 일이라 기억할지 모르겠는데, 지난달 말쯤에 밤늦게 키가 크고 베레모를 쓴 남자가 초밥을 먹으러 온 일이 없었나?"

"베레모라." 초밥집 주인은 생각에 잠겼다.

"키가 큰 남자인데."

"어떻게 생겼는데요?"

"생김새는 자세히는 모르지만 배우가 아닐까 하는데 말이지."

"배우요?"

"아니, 영화배우는 아니고 신극 쪽이야. 연극 말이야."

"아아."

그 말을 듣자 초밥집 주인은 알았다는 듯이 세차게 고개를 끄덕였다.

"왔어요. 왔어요. 분명 베레모를 쓴 배우가 왔어요."

"응? 왔다고?" 이마니시는 자신도 모르게 얼굴을 들이밀었다.

"예, 그런데 형사님. 그거 꽤 오래전 일이었는데요. 음, 아마 7월 말경이었던가."

"음, 그래서 초밥을 먹었나?"

"예, 열한시 정도였어요. 혼자서 휙 와서는 말이죠. 마침 다른 손님은 젊은 손님 세 분밖에 안 계셨거든요. 그런데 그중에 젊은 여자 손님이 성큼성큼 그 베레모 쓴 남자한테 가서는 갑자기 사인을 해달라고 수첩을 꺼내더라고요……"

"그 배우 이름이 뭐라고 하던가?"

"미야타 구니오였어요. 전위극단에서 꽃미남 역으로 잘나가나봐요."

"꽃미남 배우는 아니에요." 옆에 있던 젊은이가 끼어들었다. "그 사람은 성격파 배우라서 어떤 역도 다 소화한다고요."

"미야타 구니오라." 형사는 수첩에 적었다. "자주 여기에 오나?"

"아니요, 그때뿐이었어요."

4

이마니시 에이타로는 아오야마 4번가에서 노면전차를 내렸다. 전위극단 건물은 정류소에서 걸어서 2분도 걸리지 않았다. 역시 노면전차가 지나가는 길목이었다. 극장이라 그런지 건물이 다른 집들에 비해 훨씬 컸다. 바깥에는 극단이 상연하는 작품의 간판이 걸려 있다. 정면에는 관객 출입구와 매표소가 있었다. 이마니시는 거기에서 사무실로 가는 방향을 물어보았다.

사무실은 건물 정면에서 돌아서 옆쪽에 붙어 있었다. 평범한 사무실 같이 겉이 유리문으로 된 곳이다. '전위극단 사무실'이라고 금색 글자로 쓰여 있었다. 이마니시는 문을 열었다.

들어간 사무실은 상당히 좁고 책상이 다섯 개 정도 나란히 늘어서 있었다. 발밑에는 물건들이 어수선하게 흩어져 있다. 벽에는 극단이 상연한 작품들을 인쇄한 화려한 포스터가 이것저것 붙어 있었다. 사무원은 세 명뿐이었는데 여자가 한 명, 젊은 남자가 두 명이었다. 이마니시는 카운터를 사이에 두고 말했다.

"저기, 뭣 좀 물어보려고 하는데요."

말을 걸자 여자가 의자에서 일어났다. 열일고여덟 살 정도 되어 보이는 여자는 슬랙스 차림이었다.

"여기 미야타 구니오 씨라고 계신가요?"

이마니시는 물었다.

"배우 말씀이시죠?"

"예."

"미야타 씨 오셨나요?" 여자가 남자 중 한 사람을 돌아보았다.

"아아, 아까 봤어. 아마 연습실에 있을걸."

"있다는데요. 누구시라고 전해드릴까요?"

"이마니시라고 전해주십시오."

"조금만 기다려주세요."

여자는 사무실에서 나가 연습실로 이어지는 유리문을 열고 안으로 들어갔다. 운좋게 여기서 미야타 구니오라는 남자를 붙잡을 수 있다. 이마니시는 담배를 꺼내어 물고 연기를 내뿜었다. 두 사무원은 이마니시 쪽은 쳐다보지도 않고 주판을 튀기거나 수첩을 보고 있었다.

이마니시는 포스터에 적힌 '땅밑의 사람들'*이라는 글자를 보면서 기다렸다. 이윽고 안쪽 문이 열렸다. 여자 뒤로 키가 큰 남자가 나타났다. 이마니시는 그 남자가 다가올 때까지 이쪽에서 지그시 바라보았다. 아직 스물일고여덟 살 정도다. 머리가 길고, 무늬가 들어간 반팔 셔츠와 바지를 입은 모습이었다.

"미야타입니다." 배우는 이마니시를 향해 고개를 숙였다. 모르는 손님을 맞는 일이 많은지 익숙한 태도였다.

"바쁘신데 죄송합니다. 이마니시라고 합니다. 사실은 좀 여쭤볼 말이 있습니다. 잠깐 자리를 옮겨 같이 가주시겠습니까?" 이마니시가 말했다.

미야타 구니오는 썩 내키지 않는 눈치였으나 이마니시가 경찰수첩을 꺼내서 살짝 보여주자 매우 놀란 표정이 되었다. 얼굴은 검지만 예쁜 눈에 이목구비가 뚜렷한, 아무리 봐도 천상 배우다 싶은 남자였다.

"뭐, 잠깐 질문만 할 겁니다. 여기선 좀 그러니까요." 이마니시는 사무실을 둘러보았다. "가까운 찻집이라도 가실까요?"

미야타 구니오는 좀 불안한 듯한 표정이었지만 순순히 고개를 끄덕

---

* 마쓰다 도키코의 장편소설. 2차세계대전 말기 하나오카 광산에서 수백 명의 중국인 노동자가 목숨을 잃은 하나오카 사건을 다룬 작품이다. 이 작품에서 작가는 전쟁 당시 조선인과 중국인 노동자의 비참한 생활상을 구체적으로 묘사하고 있다.

이고 이마니시를 따라나섰다. 이마니시는 미야타와 함께 근처 찻집으로 들어갔다. 아직 오전이라 찻집도 손님이 없었다. 가게 종업원이 유리창을 닦고 있었다.

둘은 안쪽 테이블에 자리를 잡았다. 유리창을 통해 들어오는 햇살에 비친 미야타 구니오의 얼굴은 아무래도 불안해 보였다.

이마니시는 좀 이상하다고 생각했다. 형사가 찾아오는 일은 누구라도 달가워하지 않는다. 게다가 밖으로 불려나가 무슨 질문을 받을지 모를 상황이라면 편하게 있을 수 없다. 그러나 미야타의 표정에는 필요 이상으로 불안의 그림자가 짙었다. 이마니시는 일단 상대의 기분을 편하게 해주고자 잡담을 했다.

"저는 신극은 완전 문외한입니다." 이마니시는 가볍게 웃으며 이야기를 시작했다. "어렸을 적에 쓰키지 소극장이란 게 있었거든요. 도모다 교스케*라는 사람이 하는 〈밑바닥〉**이라는 연극을 딱 한 번 본 적이 있습니다. 역시 그런 것을 하시는 건가요?"

"예, 뭐, 그렇지요." 젊은 배우는 짧게 대답했다. 30년 전에 딱 한 번 〈밑바닥〉을 본 남자에게 현재 신극의 상황을 설명해봤자 소용없다는 것을 알았는지도 모른다.

"그렇습니까. 역시 하이칼라시군요. 미야타 씨도 역시 주인공을 맡으십니까?"

"아니요, 저야 아직 신출내기입니다."

"그렇습니까. 여러모로 힘드시겠군요."

* 1900년대 초반에 활동한 신극 배우.
** 막심 고리키의 희곡.

이마니시는 담배를 권했다. 두 사람은 점원이 가져온 커피를 함께 마셨다.

"그건 그렇고 미야타 씨, 바쁘신데 성가시게 해서 죄송하지만 연습 중은 아니셨나요?"

"지금은 괜찮습니다."

"그렇습니까, 그럼 갑작스러운 질문입니다만, 이 극단에서 사무원으로 일하는 나루세 리에코 씨를 아십니까?"

그 순간 미야타의 얼굴 근육이 놀라서 경직되었다. 하지만 이마니시가 방금 전에 사무실에 갔을 때도 느꼈지만, 이 미야타를 포함하여 극단 사람들은 나루세 리에코의 자살에 대해 아직 모르는 것 같았다. 미야타 구니오가 놀라서 근육을 움직인 데는 다른 이유가 있어 보였다.

"미야타 씨."

"예."

"나루세 씨가 자살했습니다."

"예?"

미야타는 눈을 동그랗게 뜨고 펄쩍 뛸 듯한 표정을 지었다. 그는 한동안 형사를 바라보다가 안색이 변해서 더듬거렸다.

"그, 그게 사실입니까?"

"지난밤이에요. 제가 오늘 아침 검시할 때 입회했으니 틀림없습니다. 극단에는 아직 통지가 가지 않았나요?"

"까맣게 몰랐습니다…… 아, 맞다, 극단 사무장이 서둘러 나갔다고는 들었는데, 그럼 그 일 때문입니까?"

"그럴지도 모르겠네요. 미야타 씨는 나루세 씨와 친하셨습니까?"

유리창에 파리 한 마리가 기어가고 있었다. 미야타는 잠시 고개를 숙이고 대답하지 않았다.

"어땠습니까?"

"예, 잘 아는 사이였습니다."

"그러십니까. 아니, 미야타 씨, 제가 여쭤볼 말은 실은 나루세 씨의 자살 원인에 대해 짐작 가는 바가 없으신가 하는 겁니다."

배우는 침통한 표정으로 턱에 손가락을 대고 있었다. 이마니시는 그 표정을 지그시 바라보았다.

"미야타 씨, 나루세 씨는 자살했습니다. 타살이 아니기 때문에 저희가 나설 일이 아닐지도 모릅니다. 하지만 돌아가신 분에게는 송구스럽지만, 나루세 씨의 자살에 숨겨진 이유를 저희는 알고 싶습니다. 이게 다른 어떤 사건과도 연관이 있어서요. 자세히는 말씀드릴 수 없어 유감입니다만, 그런 사정으로 미야타 씨를 찾아온 겁니다."

"하지만, 저는……" 미야타 구니오는 나직한 목소리로 답했다. "나루세 씨가 어떤 이유로 자살했는지 모릅니다."

"아니, 유서 같은 글은 있었습니다. 그걸 유서라고 해도 될지는 모르겠지만요. 글에서 보면 실연당한 상심이랄까요, 뭔가 그런 인상을 주는 비극적인 말들이 쓰여 있었습니다."

"그렇습니까. 상대의 이름은 나와 있었나요?"

미야타 구니오는 얼굴을 들어 이마니시를 보며 반짝 눈을 빛냈다.

"그게, 아무것도 쓰여 있지 않습니다. 아마 나루세 씨는 죽은 후 폐를 끼치게 될까봐 마음을 쓴 게 아닐까요."

"그렇습니까. 역시 그랬군요."

"뭐, 역시라고요? 그럼 미야타 씨는 짐작 가는 데가 있습니까?"

이마니시는 상대의 표정 변화를 조금도 놓치지 않으려는 눈빛이 되었다. 미야타 구니오는 말이 없었다. 그는 다시 눈을 내리깔고는 입술을 깨물었다. 그 입술은 작게 떨리고 있었다.

"미야타 씨, 저는 당신 말고 나루세 씨가 죽은 원인을 아는 사람은 달리 없다고 생각합니다."

"뭐라고요?" 배우는 또 놀란 듯 눈을 치켜떴다.

"미야타 씨는 외출할 때 베레모를 쓰십니까?" 이마니시는 길게 기른 그의 머리를 보며 물었다.

"예, 쓰는데요."

"꽤 오래전에 밤늦게 나루세 씨 아파트 근처 초밥집에 들른 적이 있지요?"

배우의 얼굴에 새로 동요가 일었다.

"당신은 그 초밥집에서 팬에게 사인을 해줬지요. 그뿐만이 아니라 나루세 씨 아파트 근처에서 휘파람을 불면서 그녀를 불러내려 했잖습니까?"

배우의 얼굴이 순식간에 하얘졌다.

"아뇨, 전 아닙니다. 저는 나루세 씨를 불러낸 적 없습니다."

"하지만 당신은 아파트 아래에서 휘파람을 불었습니다. 사람을 불러내려는 휘파람이었어요. 미야타 씨, 나는 그날 밤 당신의 모습도 그 휘파람도 지나가면서 보고 들었단 말입니다."

이마니시가 그를 아파트 근처에서 봤다고 말하자 미야타 구니오의 얼굴은 새파래졌다. 배우는 얼마간 입을 다물고 있었다. 그 표정에 고통이 어려 있었다.

"어떻습니까, 미야타 씨." 이마니시는 밀어붙였다. "이젠 전부 말씀해주셨으면 합니다. 그렇다고 제가 미야타 씨를 어떻게 하려는 건 아닙니다. 나루세 리에코 씨는 자살했습니다. 경시청은 타살이 아니면 움직이지 않습니다. 하지만 말이죠, 저희는 나루세 씨를 다른 의미에서 수사하고 있었습니다."

배우는 흠칫 놀란 표정을 보였다. 하지만 묵묵히 있을 뿐이었다.

"다른 사건과 관련된 일입니다. 수사상 자세한 것은 알려드릴 수 없지만, 저희로서는 중대한 문제입니다. 저희는 나루세 씨를 그 사건의 참고인으로 생각하고 있었습니다. 그런데 이처럼 뜻밖의 자살사건이 일어나서 실망을 금치 못하고 있습니다."

이마니시는 상대의 표정을 살피면서 이야기를 이었다.

"이건 저희 생각인데요. 나루세 씨가 자살한 원인이 혹시나 저희가 묻고 싶던 일과 관련이 있었던 것은 아닐까 합니다. 어떻습니까, 미야타 씨, 진실을 알려주시지 않겠습니까. 나루세 씨가 왜 자살했는지를."

배우는 얼굴을 일그러뜨리며 침묵을 지키고 있었다.

이마니시는 양 팔꿈치를 테이블에 대고 깍지를 꼈다.

"당신은 알고 계실 겁니다. 나루세 씨와 상당히 친하셨으니까요. 딱히 뭘 어쩌자는 건 아닙니다. 저희는 단지 나루세 씨의 자살 원인에 대해 짐작 가는 바를 솔직하게 말씀해주시길 바랄 뿐입니다."

이마니시는 미야타의 얼굴을 바라보고 있었다. 이런 상황에서 이마니시의 눈은 평소와 조금 달랐다. 어떤 가해자는 그가 쳐다보자 아무리 해도 자백하지 않고는 견딜 수 없었다고 털어놓았을 정도였다. 사람의 마음속 깊은 곳까지 훤히 들여다보는 듯한 눈빛이었다.

미야타 구니오는 흔들리기 시작했다. 동요가 그의 몸 전체로 퍼졌다. 이마니시는 그 모습을 가만히 관찰했다.

"미야타 씨, 어떠세요. 한번 협조해주시겠습니까?" 이마니시는 마지막으로 밀어붙였다.

"으음." 미야타는 손수건을 꺼내 이마의 땀을 닦았다.

"말씀드리겠습니다." 깊은 한숨과 함께 말을 토해냈다. 미야타는 이마니시 앞에서 무너졌다.

"오, 이야기해주시는 겁니까. 감사합니다."

"잠깐 기다려주세요, 형사님." 미야타는 굳어진 목소리로 말했다.

"뭘 기다리라는 말씀이십니까?"

"아니요, 다 말할 겁니다. 말할 건데, 지금은 좀 입이 떨어지질 않습니다."

"왜 그러십니까?"

"뭐랄까, 제 마음속에서 정리가 안 돼서…… 형사님, 나루세 씨의 자살에 관해서는, 말씀하신 대로 제게 짐작 가는 바가 있습니다. 아니, 그것뿐만이 아닙니다. 저는 형사님께 털어놓고 싶은 게 한두 가지가 아니에요. 그런데…… 지금은, 지금은 그게 안 나옵니다."

배우는 숨쉬는 것조차 고통스러워 보였다.

8장
변사

1

이마니시는 미야타의 얼굴을 바라보며 수긍했다.

미야타의 마음을 모르는 것도 아니었다. 그의 표정을 보니 나루세 리에코에 관해 여러 가지를 아는 듯했다. 그것도 다른 사람들에게는 비밀로 하고 있던 이야기를 그는 쥐고 있는 것이다. 게다가 이마니시가 관찰한 바로는 미야타가 나루세 리에코에게 특별한 감정을 품고 있었던 것 같았다. 그가 이처럼 괴로워하는 것은 그 탓이리라.

여기서 무리하게 압박할 필요는 없었다. 실제로 이 이상 미야타를 몰아붙인다 해도 털어놓지는 않을 터였다. 불쌍할 정도로 괴로워하고 있다. 미야타의 표정은 확실히 이마니시에게 무언가를 이야기하고 싶어했다. 그의 말에서는 한 치의 거짓도 찾아볼 수 없었다.

"알겠습니다. 미야타 씨, 그렇다면 언제 이야기해주시겠습니까?"

이마니시는 승낙하고는 물었다.

"이삼일 정도 기다려주십시오." 미야타는 아직도 힘겹게 숨을 쉬고 있었다.

"이삼일이라, 조금 더 빨리는 안 되겠습니까?"

"……"

"이런 일을 재촉하기는 좀 그렇습니다만, 저희로서는 하루라도 빨리 사정을 듣고 싶어서요. 아까 말씀드린 대로 한 사건이 미해결 상태입니다. 제가 담당하던 사건이었지요. 그래서 꼭 당신에게서 빨리 나루세 씨에 관해 듣고 싶습니다."

"형사님." 미야타가 말했다. "나루세 씨가 그 사건과 관련이 있나요?"

"아뇨, 아직은 알 수 없습니다. 나루세 씨가 사건에 얽혀 있는 건 아니지만, 저희는 그녀에게 사건 해결에 대해 실낱같은 희망을 품고 있었습니다."

미야타 구니오는 이번에는 이마니시의 얼굴을 응시했다. 무서울 정도의 눈빛이었다.

"알겠습니다, 형사님." 그는 결심한 듯이 말했다. "형사님 말씀을 들으면서 저도 협조하고 싶어졌습니다. 저는 형사님이 무슨 말씀을 하시는지 그 의미를 어렴풋이나마 알 것 같은 생각이 드네요."

"아, 미야타 씨도 그렇게 생각하시는군요."

순간 이마니시는 틀림없이 미야타가 사건의 열쇠 하나를 쥐고 있다고 생각했다.

"그렇게 생각합니다." 미야타가 말했다. "아마도 제 추측과 형사님 생각이 일치하는 거겠죠…… 알겠습니다. 그럼 내일 뵙도록 하지요. 내일 나루세 씨에 대해 모두 이야기하겠습니다."

고마운 일이야. 형사는 마음속으로 외쳤다.

"내일 어디에서 뵐까요?"

"그러네요." 미야타가 잠깐 생각에 잠겼다.

"내일 밤 여덟시에 긴자에 있는 찻집 S당에서 기다리겠습니다. 그때까지 저도 이야기를 정리해놓지요." 배우 미야타 구니오는 서글픈 목소리로 말했다.

이마니시는 다음날 저녁 여덟시에 맞춰서 긴자 S당 찻집으로 갔다. 문을 열고 입구에서 내부 전체를 둘러보았다. 손님들로 북적거렸으나 배우의 얼굴은 없었다. 그는 벽 쪽에 자리를 잡은 다음 입구를 마주보고 앉았다. 이렇게 하면 입구에서 들어오는 미야타 구니오를 바로 발견할 수 있고, 상대도 이마니시를 찾기 쉬울 터였다.

이마니시는 커피를 주문했다. 주머니에서 주간지를 꺼내 읽기 시작했으나 문이 열릴 때마다 활자에서 눈을 뗐다. 나가는 손님, 들어오는 손님. 이마니시는 파수병처럼 그들을 응시했다.

커피를 되도록 시간을 들여 천천히 마셨다. 하지만 결국 한 잔을 비울 때까지 배우는 나타나지 않았다. 여덟시 이십분이 되었다.

이마니시는 딱히 낙담하지 않았다. 어제 그렇게 약속을 했으니 거짓말을 할 리가 없다. 배우라는 직업은 대사를 맞춰본다든가 연습을 한다든가 하는 여러 가지 사정으로 시간상 제약을 받곤 하니까, 시간에 맞춰 오지 못할 수도 있을 것이다. 어쩌면 20분 정도는 더 늦을지도 모르지.

이마니시는 출입구에 주의를 기울이며 주간지로 눈을 돌렸으나, 하필 운 나쁘게 그때부터 북적대기 시작했다. 들어왔다가 자리가 꽉 찬 것을 보고 되돌아 나가는 사람도 많았다. 게다가 텅 비어버린 이마니시의 커피잔을 보고 여종업원이 빨리 나가라는 눈초리를 보냈다.

미야타와 여기서 만나기로 약속했기 때문에 다른 곳으로 갈 수도 없었다. 이마니시는 하는 수 없이 홍차를 시켰다. 이것도 시간을 들여 천천히 마셨다.

여덟시 사십분이 되었다. 배우는 나타나지 않았다. 이마니시는 슬슬 초조해지기 시작했다.

거짓말을 한 걸까. 아니, 그럴 리 없다. 어젯밤 그의 얼굴은 진심이었다.

그렇다면 마음이 바뀌었다는 말인가. 그럴지도 모른다. 어제 그의 고뇌를 생각해보면 후회하며 약속을 깼을 수도 있다.

아니, 그럴 리 없어. 이쪽에서는 그가 전위극단 소속인 걸 알고 있다. 그도 그것을 잘 알고 있으니까, 어찌되었든 오늘밤은 이야기를 전부 털어놓지는 않는대도 무슨 연락은 있을 터였다. 전화라도 걸지 모른다.

이마니시는 기다렸다. 전화가 걸려왔고 손님 호출도 있었으나 이마니시의 이름은 불리지 않았다. 홍차를 다 비웠다. 얄궂게도 손님들은 계속해서 밀려들었다. 이마니시는 프루트펀치를 시켰다. 하지만 시킨 음료는 반도 비우지 못했다. 물배가 출렁출렁했다.

한 시간이 지났다. 이마니시는 포기하지 않았다. 어떻게 해서든 미야타의 이야기를 듣고 싶다. 범인을 도와 피가 묻은 폴로셔츠를 갈가리 찢어 날려보낸 여자, 그 여자의 비밀을 가장 잘 아는 미야타에게 모든 자초지종을 듣고 싶다. 이마니시는 그후로도 초조하게 애를 태우며 기다렸다.

2

이마니시 에이타로는 여섯시에 눈을 떴다. 나이 탓인가, 요즘 들어이 시간이 되면 으레 눈이 떠진다. 전날 밤에 아무리 늦게 잠자리에 들었거나 또는 사건으로 정신없이 뛰어다녔어도 여섯시가 되면 한 번은 눈이 떠지는 것이다.

오늘 아침에도 아니나 다를까 그 시각에 눈이 떠졌다. 아내도 다로도 아직 자고 있었다.

이마니시는 지난밤 일을 생각하자 바보가 된 기분이 들었다. 상대가 늦게나마 올 것 같아 S당을 나와서도 밖에서 기다렸다. 이상하게도 자기가 돌아가면 곧바로 미야타가 나타날 것 같은 미련이 남아서, 질질 끌며 한참을 서 있었다.

하지만 결국 허탕이었다. 미야타 구니오는 왜 약속을 어겼을까. 배우라는 직업상 뭔가 급한 용무가 생겨 못 왔을까. 하지만 약속장소가 S당인 건 알고 있었으니 전화 연락 정도는 했을 법한데, 그것조차 없었다. 극단에 전화해보았지만 모두 퇴근했는지 아무도 받지 않았다.

미야타 구니오는 갑자기 마음을 바꾼 것일까. 만났을 때도 상당히 고민했고, 모두 말하겠다고 결심하고도 이마니시에게 하루 시간을 달라고 했을 정도다. 말을 꺼내기까지 결심이 필요한 듯했다. 그럴 정도였으니, 나중에 약속을 뒤집었다 해도 무리는 아니다. 미야타는 정말로 이마니시로부터 도망갔을지도 모른다.

그렇지만 딱히 분통이 터지거나 하진 않았다. 이 일을 하고 있으면 때때로 이런 상황에 부딪히곤 한다. 형사는 끈기와 인내를 요하는 직업이었다.

오늘 아침 출근하면 바로 전위극단에 가볼 생각이었다. 그저께 깜박하고 묻지 않아서 아직 그의 주소는 모른다. 극단에 물어서 그의 집에 가보기로 했다. 어찌됐든 미야타 구니오는 나루세 리에코에 관해 무언가를 알고 있다. 그것도 그녀에게 '좋은 일'은 아니다. 나루세 리에코와 범인의 연관성이 드러날지도 모른다.

이마니시는 침상에서 담배를 한 대 피우고 이부자리에서 일어나 현관으로 갔다. 신문이 대문에 반쯤 끼워져 있다. 그는 그것을 집어서 다시 이부자리로 돌아갔다.

이마니시는 신문을 펼쳤다. 눈을 뜬 직후 잠깐, 이렇게 잠자리에서 담배를 피우며 누워서 신문을 읽는 것이 즐거움 중 하나였다. 직업상 그는 바로 사회면을 펼쳤다. 최근 들어 경시청에서도 이렇다 할 사건이 없다보니 기사도 저조했다. 중요하지 않은 일들이 크게 다뤄졌다.

이마니시의 눈이 한가운데에서 갑자기 멈췄다. 두 단으로 쓰인 기사 제목이 조금 남아 있던 잠기운을 날려보냈다.

'신극 배우 길에서 사망. 총연습 후 귀가 도중 심장마비.'

이마니시는 그 제목 옆에 실려 있는 사진을 보았다. 조금 길쭉한 얼굴이 웃고 있었다. 그저께 만난 미야타 구니오였다. 사진 설명에도 그 이름이 쓰여 있었다. 이마니시는 덤벼들 기세로 기사를 읽어나갔다.

8월 31일 밤 열한시경, 세타가야 구 가스야초 ××번지 근처를 지나던 회사 중역 스기무라 이사쿠 씨(42)가 자가용으로 귀가하던 도중 헤드라이트에 비친 시신을 발견, 바로 관할 세이조 경찰서에 신고했다. 검시 결과, 소지품을 근거로 전위극단 배우 미야타 구니오 씨(30)임이 밝혀졌다. 사인은 일단 심장마비로 판명됐으나 오늘 중으로 도쿄 도립 감찰의무원*에서 부검할 예정이다.

미야타 씨는 전위극단에서 당일 저녁 여섯시 반 정도에 총연습을 마치고 극단을 나왔다고 한다. 전위극단 스기우라 아키코 씨의 이야기다. "미야타 씨는 신인 배우 가운데서도 장래가 유망한 사람으로, 최근에는 팬도 많이 생겨 저희도 큰 기대를 걸고 있었는데 유감스럽습니다."

이마니시는 뒤통수를 세게 얻어맞은 것 같았다.

미야타 구니오가 죽었다……

이마니시는 목소리도 나오지 않았다.

신문기사만으로는 자세히 알 수 없으나 미야타의 사인은 심장마비라고 했다. 시기가 시기다. 기사를 읽자마자 정말로 심장마비였을까, 라는 의문이 생겼다. 지난밤 아무리 기다려봤자 미야타는 올 수 없었던 것이다. 그 시각에는 이미 사망했는지도 모른다.

---

* 도쿄 도에서 진행하는 검시 및 행정해부를 담당하는 병원.

이마니시는 눈앞이 어지러웠다.

미야타 구니오가 죽었다. 너무나도 기가 막힌 타이밍이다. 이것은 우연일까.

이마니시는 이불을 박차고 일어났다. 아내를 재촉하여 아침밥을 정신없이 욱여넣었다.

"무슨 일이에요?" 아내가 의아해했다.

"아무것도 아니야." 이마니시는 화재 현장에 출동하는 소방대원처럼 재빨리 나갈 채비를 했다. 집을 나선 것은 여덟시 반이었다.

미야타 구니오의 시신은 이미 세이조 경찰서에 없을 것이다. 오쓰카에 있는 도쿄 도립 감찰의무원은 아홉시부터 근무가 시작된다. 거기로 바로 가는 편이 빠르다.

오쓰카 역에서 걸어서 10분 정도 걸리는 감찰의무원에 도착한 것은 아홉시를 조금 넘긴 시간이었다. 병원 앞에는 예쁘게 정돈된 정원이 있었지만 건물 안은 어둠침침했다. 대기실에는 누군가의 유족으로 보이는 남자 두 명이 불안한 얼굴로 앉아 있었다. 이마니시는 바로 의무과장실로 갔다.

"야아, 오래간만이네요." 의무과장은 이마니시의 인사를 받고 얼굴을 들었다. 붙임성이 좋고 언제나 웃는 얼굴로 이야기하는 사람이었다.

"선생님, 갑작스럽습니다만, 어제 세이조 경찰서 변사체는 이미 여기로 옮겨져 왔습니까?"

"예, 어제 밤늦게 왔어요."

"그럼 부검은 언제 시작합니까?"

"지금 일이 좀 밀려서 오후에나 하게 되지 않을까 하는데요."

"선생님, 어떻게 이걸 먼저 해주실 수 없을까요?"

"흠, 그런데 그건 병사였어요. 만일을 위해서 형식적으로 부검하는 것뿐인데요. 뭔가 이상한 점이라도 있습니까?"

"조금 묘하게 짐작 가는 데가 있어서요."

"그렇다면 자연사가 아니라 타살일 가능성이 크다는 말인가요?"

감찰의는 이마니시 형사의 실력을 알고 있었다. 이마니시의 부탁을 받아들여 부검 순서를 제일 처음으로 앞당겼다. 준비하는 동안 이마니시는 세이조 경찰서에서 보내온 서류를 살펴보았다. 아침에 읽은 신문기사와 다를 바 없는 경위가 적혀 있었다. 그는 생각에 잠겨 기다리고 있었다.

젊은 의사가 와서 이마니시를 불렀다. 그는 좁은 통로를 따라 계단을 내려갔다. 해부실로 가기 위해 도중에 구두에 커버를 씌웠다. 들어가자 바로 대기실이었다. 거기서는 유리문을 통해 해부실이 보였다. 벌써 하얀 수술복을 입은 사람들이 대여섯 명 모여 있었다.

콘크리트 바닥 한가운데에 해부대가 있었다. 한 남자가 알몸으로 똑바로 누워 있었다. 핏기 없는 몸이었다. 미야타 구니오와의 생각지도 못한 대면이었다. 긴 머리카락이 해부대 위에 흐트러져 있다. 눈을 뜬 채 입을 조금 벌리고 있었다. 고통스러운 표정이었다.

이 입이다. 그의 죽음이 조금만 더 늦춰졌다면 저 입을 통해 모두 들을 수 있었다. 미야타 구니오는 왜 하필 그때 급사한 것인가.

이마니시는 시신 앞에서 합장을 올렸다.

의사들은 시신을 중심으로 각자 위치에 섰다. 감찰의는 시신 외견에 보이는 것들을 서술하기 시작했다. 조수는 연필을 움직이며 열심히 기록했다. 구술이 끝나자, 의사는 시신의 가슴에서 메스를 내리그었다. 중심선에 맞추어 Y자로 단숨에 피부를 갈랐다. 피가 스며나왔다.

그후의 진행은 이마니시가 지금까지 가끔 봤던 부검과 순서가 같았다. 먼저 복강 장기를 조사한다. 장, 위, 간을 상세히 점검했다. 각각 메스로 잘라서 몸에서 꺼냈다. 장은 물속에서 씻기며 긴 밧줄처럼 흔들거렸다.

그러는 동안 조수가 큼지막한 가위로 늑골을 자르기 시작했다. 이 순서대로 진행되는 동안에도 감찰의는 소견 구술을 계속 이어나간다. 소리를 내며 절단된 늑골을 들어올렸다. 창이 열렸다. 그 공간을 통해 폐와 심장이 들여다보였다. 의사는 심장을 다른 가위로 자르기 시작했다.

감찰의는 심장을 꺼내 열심히 살피기 시작했다. 큰 주먹 정도 크기의 심장은 잿빛이 섞인 적갈색을 띠고 있었다. 거기에 메스가 들어갔다.

이마니시는 꼼짝 않고 서서 바라보고 있었다. 이상한 냄새가 코를 찔렀으나 이내 익숙해졌다. 다른 조수가 위를 꺼내 안을 열어 내용물을 검사했다. 다른 한 명의 조수는 다갈색 간을 자르고 있었다.

오랜 시간이 걸렸다.

마지막으로 머리를 자르고 두개골 뚜껑을 열었다. 미야타 구니오의 긴 머리카락이 누워 있는 얼굴을 스륵 덮었다. 원 모양으로 잘린 머리 안으로 얇은 종이에 싸인 곱고 연한 복숭아색 공 같은 물체가 보였다. 뇌수였다. 이마니시는 이것을 볼 때마다 항상 사람 뇌의 아름다움에 감탄했다. 셀로판지로 감싼 고급 서양 과일을 보는 것 같았다.

이마니시는 감찰의가 부검을 계속 이어가는 도중에 해부실을 나왔다. 그의 이마는 땀에 젖어 있었다. 원래 있던 복도로 돌아와서 창밖을 바라보자 푸른 잎들이 바람에 흔들거리고 있었다. 밝은 햇살과 신선한 공기였다. 이마니시는 살아 있다는 기쁨을 새삼스럽게 맛보았다. 창밖을 바라보는데 누가 이마니시의 어깨를 뒤에서 두드렸다. 수술복을 벗은 감찰의였다.

"이것 참, 선생님, 수고하셨습니다." 이마니시는 인사를 건넸다.

"수고는요. 잠깐 이쪽으로 오시죠."

감찰의는 이마니시를 방으로 데리고 들어갔다. 주위 벽이 얼룩으로 더러워져 있었다.

"이마니시 형사님, 여기까지 이렇게 오셨는데 말이죠." 감찰의는 미소를 지으며 말했다. "심장마비가 틀림없습니다."

"아, 역시 그런가요?" 이마니시는 의사의 얼굴을 바라보았다.

"예, 형사님 요청도 있고 해서 저희도 특히 주의깊게 살펴봤는데요." 감찰의가 웃었다.

"아무데도 외상이 없고 폭행을 당한 흔적도 없습니다. 또 위 내용물을 조사해본 바로는 독극물 반응도 없었습니다."

"아, 예."

"복강 장기들에도 이상이 없었습니다. 심장이 약간 비대한 것으로 보아 가벼운 판막증을 앓았으리라 추정되는 흔적은 있었지만요. 모든 장기를 검사해서 이상한 부분을 짚어나간 결과 심장마비였다는 결론을 내렸습니다. 실제로 그 증거로 각 장기에 울혈이 보이더군요."

"그건 왜 그런 겁니까?"

"요컨대 심장이 급하게 정지하면서 혈액순환이 그대로 멈춰버려 울혈을 일으킨 것입니다. 폐, 간, 비장, 신장 등에서 그런 특징들이 보였지요."

"그렇다면 역시 심장마비에 의한 자연사라는 말씀입니까?"

"제가 검사한 바로는 뭐, 그렇게 되네요. 다른 사인은 발견되지 않았습니다. 물론 외부의 힘으로 공격을 당한 곳은 하나도 없었고요."

"그렇습니까."

이마니시는 생각에 잠겼다. 이 모습이 너무나도 실망에 잠긴 듯 보였던 모양이다. 의사 쪽에서 반대로 질문했다.

"이마니시 형사님, 어떤 점에서 이상하다고 생각하신 건가요?"

그 질문에는 이마니시도 적당한 대답을 찾을 수 없었다. 중요한 증언을 듣기 전에 당사자가 갑자기 죽었기 때문에 사인이 의심스럽다고 대답할 수도 없는 노릇이었다. 그저 하나의 의문만은 입 밖에 낼 수 있었다.

"본인의 자택에서 죽은 것이 아니라 도로에서 시신으로 발견되었지요?"

"그렇습니다. 세이조 경찰서에서 그렇게 연락이 와서 저희가 운반차를 현장에 보냈지요. 그게 뭐가 이상한가요?"

"아니, 마음에 조금 걸려서요. 당사자가 집에서 발병해서 사망했다면 별로 의문을 품지 않았을 텐데, 길거리에서 죽었다는 게 아무래도 걸려요."

"아니, 이마니시 형사님, 그야 가끔 있는 일이랍니다. 특히나 급성 심장마비는 장소를 안 가리니까요."

듣고 보니 이마니시도 반론할 말이 없었다. 실제로 미야타 구니오는 그 질병으로 급사했다는 게 해부라는 과학적인 방법으로 증명되지 않았는가.

배우 미야타 구니오가 자연사했다는 점은 재론의 여지가 없었다.

"죄송합니다. 저희는 직업병이 도지면 일단 의심부터 하고 보는 게 습관이라 큰일이네요." 이마니시는 감찰의에게 말했다.

"그야 당연한 일인걸요. 저희도 운반되어온 시신은 전부 타살이라고 보고 시작하니까요. 그래서 자연스레 검사도 엄밀히 하게 되고요."

감찰의의 이 의견에는 이마니시도 동감했다. 이마니시는 의사에게 감사의 말을 전하고 병원을 나왔다.

그런 후 이마니시는 세이조 경찰서로 갔다. 거기에서 미야타 구니오의 시신이 발견된 자초지종을 들었으나 신문기사와 그리 다를 바 없었다. 발견 당시 미야타 구니오는 길바닥에 엎드린 자세로 쓰러져 있었다고 했다. 주변은 한산한 주택가였다. 사망 추정 시각은 오후 여덟시에서 아홉시 사이로, 감찰의무원의 부검 소견과도 일치했다. 오후 여덟시는 미야타가 이마니시와 약속한 S당에 오기로 한 시간이다. 그렇다면 그는 왜 세타가야 근처를 걷고 있었단 말인가.

이마니시는 지금도 미야타가 약속을 어길 마음은 없었다고 생각하고 있다. 그가 세타가야를 걷고 있었던 것은, 그의 의지가 아닌 다른 이유로 인해 거기에 가야 했기 때문은 아닐까.

그의 의지가 아닌 이유……

예를 들어 그가 다른 누군가의 집을 방문했다가 시간이 늦어졌다고 생각해볼 수 있다. 그 방문처는 당연히 세타가야 주변일 것이다.

이마니시는 일단 미야타 구니오가 쓰러진 장소에 가보기로 했다. 세이조 경찰서에서 현장까지는 그렇게 멀지 않았다. 그는 버스를 타고 갔다. 역시나 주변에는 아직 주택이 적어 덩그러니 남겨진 인상을 주는 전원지역이었다. 세이조 경찰서에서 그려준 약도를 가지고 배우가 쓰러졌다는 지점에 도착했다. 버스가 지나가는 국도에서 1미터 정도 밭으로 들어간 지점이었다.

저편 잡목림 아래에는 벌써 참억새 이삭이 하얗게 돋아 있었다. 서서 보니 지나가는 자가용은 많지만 걸어가는 사람은 적었다. 이 정도라면 밤중에는 한적한 곳이리라. 미야타 구니오는 택시도 타지 않고 여기를 걸어가고 있었던 걸까. 아니, 그건 부자연스러운 일이다. 게다가 이마니시와 한 약속을 기억하고 있었다면 그는 당연히 택시를 타야 했다.

하기야 아예 다른 각도에서 생각할 수도 있다. 방문했던 곳이 아주 가까이 있어 미야타가 여기에서 빈 택시를 잡으려 했다고 추정할 수도 있다. 그렇다면 이 장소도 그리 부자연스럽지 않다.

하지만 미야타는 누구를 찾아서 이 세타가야 깊숙이까지 온 것일까. 그 일은 이마니시와 한 약속을 깰 정도로 중요한 일이었을까. 이마니시는 미야타가 자기를 만나기 전에 누군가를 만나서, 자신에게 들려줄 이야기를 그 사람에게 확인하려 했던 것은 아니었을까 하는 생각이 들었다.

이마니시는 전위극단을 찾아갔다. 사망한 미야타 구니오에 대해 묻고 싶다고 하자 사무실 사람은 이마니시를 스기우라 아키코에게 데려다주었다. 신문과 잡지에서 사진으로 본 적이 있는 스기우라 아키코는 친절하게 이마니시를 맞았다. 이 극단의 책임자이자 원로 여배우인 그녀는 담배를 피우며 말했다.

"미야타 씨는 그날 여섯시 반까지 극단에서 신작의 무대 연습을 했어요. 그때는 별로 괴로워 보이지 않았거든요. 그래서 그가 죽었다는 소식을 듣고는 제 귀를 의심할 정도였어요."

"평소에 심장병이 있지는 않았고요?"

"예, 그러고 보니 그렇게 건강한 편은 아니었어요. 초연 전날은 철야로 총연습을 하는 경우도 많은데 그럴 때마다 많이 피곤해했어요."

"여섯시 반에 리허설이 끝나고, 후에 어디로 간다든지 하는 말은 없었습니까?"

"글쎄요, 저는 잘 모르겠는데요."

대大여배우가 벨을 눌러 젊은 배우를 불렀다. 미야타 구니오와 친했던 동료 같았다.

"이 사람은 야마가타 씨에요." 그녀가 소개했다. "이봐, 자네 말이야, 미야타 씨가 어젯밤에 여기서 나갈 때 어디 간다는 말 없었어?"

젊은 배우는 손을 앞에 가지런히 모으고 서 있었다.

"아, 그게요. 여덟시에 긴자에서 누굴 만나야 한다고 했습니다."

"여덟시에 긴자에서?" 이마니시는 자기도 모르게 끼어들었다. "정말로 그렇게 말했습니까?"

"예, 제가 분명히 들었습니다." 야마가타라는 배우는 이마니시를 바라보며 대답했다. "실은 제가 같이 놀자고 했는데 미야타가 그렇게 말하면서 거절했거든요."

그렇다면 역시 미야타는 이마니시와 한 약속을 지키려고 한 것이다.

"긴자에 가기 전에 어디 들렀다 간다는 말은 없었습니까?"

중요한 질문이었다.

"아뇨, 그런 얘기는 못 들었습니다. 저희는 극단 앞에서 헤어졌는데요, 그때도 그런 말은 없었어요."

"미야타 씨의 집은 어딥니까?"

"그 친구는 고마고메에 있는 아파트에서 삽니다."

"고마고메?"

그곳은 미야타가 죽은 장소와는 정반대 방향이다. 역시 그는 세타가야 부근에 볼일이 있어서 간 것이 틀림없다.

"그때 미야타 씨 모습은 어땠나요?"

"별반 다른 점은 없었는데요. 평소랑 같았어요. 앗, 그러고 보니 이런 이야기를 했습니다. 오늘밤 긴자에서 약속이 있어 가긴 가야 하는데 좀 난처하다고요."

미야타 구니오는 역시 마지막까지 이마니시에게 나루세 리에코의 이야기를 하기가 괴로웠던 모양이다.

"그냥 여쭤보는 건데요." 이마니시는 스기우라 아키코의 얼굴을 보며 물었다. "여기 사무원 중에 나루세 리에코라는 분이 있었죠?"

"예." 스기우라 아키코가 크게 고개를 끄덕였다. "조용하고 착한 아이였는데 갑자기 자살해버렸죠."

"그 자살 원인에 관해 스기우라 씨는 뭐 짚이는 바가 없습니까?"

"그게, 저도 말이죠, 이상하다고 생각해서 단원들에게 물어봤는데 다들 사정을 모르더라고요. 저는 나루세 씨와 직접 아는 사이가 아니라서 잘 모르지만, 사무실 사람들은 알지 않을까 해서 물어봤어요. 근데 아무도 짚이는 데가 없다고 그러더군요."

"실연해서 자살한 것은 아니고요?"

"글쎄요." 스기우라 아키코는 미소지었다. "잘 모르겠어요. 적어도 저한테 유서라도 남겼으면 좋았을 텐데 말이죠."

"좀 이상한 질문입니다만, 나루세 리에코 씨와 미야타 구니오 씨는 사이가 좋았나요?" 이마니시가 물었다.

"글쎄요, 딱히 그렇지 않았던 것 같은데…… 그런 이야기 들어본 적 없지?" 스기우라 아키코는 옆에 서 있는 젊은 남자 배우를 돌아보았다. 그러자 그는 옅은 웃음을 지었다.

"사실은 그런 비슷한 소문은 있었어요."

"뭐라고?" 스기우라 아키코는 눈을 반짝였다.

"아니, 둘이 특별히 사이가 좋다, 그런 의미는 아니고요." 말을 흘린 남자 배우는 변명하듯 말했다. "나루세 씨는 그런 맘이 없었던 것 같은데 미야타가 상당히 열심이었거든요. 그게 저희 눈에도 들어왔고요."

"세상에, 기가 막혀서." 스기우라 아키코는 얼굴을 찡그렸다.

이 이야기는 이마니시도 알아들었다. 그는 전에 나루세의 아파트 아래서 휘파람을 불며 어슬렁거리던 미야타 구니오를 본 적이 있다. 그 일만으로도 미야타가 나루세를 마음에 품고 있었다는 것을 알 수 있었다.

하지만 나루세 리에코는 누가 봐도 실연당한 것처럼 보이는 글을 써놓고 죽었다. 그 상대가 미야타 구니오가 아닌 것만은 확실하다. 그렇다면 나루세가 죽음을 택할 정도로 마음을 쏟았던 상대는 대체 누구란 말인가.

이마니시는 나루세 리에코에게 다른 애인이 있었는지 물었다.

"글쎄요, 그런 사람은 없었던 것 같은데요. 음, 저희는 잘 모르지만요." 배우가 답했다. "나루세 씨는 내성적인 구석이 있어서요. 지금 말한 미야타의 경우도 아예 상대를 안 했다는 게 맞겠네요. 만약 그녀의 자살이 실연이랑 관계가 있다면, 저희가 모르는 사람일 거예요."

"그러네요. 나루세 씨는 배우가 아니라 사무원이어서 저희도 잘은 모르지만 그런 애인이 있는 것처럼 보이지는 않았어요."

스기우라 아키코도 덧붙였다.

극단 사람 누구도 모르는 나루세 리에코의 애인. 그 사람이야말로 이마니시가 알고 싶어하는 가마타 살인사건의 범인이었다.

3

좌담회는 밤 여덟시 반에야 끝났다. 평론가 세키가와 시게오는 행사장인 요정을 나왔다. 문등 불빛으로 생긴 그림자에서 대형 세단이 기다리고 있었다.

"세키가와 선생님, 지금 댁으로 바로 가십니까?" 잡지사 편집자가 물었다.

"아니요." 세키가와는 미소지었다. "잠깐 들를 곳이 있어서요."

"그럼 어디까지 모셔다드릴까요?"

"이케부쿠로까지면 됩니다."

"그러시면 요시오카 선생님과 같은 방향이니까 같이 모셔다드리려는데 양해 부탁드립니다."

작가인 요시오카 시즈에 여사가 자그마한 몸을 이끌고 세키가와 옆으로 다가와 앉았다.

"중간까지 같이 갈게요."

요시오카 여사는 마흔이 넘었지만 독신이라 그런지 나이보다 훨씬 젊어 보였다. 이 여류 작가는 무슨 이유에선지 외출할 때마다 중국풍 옷을 입었다. 그 옷이 본인에게 가장 잘 어울린다고 자신하는 것 같았다. 자동차는 주최측의 배웅을 받으며 아카사카의 행사장에서 의사당 옆 언덕길로 올라갔다.

"세키가와 씨." 요시오카 여사는 슬쩍 끈적거리는 목소리를 냈다. "오늘밤 처음으로 세키가와 씨를 만나서 정말 기쁘고 고마웠어요. 꼭 한번 뵙고 싶었거든요."

세키가와는 무뚝뚝하게 담배를 피웠다.

"저요, 요전에 쓰신 평론을 읽고 감동했어요. 아니, 진짜로요. 최근 들어 저는 제가 써놓고도 제 방향을 몰랐거든요. 그런데 마침 쓰신 평론을 읽어보고 겨우 제가 가야 할 길을 알게 된 느낌이 들더라고요."

"그렇습니까."

"정말이에요. 쓰신 글들, 늘 주의깊게 보고 있어요. 요전번 글은 읽고 많이 배웠답니다."

창문으로 흘러드는 가로등 불빛에 여사의 중국풍 옷이 반들거렸다.

"오늘밤 좌담회에서도 세키가와 씨 말씀은 무척 훌륭했어요. 저, 정말이지 오늘 와서 다행이라고 생각했어요."

여사는 말을 이었다.

"저는 사실 좌담회라면 딱 질색이거든요. 원래는 이런 데 오지 않는데, 오늘은 세키가와 씨가 오신다는 말을 듣고 황급히 받아들였어요. 역시 새로운 시대의 문학을 제 안에 불어넣어주신 것 같아요."

여사는 수다스러웠다.

"저요, 오늘 세키가와 씨를 만나고 나니 앞으로 좋은 글을 많이 쓸 수 있을 것 같아요."

마흔이 넘은 여류 작가가 스물일곱 청년 평론가에게 존경을 표하며 달라붙었다.

"그거 잘됐네요."

세키가와의 입가에 빈정거리는 옅은 미소가 감돌았다. 여사는 그 뒤로도 입을 놀렸다. 우리도 새로운 문학에 눈을 돌리지 않으면 안 된다느니, 그러기 위해서는 확실하게 이론을 정립하지 않으면 안 된다느니, 그런 의미에서 세키가와에게 이런저런 것들을 배우고 싶다느니 등등. 그녀가 사는 동네에 도착할 때까지 쉬지도 않고 계속 떠들어댔다.

여류 작가는 중간에 내렸다. 세키가와는 경멸스러운 냉소를 짓고 있었다. 차가 이케부쿠로 가까이 왔다. 운전사는 손님에게 어느 부근에 세울지 물었다. 역 앞이면 된다고 세키가와는 대답했다.

역 앞에서 택시로 갈아탔다.

운전사에게 시무라로 가자고 했다. 전차 선로가 헤드라이트에 비쳐 빛나면서 흘러갔다. 세키가와는 우두커니 담배를 피웠다.

얼마 지나지 않아 차는 언덕길을 올라가기 시작했다. '시무라 사카우에'라고 쓰인 노면전차 정류소의 붉은 표지판이 보였다. 세키가와

는 거기에서 내렸다. 전찻길은 오르막길로 계속 이어졌다. 민가의 불
빛이 비탈 아래 골짜기로 흘렀다.

세키가와는 전찻길에서 갈라진 길로 꺾었다. 어두운 곳에 젊은 여
자가 서 있었다. 그녀는 세키가와의 그림자를 알아보고는 서둘러 다
가왔다.

"당신이세요?"

세키가와는 입을 다문 채 끄덕였다.

"드디어 와주셨군요. 기뻐요."

여자는 세키가와 옆에 찰싹 달라붙어서 걸었다.

"기다렸어?"

"예, 한 시간 정도요."

"좌담회가 좀 길어져서."

"저도 그럴 거라 생각했어요. 어쩌면 오시지 못할지도 모른다고 걱
정하고 있었어요."

세키가와는 대답하지 않았다. 여자는 세키가와의 팔을 끌어 팔짱을
끼었다.

"오늘 가게는 쉬었어?" 세키가와가 나직이 물었다.

"예, 당신과 만나기로 한걸요. 불편하네요, 밤에 일하는 직업이다
보니."

"이번에 옮긴 집은 어때?"

"예, 굉장히 좋아요. 아랫집 아주머니가 친절하게 대해주세요. 전
보다 훨씬 좋아요."

"그래."

두 사람은 말없이 걸었다. 불빛이 점점 줄어들었다.

"즐거워요." 여자가 말했다. "당신하고 만나고 있을 때만 그래요. 이게 제 행복이에요. 이 순간에만 만족감을 느껴요."

세키가와는 잠자코 있었다.

"당신은 안 그러시겠지만요."

"……"

"저기요, 제가 전부터 생각했는데요. 당신은 이렇게 사귀는 저 말고도 달리 좋아하는 사람이 있지 않아요?"

"그런 거 없어."

"그럴까요. 그래도 문득 그런 생각이 드는걸요. 괜한 의심인가요?"

"그래."

"아뇨. 그래도 제 직감이 맞을 거라는 생각이 들 때가 있어요. 그런 생각이 들면 애써 지워버리려 해도 잘 안 돼요."

"그렇게 나를 못 믿겠어?"

"아뇨, 믿어요. 하지만 제 직감이 맞아도 괜찮아요. 당신한테 제가 유일한 여자가 아니라도 괜찮아요. 다른 좋아하는 분이 있대도 상관없어요. 단지 언제까지고 절 떠나지 마세요. 아셨죠, 절 버리지 마세요."

건너편에 여관 불빛이 보였다.

두 사람은 여관을 나왔다. 에미코는 세키가와의 팔에 매달려 걸어갔다. 컴컴한 길이었다. 짙은 어둠 저편으로 전차 소리가 쓸쓸하게 들려왔다.

"어머, 아직 전차가 다니네요." 에미코는 세키가와의 어깨에 볼을 비비며 말했다.

"막차겠지."

세키가와가 입에 물고 있던 담배를 버렸다. 빨간 불똥이 땅바닥에서 조그맣게 빛났다. 에미코는 하늘을 올려다보았다. 별이 가득했다.

"벌써 시간이 꽤 늦었군. 저기에 오리온이 보여." 세키가와가 말했다.

"오리온이라면 별자리요? 어디요?"

"봐, 저기야." 세키가와는 한 손을 들어 하늘을 가리켰다. "돛대에 달린 등불처럼, 별이 세로로 뚜렷하게 세 개 나란히 있잖아. 그걸 에워싸듯 네 개의 별이 둘러싸고 있고."

"아아, 저거요……?"

"가을이 되면 저 별이 나오지."

멈춰 서 있던 두 사람은 다시 천천히 걷기 시작했다.

"겨울이 되면 맑은 하늘 가운데 저 별자리가 반짝반짝 빛나. 저 녀석들이 보이기 시작하면 아아, 벌써 가을이 되었구나 싶지."

"별자리도 잘 아시네요?"

"그렇게 잘 아는 건 아니야. 어렸을 때 어떤 사람이 있었거든. 지금은 이미 죽었지만, 그 사람이 여러 가지를 가르쳐줬지. 별도 그렇고. 내가 살던 시골은 온통 산으로 둘러싸여 있어서 하늘이 좁았어."

세키가와는 말했다.

"그래서 밤에 가까운 산꼭대기로 올라가면 그 사람이 별에 대해 가르쳐줬어. 거기에 올라가면 좁았던 하늘이 갑자기 뺑 뚫리는 게 굉장히 재미있었지."

"당신 고향은 그렇게나 산골이었어요?"

"응, 산골이었어. 삼면은 산으로 둘러싸여 있고, 한쪽으로만 하늘이 트여 있었어."

"동네 이름이 뭐예요?"

세키가와는 입을 다물었다.

"말해봤자 넌 몰라."

"어느 방향인데요? 맞아, 맞아. 아키타 현이라고 어떤 책에 쓰여 있었지요."

"아키타 현이라. 뭐, 그렇다고 되어 있지."

"이상하네요. 그렇다고 되어 있다뇨?"

"그런 이야기는 그만하지. 어쨌든 네 말처럼 나 같은 일을 하려면 여러 가지 것들을 알아야 하니까." 세키가와는 화제를 바꿨다. "내일 밤에는 또 음악회에 끌려나가서 뭔가를 써야 해."

"바쁘시네요. 어디 음악회예요?"

"와가네 음악회야. 신문사에서 부탁했어. 그만 아무 생각 없이 일을 받았는데, 마음이 좀 무겁군."

"와가 선생님네 음악이라면 굉장히 새롭겠네요. 뭐라더라, 전위음악이라고 하던가……"

"그래, 뮈지크 콩크레트*라고 하지. 원래 그 분야에 선구적으로 나선 사람은 따로 있어. 와가가 거기에 눈을 돌리기 시작한 거지. 어차피 그놈은 그런 것밖에 못해. 독창적인 구석은 전혀 없다고. 다른 사람이

---

* 2차 세계대전 이후 생겨난 전위음악 분야 중 하나. 악기를 사용하지 않고, 동물 소리나 도시의 소음 등을 녹음해서 기계로 변형하고 편집한다. 구체음악이라고도 부른다.

하던 걸 뒤에서 끼어들어 가로채지. 얼마나 편한 일이야."

<h1 style="text-align:center">4</h1>

무대에는 붉은 커튼이 드리워져 있었다. 장식이라곤 중앙에 기괴한 모양의 조각상이 놓여 있을 뿐이었다. 눈이라도 온 것처럼 새하얀 색이었다. 백색과 적색의 대조가 무척 강렬했다. 조각상의 모양을 말로 설명하기는 어려웠다. 동굴인가 하면 그렇지도 않고, 우주를 형상화했는가 하면 그것도 아닌데, 황야에 쓰러진 거목의 뿌리인가 하면 또 그렇게 말하기도 어려웠다. 굳이 말하자면 형체 그 자체가 없다고 해야 맞겠다. 전위조각에서 형상에 대한 관념은 불필요하다.

조각상이라고 했지만, 이것은 새롭고 전위적인 꽃꽂이였다. 누보 그룹의 한 조각가가 동료인 와가 에이료를 위해 오늘밤 리사이틀 '무대'를 꾸며준 것이다.

음악회를 상상했던 사람들은 이것을 연주회라 받아들이기 어려웠다. 무엇보다 연주자가 한 명도 없다. 소리는 그 조각이 설치된 커튼 뒤에서 들려왔다. 하지만 연주가 들려오는 곳은 중앙만이 아니었다. 관객의 머리 위에서도 다리 밑에서도 음들이 포위하듯 다가왔다. 이러한 입체적인 효과를 위해서 각각의 위치에 스피커가 달려 있었다.

기괴한 음악이 이 ××홀에 있는 청중들의 머리 위에 흐르고 있었다. 아니, 이 설명은 적합하지 않다. 음악은 아래에서도 솟구쳐오르고 있었기 때문이다.

청중은 해설서를 읽고 있었다. 그렇게 해서 작곡가의 의도를 파악하고 지금 흐르는 음악을 이해하고자 노력했다. 청중은 많았다. 대부분 젊은 사람들이었다. 여기에는 심각한 표정으로 눈을 감고 고개를 떨구는 사람은 없었다. 오래되고 고명한 음악을 듣는 것이 아니었다. 악보를 쫓아가는 기성세대식 감상은 필요 없다. 새로운 음악이 지금 여기에서 연주되는 것이다.

곡명은 〈적멸〉이었다. 석가가 입적할 때 온갖 생물이 통곡하고 천지가 통곡했다는 설화가 이 '소리'의 모티브라고 한다. 오늘밤 와가의 리사이틀에서는 이 곡이 마지막 순서였다.

이 음색은 때로는 웅웅거림이었고, 때로는 진동이었으며, 때로는 아우성이었고, 때로는 종잡을 수 없는 그 무엇이었다. 그것이 강하게, 약하게 계속되었다. 금속성 음도, 둔탁한 음도, 사람이 크게 웃는 것 같은 소리도, 거기서는 분해되었다가 합체되고 긴박해졌다가 이완하고, 멈추었다가 고조되었다.

청중은 이 음악에 심취해 있다고 말하기는 어려웠다. 다들 새로운 음악을 이해해보려 얼굴을 찡그린 채 젠체하고 있었다. 듣고 있으면 난해하지만 굉장히 새롭게 느껴지기는 했다. 마치 이해를 초월한 추상화 앞에 선 것 같은, 당혹과 무지와 상쾌함이 모두의 얼굴 위를 교차했다.

지적이며 고통스러운 음악회였다. 사람들은 귀보다 두뇌 노동으로 피곤했다. 여기에서는 이해하기 어렵다는 표정을 드러내면 안 되었다. 그런 점에서 청중은 모두 이 음악 앞에 열등감을 느끼고 있었다.

음악이 끝났다……

박수갈채가 쏟아져 나왔다. 무대에 화려하게 늘어선 오케스트라가 없어서 누굴 향해 박수를 쳐야 할지 당혹스러웠지만, 이윽고 찬탄의 대상이 무대 오른쪽에서 나타났다. 검은 양복을 입은 와가 에이료였다.

세키가와 시게오는 무대 뒤 대기실로 향했다. 문을 열자마자 사람들로 가득차 있는 게 눈에 들어왔다. 안 그래도 좁은 방이었다. 한가운데 책상 세 개를 나란히 놓고, 맥주와 오르되브르 접시 등을 올려두었다. 그 주위로 많은 사람이 몸을 움직일 수 없을 정도로 빽빽하게 서 있었다. 담배 연기와 이야기 소리로 방안이 가득찼다.

"어이, 세키가와." 바로 옆에서 누가 어깨를 쳤다. 건축가인 요도가와 류타였다. "늦었잖아."

세키가와는 고개를 끄덕이고는 사람들 어깨 사이를 헤치고 앞으로 나아갔다. 와가 에이료는 무대에서 인사했던 차림 그대로 검은 양복을 입고 중앙에 웃으며 서 있었다. 옆에는 순백의 칵테일 드레스를 입은 다도코로 사치코가 나란히 서 있었다. 하얗고 가는 목에 진주 목걸이를 삼중으로 감았다. 공들인 디자인의 드레스와 마찬가지로, 그대로 무대에 올라도 손색이 없을 정도로 환하고 아름다웠다.

세키가와는 사람들을 헤치고 와가의 앞으로 나아갔다.

"축하해." 세키가와는 주인공인 친구를 보며 웃었다.

"고마워." 와가는 맥주를 손에 든 채로 화답했다. 세키가와는 옆에 서 있는 여류 조각가에게 시선을 옮겼다.

"사치코 씨, 축하드립니다."

"감사합니다." 그녀는 와가의 피앙세이기 때문에 같이 축하의 말을 건네도 이상하지 않았다.

"세키가와 씨는 어떻게 들으셨어요?" 사치코가 아래에서 올려다보 듯 세키가와를 쳐다보며 눈웃음을 지었다. "아, 하지만 왠지 무섭네 요, 감상을 여쭤보기가."

"신랄한 비평가에게 여기서 무슨 소릴 들을지 모르니 그만두는 게 좋겠는데." 와가가 농담처럼 슬쩍 넘겼다. "어쨌든 축하한다고 했으니 까, 지금은 있는 그대로 받아들이지. 물론 나는 자네의 축하 인사는 청 중이 많이 온 데에 대한 축하라고 신중하게 해석하니까 말야."

"제법인걸." 세키가와가 답했다. "근래 들어 이만큼 사람이 많이 모 인 리사이틀은 없었으니까."

"정말 대단했어요. 저, 세키가와 선생님, 음악이 훌륭하니까 사람 들이 많이 온 거겠죠?"

가수 무라카미 준코의 목소리가 세키가와 바로 뒤에서 들려왔다. 언제나 그렇듯 붉은색 정장을 입고 있었다. 화려한 생김새에 자신감 을 갖고 있다보니 웃는 얼굴도 대담하고 요염했다. 스테이지에 올라 가면 더 돋보일 만한, 이목구비가 큼지막한 얼굴이다.

"그런 말이 되겠지요." 세키가와는 웃으며 동의했다.

"자, 선생님. 잔을 드세요." 가수는 세키가와의 잔을 채워주었다.

그는 다소 과장해서 잔을 눈높이까지 들어올리고는 와가와 사치코 를 똑같이 바라보았다.

"성공을 축하하며."

사치코가 요란하게 웃었다.

"세키가와 씨, 신사시네요."

"저는 항상 신사랍니다."

세키가와는 사치코의 말과, 그 말에 포함된 의미도 곧이 받아들였다. 대기실에서 간단하게 건배를 하는 정도였으나 자리는 축하파티같이 떠들썩했다. 어쨌든 대단한 인파였다. 와가를 중심으로 사람들이 몇 겹이나 둘러싸고 있었다. 게다가 계속해서 사람들이 들어왔다. 문을 닫을 수 없어 열어둔 채로 있어야 할 지경이었다.

"대단한 인기로군." 세키가와의 귓가에 건축가 요도가와 류타가 속삭였다. "음악가는 좋겠네. 나는 아무리 집을 지어도 이렇게 화려한 모임은 열어주지 않으니까."

건축가가 선망하는 것도 무리는 아니었다. 음악 애호가뿐 아니라 전혀 관계없는 인물까지 와가 주위에 얼굴을 내비쳤다. 그것도 나이가 지긋한 사람들이 많았다.

"저 무리는 모두 다도코로 사치코네 아버지와 관련된 사람뿐인걸. 사위 노릇도 힘들겠어." 요도가와 류타가 작은 소리로 말했다.

"그렇게 부러워하지 마." 세키가와는 와가에게 등을 보이고 멀어졌다. "당사자에게도 성가신 이야기겠지."

"아니, 와가의 표정을 보면 그렇지도 않던데." 친구는 계속 말했다. "무척 만족스러워 보이지 않아?"

"아니, 저건 자신의 예술이 더욱 많은 사람에게 인정받아서 행복해하는 거야."

"자네다운 야유군. 그건 그렇고 대체 오늘밤 청중 가운데 몇 명이나 와가의 뮈지크 콩크레트를 이해했을까?"

"이봐, 말은 조심해서 해." 세키가와가 나무랐다.

"아니, 나는 자네같이 좋게 돌려 말하는 재주가 없어서 말이야. 사실을 있는 그대로밖에 말 못하는 남자거든." 건축가는 얼굴을 조금 붉혔다.

"이상한 소리 하지 마."

"사실이야. 일단 내가 이해할 수가 없었거든."

"전위건축을 하는 자네가?"

"자네 앞이니까 창피해하지 않아도 되겠지."

"대중은 언제나 선구적인 난제에 난처해하지만 얼마 안 있어 그에 익숙해지지. 그 순응이 이해로 이끌어주는 거야." 비평가 세키가와 시게오는 의견을 말했다.

"모든 예술이 그렇다면, 자네는 와가도 그렇다고 생각하는 건가?"

"개인적인 문제는 그만두지." 세키가와는 슬쩍 논점을 회피했다. "어쨌든 이런 자리에는 예의라는 게 있다고. 내 의견은 나중에 신문에서라도 읽어보든가."

"자네의 본심 말이지?"

"글쎄, 아무튼 서로 여러 말들을 하겠지만, 와가는 대단해. 하고 싶은 것을 생각한 대로 실행에 옮기니까 말이야."

"하지만 그건 저 녀석의 좋은 배경 덕분이잖아. 누구라도 저 정도로 조건이 좋으면 자신감이 생긴다고. 실제로 척척 진행되잖아. 다도코로 대신의 사위라는 것만으로도 잠자코 있어도 언론에서 관심을 보여주니까."

"세키가와 선생님," 키가 큰 신문사 남자가 세키가와의 팔을 툭툭 건드렸다. "내일 조간이니까요. 오후 다섯시까지는 꼭 써주셔야 합니다."

와가 에이료의 작품 발표회에 다녀왔다. 여전히 청중들의 얼굴에서도 당혹스럽다는 표정이 많이 보였다. 무리도 아니다. 무대에는 연주자도 한 명 없고, 악기가 하나 놓여 있는 것도 아니다. 조명과 추상 조각만 있을 뿐이다. 음은 스피커를 통해 머리 위와 등뒤, 발 밑에서 귀로 밀려든다. 뮈지크 콩크레트는 현악기와 관악기의 세계와 완전히 연을 끊었다. 거기에 있는 것은 진공관의 발진음으로 만든 음계의 조작이며, 자기 테이프로 만든 인공적인 조정—리듬, 강약, 점증, 점감, 충동 등의 조직과 구성이다. 작곡가의 정신적 생산이 전자공학이라는 물질적 생산수단과 결합한 것이다. 기존 관현악기에서 얻을 수 없는 음색을 이 방법으로 추구하여 풍부한 소재를 조형해 표현하는 가운데 과연 작곡가의 이념이 구현될 수 있을지가 당면한 문제다. 청중의 얼굴에는 그렇게 쓰여 있는 듯하다. 전위작곡가 그룹은 이론, 이론 하고 있지만 음악의 모든 주요한 파라미터를 조직적으로 변주해 작곡한다는 사상은 작곡가의 이론과 착상과는 별개의 것이다. 이 새로운 전위적인 수법은 단순히 연주가가 필요 없어지고 말았다는 부차적 문제를 작곡가 자체의 관념 부재로 비꼬아 치환하려고 한다. 적어도 그런 위험성은 있다.
와가 에이료의 이번 발표회를 듣고 그 위험성을 느낀 것은 나 혼자뿐인가. 감각적인 발상이라는 정신은 공학적 기법이라는 공업과 분리되고 관념은 공업기술에 휘둘린다는 감상을, 나는 여기서도 가지지 않을 수 없었다. 전자음악으로 예술적 표현이 불가능하다는 선험적인 이유는 없다 해도, 소재를 완벽하게 구사하기까지는 순수 예술적인, 예술 이전의 문제를 그들은 진지하게 고민해야 하지 않을까. 즉 현재 그들은 수리적 조작에 지나치게 정신을 빼앗겨서 관념은 그저 그 뒤를 따르기만 하는 경향을 보인다. 현실에 내재한 내적 감각을 이 새로운 음악 법칙으로 도출하기는 간단하지 않다. 하지만 그렇다고 해서 현재의 모습을 안이하게 받아들일 수도 없다. 내 의견이 다소 가차 없을지는 모르겠지만 그것은 선구자에게 늘 던져지는 가혹한 영광이다. 와가 에이료는 이 발표회에서도 그 모티브를 불교 설화나 고대민요 등의 동양적 명상 또는 영감적인 사상에서 구했다. 하지만 그 착상의 형식에서 엿보이는 고풍스러움은 늘 새로운 것이 고전으로 순환한다는 통속적 현상에서 벗어나지 못했다. 게다가 그 음렬의 설정은 인공적 질서를 따를 뿐, 내적 의욕과는 거리가 멀었다.

이마니시 에이타로는 겨우 여기까지 읽고 신문을 내던졌다. 신문에 찍힌 활자는 아직 3분의 1 정도 남아 있었다. 하지만 도저히 끝까지 읽을 끈기가 없었다. 무슨 말인지 도무지 이해가 가지 않았다. 식탁을 앞에 두고 그나마 거기까지라도 읽을 마음이 들었던 것은 세키가와 시게오라는 이 논객의 얼굴 사진이 눈에 들어왔기 때문이다. 게다가 이 논객이 비평하고 있는 와가 에이료와 이마니시가 인연이 아예 없는 것도 아니었다.

언젠가 도호쿠에 출장 갔을 때 우고 가메다 역에서 본 젊은이들 무리 가운데 한 명이었다. 그때 요시무라 형사가 이름을 가르쳐주었다.

씩씩하고 시원스러웠던 그들의 젊은 모습이 아직도 눈앞에 아른거린다. 그렇다, 이 사진과 똑같은 얼굴이었다.

젊은데 머리가 아주 비상한 게 틀림없다. 이마니시에게는 이해의 범주를 넘어선 문장이었다. 이마니시는 남은 밥을 입에 넣고 찻잔에 차를 따랐다.

5

이마니시 에이타로는 기치조지 거리가 나오자 노면전차에서 내렸다.

죽은 배우 미야타 구니오의 주소는 수첩에 적혀 있다. 고마고메 ××번지, 기치조지 바로 옆이었다. 매우 고풍스러운 아파트였다. 여기가 미야타가 혼자 살았던 집이었다. 집주인의 부인이 나왔다. 경시청에서 나왔다고 하자 걱정스러운 얼굴을 했다.

"죽은 미야타 씨에 대해 조금 여쭤보고 싶은데요." 이마니시가 말했다.

"그러세요, 고생하시네요. 저, 미야타 씨가 뭘 어쨌기에요?"

이마니시가 집안으로 들어가지 않겠다고 해서, 입구 옆 그늘에 선 채로 두 사람은 이야기를 나누었다.

"아뇨, 딱히 미야타 씨가 어쨌다는 것은 아닙니다." 이마니시는 매우 능숙한 솜씨로 상대방을 안심시켰다. "저는 미야타 씨 팬이어서요. 안타깝게도 돌아가셔서 얼마나 애통한지 모릅니다."

"맞아요."

주부는 대답은 이렇게 했지만 아직도 불안한 기색이 남아 있었다.

"여기서는 얼마나 사셨나요?"

"글쎄요. 벌써 3년쯤 되었을까요."

"배우의 무대 밖 실제 생활은 저희 상상과는 꽤 다른 법인데, 미야타 씨는 어땠습니까?"

"예, 좋은 사람이었어요. 얌전하고 성실하고." 주부는 무난하게 칭찬했다.

"친구들을 불러서 왁자하게 노는 일은 없었습니까?"

"그런 일도 별로 없었어요. 심장이 안 좋다던가 하면서 술도 별로 안 마시는 것 같았고, 건강을 굉장히 신경썼어요. 배우로서 보기 드물게 차분한 사람이었죠."

"뜬금없는 질문입니다만 미야타 씨가 올해 5월 중순경에 도호쿠로 여행 갔던 적이 있나요?"

"예, 있었어요." 주부는 바로 대답했다.

"뭐, 있었다고요?" 이마니시는 전구에 불이 켜진 것처럼 눈을 빛냈다. "그게 사실입니까?"

"틀림없어요. 아키타 지방 특산물을 선물로 받았거든요. 머위 설탕 절임과 고케시*였어요."

"그렇다면 틀림없군요." 이마니시는 솟아오르는 기쁨을 숨겼다.

"5월 중순경이 확실합니까?"

"예, 맞아요. 그즈음이었어요. 기다려보세요. 제 일기를 볼게요."

---

* 일본 도호쿠 지방에서 주로 만드는 전통 목각 인형.

"와, 일기를 쓰시나요. 그거라면 정확하겠네요."

이마니시는 기뻤다. 주부는 집에 들어갔다가 바로 나왔다.

"5월 22일에 미야타 씨한테 선물을 받았어요."

주부는 선물에 대해서만 일기에 적은 것 같았다.

"돌아오고 나서겠군요. 그러면 미야타 씨는 며칠 정도 도호쿠를 여행했습니까?"

"그게요, 나흘 정도였을 거예요."

"그때 미야타 씨가 무슨 말을 했나요?"

"연극 일정이 좀 비어서 놀러갔다 온다고 그랬는데요, 다녀와서야 여행지가 아키타였다는 걸 알았어요."

"짐은 어땠고요?"

"뭔지 모르겠는데 슈트케이스 같은 데에 잔뜩 넣어서 간 모양이에요. 가방이 불룩했거든요."

이마니시는 아파트를 나와 공중전화로 가마타 경찰서의 요시무라 형사를 불렀다.

두 사람은 시부야에서 만났다. 마침 점심시간이라 메밀국숫집에 들어갔다.

"왠지 큰 수확이라도 얻은 얼굴이시네요?" 요시무라가 이마니시의 표정을 보며 말했다.

"응, 자네 눈에도 그렇게 보여?"

"빤히 보입니다. 아주 기쁘신가봐요."

"그런가." 이마니시가 쓴웃음을 지었다. "사실은 말이야, 요시무라. 자네와 도호쿠에 출장 갔을 때의 목적을 오늘에야 겨우 달성했어."

"예?" 요시무라의 눈이 휘둥그레졌다. "그 남자가 누군지 알아내셨어요?"

"알아냈어."

"대단하시네요. 어디서 단서를 찾으셨어요?"

요시무라가 말하는 남자란 두말할 것 없이 가메다 마을을 어슬렁거리던 수상한 남자였다. 건조우동집 앞에 서 있기도 하고 강가에서 자기도 했던, 그 부근에서 본 적 없는 노동자 같은 중년 남자다.

"단서는 내 감이지. 그게 딱 맞아떨어졌어."

"자세히 설명해주세요."

주문한 메밀국수가 나와서 이마니시는 잠시 말을 끊었다.

"사실은 요전에 극단 배우가 심장마비로 죽었어."

"아, 신문에서 읽었습니다. 미야타 구니오라는 배우 말이죠?"

"그래, 맞아. 자네는 알고 있었어?"

"이름만 압니다. 원래 신극은 잘 안 봐서요. 죽었다는 기사를 읽고 기억이 났죠. 장래가 유망한 신인이었다더군요."

"그 남자야."

"예? 뭐라고요?"

요시무라 형사는 손에서 젓가락을 떨어뜨릴 뻔했다.

"그 미야타가 가메다의 수상한 남자였다고."

"어떻게 아셨어요?"

"뭐, 천천히 이야기하지."

이마니시는 젓가락으로 메밀국수를 집어올려 간장 소스에 적신 다음 입에 넣었다. 요시무라도 그대로 따라 했다. 얼마 동안 메밀국수

먹는 소리만 서로 이어졌다.

"실은 말이야, 요시무라." 이마니시가 차를 한 모금 마시고 말했다. "오늘 아침 신문을 보는데 우리가 돌아오는 길에 가메다 역에서 만난, 그 뭐냐, 누……"

"누보 그룹이요?"

"맞아, 그 누보 그룹 중 한 사람이 신문에 났더군. 아니, 그 사람하고는 관계없는 일인데. 연상 작용이란 신기하단 말이지. 내가 미야타 구니오라는 남자를 살짝 지켜보고 있었어. 그 이유는 좀 이따가 말하지. 어쨌든 지켜보던 남자가 결정적인 시기에 죽은 거야. 물론 심장마비라 미심쩍은 부분은 없지만, 아침에 신문을 보다가 이 친구가 배우라는 사실에 생각이 미쳤어. 배우라면 어떤 연기라도 가능하다. 분장도 자유롭게 할 수 있다. 특히 신극 배우니까 말이야. 이 녀석, 어쩌면 가메다에 갔던 게 아닐까 하는 생각이 머릿속을 스쳤지."

"짐작하신 대로였습니까? 미야타 구니오가 아키타에 갔던 건 확실한가요?" 요시무라는 이마니시의 얼굴을 들여다보며 물었다.

"아파트에 들러서 거기 안주인의 증언을 얻어냈어. 미야타 구니오는 5월 18일 정도부터 아키타에 나흘간 머물렀어. 부인이 일기에 써놓았으니까 틀림없다고 했고. 이봐, 우리가 아키타에 갔던 게 5월 말이었잖아. 그러니까 날짜가 대충 맞더라고. 죽은 자는 말이 없으니 당사자에게 들을 수는 없지만 틀림없어."

이마니시는 메밀국수를 마저 먹었다.

"그렇습니까. 그런데 용케 미야타 구니오를 떠올리셨네요."

"그 부분이 연상이란 거지. 오늘 아침에 누보 그룹의 어려운 논문을 읽고 떠오른 거야. 그 신문도 가메다 역에서 얼굴을 본 적이 있어 반가운 마음에 읽은 거고. 그러다가 요전에 조사했던 미야타 구니오와 아키타가 갑자기 이어지더라고."

"이마니시 선배의 감이 적중했네요."

"아니, 거기까지는 그렇다 치고. 문제는 미야타 구니오가 뭣 때문에 가메다에 갔는가 하는 거지."

"그렇군요."

"그는 가메다에 가서 아무것도 하지 않았어. 아니, 아무것도 하지 않는 것이 어쩌면 그의 목적이었는지도 몰라. 수상한 노동자 같은 차림새로 그 마을을 어슬렁거렸어. 평소에 미야타가 입는 옷은 아니었지. 게다가 거기 사람들이 한결같이 말했잖아, 그 사람은 늘 고개를 숙이고 있어서 제대로 얼굴을 보지 못했다고."

"앗, 그렇군요."

"그래도 그런 시골에서는 은근히 눈에 띈 모양이더군. 여종업원 한 명이 '피부는 검지만 콧날이 곧은 단정한 용모'라고 상당히 정확하게 그의 생김새를 파악했거든."

이마니시와 요시무라의 시선이 마주쳤다.

"모르겠네요. 대체 뭣 때문에 그런 변장까지 하면서 가메다에서 어슬렁거렸을까요?"

요시무라가 이마니시에게 물었다.

"알 수 없지. 어쨌든 미야타는 아무것도 하지 않았어. 그저 걸어다녔을 뿐이지. 남의 가게 옆에 서 있거나 강가에서 자거나, 그런 일들만 하고."

"잠깐만요." 요시무라는 이마에 손을 얹었다. "그게 목적 아니었을까요. 그러니까 미야타는 그런 모습을 사람들에게 보이고 싶었던 게 아닐까요?"

"맞아. 나도 그렇게 생각해." 이마니시는 고개를 끄덕이며 말했다. "미야타는 가메다 사람들에게 그 모습을 보여주러 갔어. 돌려 말하면 그는 사람들의 기억에 남기 위해 그렇게 행동한 거지. 단지 그 마을을 지나가기만 했다면 아무도 기억하지 않았을걸. 그러니까 그는 일부러 사람들 눈에 띄기 쉬운 행동만 했던 거야."

"왜일까요?"

"우리는 미야타 구니오의 분장에 속았어." 이마니시는 상대의 질문에는 바로 대답하지 않고 말했다. "소문은 지역 경찰 귀에 들어갔어. 우리가 가마타 살인사건 때문에 의뢰해서 그 지역 형사가 탐문수사로 알아낸 거지만."

거기까지 말하자 요시무라의 눈이 빛났다.

(2권으로 이어집니다)

세계문학은 국민문학 혹은 지역문학을 떠나 존재하는 문학이 아니지만 그것들의 총합도 아니다. 세계문학이라는 용어에는 그 나름의 언어와 전통을 갖고 있는 국민문학이나 지역문학의 존재를 인정하면서 그것을 넘어서는 문학의 보편적 질서에 대한 관념이 새겨져 있다. 그 용어를 처음 고안한 19세기 유럽인들은 유럽문학을 중심으로 그 질서를 구축했지만 풍부한 국민문학의 전통을 가지고 있는 현대의 문학 강국들은 나름의 방식으로 세계문학을 이해하면서 정전(正典)의 목록을 작성하고 또 수정한다.

한국에서도 세계문학 관념은 우리 사회와 문화의 변화 속에서 거듭 수정돼왔다. 어느 시기에는 제국 일본의 교양주의를 반영한 세계문학 관념이, 어느 시기에는 제3세계 민족주의에 동조한 세계문학 관념이 출현했고, 그러한 관념을 실천한 전집물이 출판됐다. 21세기 한국에 새로운 세계문학전집이 필요하다는 것은 명백하다. 우리의 지성과 감성의 기준에 부합하는 세계문학을 다시 구상할 때가 되었다.

문학동네 세계문학전집은 범세계적으로 통용되는 고전에 대한 상식을 존중하면서도 지난 반세기 동안 해외 주요 언어권에서 창작과 연구의 진전에 따라 일어난 정전의 변동을 고려하여 편성되었다. 그래서 불멸의 명작은 물론 동시대 세계의 중요한 정치·문화적 실천에 영감을 준 새로운 작품들을 두루 포함시켰다.

창립 이후 지금까지 한국문학 및 번역문학 출판에서 가장 전문적이고 생산적인 그룹을 대표해온 문학동네가 그간 축적한 문학 출판 경험을 바탕으로 새로운 세계문학전집을 펴낸다. 인류가 무지와 몽매의 어둠 속을 방황하면서도 끝내 길을 잃지 않은 것은 세계문학사의 하늘에 떠 있는 빛나는 별들이 길잡이가 되어주었기 때문이다. 우리가 자부심과 사명감 속에서 그리게 될 이 새로운 별자리가 독자들의 관심과 애정에 힘입어 우리 모두의 뿌듯한 자산이 되기를 소망한다.

문학동네 세계문학전집 편집위원
민은경, 박유하, 변현태, 송병선, 이재룡, 홍길표, 남진우, 황종연

지은이 **마쓰모토 세이초**

1909년 기타큐슈 고쿠라에서 태어났다. 본명은 마쓰모토 기요하루. 트릭에만 집중하던 당시의 추리소설과 달리 사회적 구조의 모순과 그로 인해 일어나는 범죄를 다룸으로써 일본 사회과 문학의 새로운 지평을 열었다. 『모래그릇』 『점과 선』 『제로의 초점』 등 많은 작품이 여러 나라에 번역되었으며 지금까지도 영화와 드라마로 만들어지고 있다. 1992년 간암으로 사망했다. 1994년 그의 업적을 기념해 마쓰모토 세이초상이 제정되었으며, 1998년에는 기타큐슈 고쿠라에 시립 마쓰모토 세이초 기념관이 세워졌다.

옮긴이 **이병진**

일본 도쿄 대학교 대학원 초역문화과학연구과 비교문학비교문화 코스에서 박사 학위를 받았다. 현재 세종대학교 국제학부 일어일문학전공 교수로 재직중이다. 지은 책으로 『비교문학자가 본 일본, 일본인』 『신라의 발견』 『야나기 무네요시와 한국』 『재조일본인과 식민지 조선의 문화』 『비교문학과 텍스트의 이해』(이상 공저) 등, 옮긴 책으로 『도련님』 등이 있다.

세계문학전집 108
모래그릇 1

양장본 1판 1쇄 2013년 7월 10일
양장본 1판 2쇄 2017년 2월 24일

지은이 마쓰모토 세이초 | 옮긴이 이병진 | 펴낸이 염현숙

책임편집 박신양 | 편집 고유진 추지나 오동규
독자모니터 강정은 이희연 | 디자인 김마리 최미영 | 저작권 한문숙 김지영
마케팅 우영희 이미진 강하린 | 홍보 김희숙 김상만 이천희
제작 강신은 김동욱 임현식 | 제작처 영신사

펴낸곳 (주)문학동네
출판등록 1993년 10월 22일 제406-2003-000045호
주소 10881 경기도 파주시 회동길 210
전자우편 editor@munhak.com | 대표전화 031) 955-8888 | 팩스 031) 955-8855
문의전화 031) 955-1927(마케팅), 031) 955-1916(편집)
문학동네카페 http://cafe.naver.com/mhdn
문학동네트위터 http://twitter.com/munhakdongne

ISBN 978-89-546-2194-6 04830
        978-89-546-1020-9 (세트)

www.munhak.com

● 문학동네 세계문학전집은 계속 출간됩니다